# Pasiones recobradas

*La historia de amor de un lector voraz*

Diseño de tapa: María L. de Chimondeguy / Isabel Rodrigué

ERNESTO SCHOO

# Pasiones recobradas

*La historia de amor de un lector voraz*

EDITORIAL SUDAMERICANA
BUENOS AIRES

IMPRESO EN LA ARGENTINA

*Queda hecho el depósito*
*que previene la ley 11.723*

*Humberto I° 531, Buenos Aires*

ISBN 950-07-1219-9

*A la memoria de don José J. L. Di Fiori,*
*amigo y maestro de vida.*

# Prólogo

Aprendí a leer a los tres años de edad, hacia 1928. Ignoro cómo empecé a descifrar esos signos. Mi padre me leía las historietas: "Trifón y Sisebuta", eternos, en *La Nación*; "El Capitán y los Cebollitas" (mucho después supe que era uno de los *comics* más antiguos del mundo, "The Katzenjammer Kids", en el original), creo que en *Crítica*; y probablemente allí también, "Don Jacobo en la Argentina". El mayor placer me lo proporcionaba la tira en que dos negritos huían de un león y se refugiaban en un improbable caño de aguas corrientes, en pleno desierto africano. Era mi favorita y me la hacía leer y releer hasta la saciedad. Mayúsculo fue el asombro paterno el día en que por mi cuenta enhebré algunas letras y les di un sentido. Mi madre, retoño de una familia de lectores voraces (su padre, mi abuelo gallego, dejó una importante biblioteca), emprendió la tarea de enseñarme más o menos sistemáticamente a leer, a partir de la "Sonatina" de Rubén Darío: "La princesa está triste, qué tendrá la princesa...".

Tan temprana exposición a la poesía de Darío determinó, quiero creerlo, mi gusto por la música de las palabras, por la estructura musical de la frase, aun en la prosa. Recibí poco después, en mi casa, la enseñanza formal de mi primera maestra, la señorita Rosa Alonso. La veo todavía, modelo de la maestra primaria tal como la consagraban la imaginería popular y el sainete: madura, flaca, austera, traje sastre negro, un camafeo cerrándole el cuello de la blusa blanca, y en la cabeza un sombrerito en cuya breve ala hacía equilibrio una flor que hoy se me antoja tiesa y absurda. No creo que fuera vieja, pero lo parecía. ¿Era así, o la imaginación ha ido agregándole detalles pintorescos? Sea como fuere, desde aquí la saludo con inmensa gratitud: figura lejana, algo patética, inmortal para mí. Tantas veces la hice rabiar a propósito de la pronunciación de la elle, exigida por la señorita Rosa a la manera española, bien castiza, y que yo rebatía, obstinado: "En mi casa no se dice llave, se dice yave". Ella convocaba a mi madre y se quejaba, acentuando las elles: "Este niño está lleno de orgullo".

Pude leer, pues, de corrido antes de los cinco años, y durante los sesenta y pico siguientes no he dejado de hacerlo ni un solo día. Lecturas desordenadas, omnívoras, quizá caóticas, debo reconocerlo. Abundaban en la biblioteca de mi casa los clásicos españoles y muchos textos teatrales del mismo origen (Lope, Calderón, Tirso, Benavente, Marquina, los Álvarez Quintero), pues mis padres eran fervientes espectadores. Yo devoraba todo eso. Y en el campo, en las vacaciones, las novelas de aventuras y policiales: Alejandro Dumas, ante todo, y Verne, Salgari, Conan Doyle, H. G. Wells, Rider Haggard, Karl May. También, Edgar Poe, Mark Twain, Victor Hugo. A los once años leí, para siempre, *Nuestra Señora de París*.

Al cumplir los ocho, alguien que tal vez sin darse cuenta influyó enormemente en mi formación estética, mi tía Beatriz, hermana menor de mi madre, me había regalado algunos de sus libros de adolescencia, reducciones para niños de obras maestras de la literatura universal, editadas en España por Araluce. Así, por primera vez, fui deslumbrado y espantado peregrino a quien Dante y Virgilio guiaban por los tres reinos del alma; por primera vez contemplé el mar color de vino y vi la entrada del caballo fatídico en Troya, y supe de las trampas que los dioses tienden, por mera diversión, a los fugaces mortales. Atado al mástil con Ulises, oí el canto de las sirenas, me burlé de Circe y del Cíclope y llegué por fin, maduro y cansado, de vuelta a Ítaca. Fui huésped del rey Arturo en Camelot y de Brian de Boisguilbert en las vastas salas de piedra de *Ivanhoe*. Sin dejar de compartir las penurias de Martín Fierro, las admoniciones sarmientinas (y las sagaces observaciones) del *Facundo* —compañero de ruta, hasta hoy, en todos mis viajes al extranjero: es como llevar una Argentina portátil cuando se está lejos—, y las exaltaciones de *Amalia*, en los dos tomos editados por Garnier en París, en español, en 1879, que fueron de mi tía paterna Sara Schoo, otra lectora voraz.

Un destino tejió así su trama. Más que un aprendiz de escritor, un espectador ávido, un cronista teatral o un comunicador (como se dice ahora) de cultura, he sido primero y para siempre un lector empecinado. De ficción, ante todo, y luego de historia, biografía, artes plásticas y arquitectura, y algo —muy poco, lo lamento— de filosofía y ciencias naturales. Tan sólo me resta consignar que, en verdad, bajo la apariencia inocente de una recopilación de notas literarias aparecidas durante los últimos cinco años en el hoy extinto suplemento literario de *El Cronista*, estas páginas esconden un designio avieso: la esperanza, o la ilusión, de dibujar el autorretrato de su autor. A la manera de aquel ingenuo juego gráfico de las revistas infantiles: al unir con una línea los puntos, se obtendrá un rostro.

Antes que vanidad —u orgullo, según la señorita Alonso—, pienso que en estos altos años, más cerca del fin que del comienzo, consciente de la aureola de cierta distancia que se me atribuye en las relaciones humanas, quizá me haya guiado la necesidad de testimoniar al menos una pasión en mi vida. Agradezco a Silvia Hopenhayn, auténtica creadora del éxito que acompañó al suplemento literario de *El Cronista*, el haber discernido esa pasión y haberme obligado a responder a ella con la única destreza que poseo: la de hilvanar palabras.

ERNESTO SCHOO
Noviembre de 1996

# *Pretérito anterior*

# Voltaire

## *El cartero de Ferney*

Nunca hubo en Europa cartero más atareado. A diario recorría el pobre hombre, dos y tres veces, el camino de la estafeta a la mansión de Ferney, y viceversa, con sol o con lluvia, invierno y verano, agobiado bajo el peso de las sacas de correspondencia. Sus ojos se abrían, desmesurados, ante la responsabilidad confiada a sus piernas, ya algo vacilantes. Los abultados sobres prodigaban sellos ornados con coronas, águilas, trofeos, estampados en lacre rojo, o verde, de los que pendían multicolores cintas de seda. El cartero había aprendido a reconocer algunos blasones prestigiosos: el de la emperatriz de Rusia, una regordeta sobre cuyas hazañas amorosas se hacían bromas groseras en la taberna del pueblo; el del rey de Prusia, de quien se decía que amaba a sus granaderos pero era implacable en la guerra; el del rey de Dinamarca, país imaginado por el cartero como un bosque poblado de osos, con diminutas casas de ladrillo (de dónde le venía esta imagen, habría que preguntárselo).

Todos le escribían al señor de Ferney, y el señor de Ferney les escribía a todos. Increíble capacidad de ese vejete enclenque para mantener semejante corespondencia y, además, redactar libros, pergeñar panfletos, demoler con sarcasmos a sus enemigos, ocuparse del jardín, del tambo y de las necesidades de sus servidores (tenía fama de avaro pero no mezquinaba ayuda pecuniaria, médica o jurídica, cuando el necesitado era de humilde condición), y poner en escena, en su teatrito privado, obras que él mismo escribía, o firmadas por ilustres autores de la Antigüedad. El cartero lo veneraba, lo mismo que todos los habitantes de

Ferney, porque gracias al señor de Voltaire (de él se trataba) esa ciudad, un villorrio casi, figuraba en el mapa de Francia, en el de Europa toda: en el planisferio. Ferney era el punto desde el cual irradiaba, hasta los confines del planeta, la inteligencia más aguda de un tiempo que nos la había mezquinado, por cierto. Contemporáneos suyos eran Leibniz y Kant, Adam Smith, Montesquieu, Rousseau, Hume, Bach, Beccaria, Vico, Goldoni, Lavoisier... Si el cartero lo hubiera sabido, tal vez habría pensado que ninguno de ellos se igualaba, en fama y riqueza, al señor de Ferney.

Algunas cartas encendían una luz en el corazón y en los ojos cansados del cartero. De los sobres emanaba un perfume delicado, un aura sensual que no podía ser sino femenina. Ostentaban las armas de damas ilustres: la duquesa de Sajonia Coburgo Gotha, la margravina de Bayreuth (hermana del rey de Prusia), la duquesa de Richelieu, la duquesa de Choiseul... Otras provenían de simples burguesas, el cartero lo deducía al instante por la calidad del papel, la mayor o menor abundancia de firuletes en la caligrafía. Otro misterio: la capacidad de aquel viejo que nunca había sido apuesto, ni vigoroso, para inflamar a las mujeres con una pasión a menudo próxima al delirio. Pero él se declaraba incapaz de responder a esos ardores y alrededor de los cincuenta años había anunciado a su amiga del alma (y del cuerpo), la marquesa de Châtelet, después de dieciséis años de íntima relación, que se retiraba de la lid amorosa para dedicarse solamente a cultivar la mente y el espíritu.

El cartero ignoraba esa proclama de renunciamiento y tan sólo sabía lo que todos los habitantes de la aldea: que la devota compañera del anciano Voltaire, su escribiente y enfermera, su ama de llaves y secretaria, Madame Denis, una rubicunda gordita (¿cómo traducir *grassouillette* adecuadamente?) de un metro y medio escaso de estatura, era también, sin duda, *la bonne à tout faire* del castillejo de Ferney. *A tout faire*. Todo, absolutamente. Y bien felices que parecían ambos, la extraña pareja, el anciano encorvado, sin dientes, las mejillas excavadas hasta semejar pozos insondables, apoyado en un bastón y con el otro brazo enroscado en torno del brazo rollizo de Madame Denis, cuyas rebosantes, cadenciosas caderas iban marcando el ritmo de los paseos cotidianos. Del jardín y la explanada frente a la casa, relativamente modesta por fuera pero cómoda y hasta lujosa por dentro, a la huerta, de la huerta al molino, del molino —cruzado el puente de piedra sobre el arroyo— a los campos sembrados. Y, de vuelta, atravesar la aldea, saludar al cura (que se persignaba a escondidas, creyendo ver bajo los faldones de la chaqueta del filósofo la cola misma de Satanás), pasar por el taller de relojería patrocinado por Voltaire, acariciar a dos o tres chiquilines empujados por sus padres a los brazos del patriarca (Madame Denis observa: ¿no se demoran un tanto los dedos sarmentosos de su tío en las mejillas y la garganta de esa muchachita a punto de florecer?), y llegar por fin a casa, y ver qué ha traído hoy este bueno del cartero, y abrir los paquetes de libros que vienen de París, de Ginebra, de Amsterdam, de Londres y hasta de Moscú, y reírse con las diatribas del mayor enemigo, Rousseau, y disponerse a contestarle con toda la artillería del humor y la malevolencia más refinada.

## *Apuntes de Jean Huber*

¿Por qué hago esto, por qué me dedico a este modelo único, por qué no hago sino dibujar y pintar, día y noche, en las actividades más variadas, hasta cuando está sentado en la *chaise percée*, al señor de Voltaire? Yo mismo me lo pregunto a menudo. No tengo otra respuesta: porque me fascina. Me fascina su máscara impresionante, móvil, incansable en las variaciones, en el reflejo de los humores que transitan por ese cuerpo increíblemente frágil e increíblemente vigoroso. La cara parece tallada en un material flexible, plástico y, a la vez, sólido como una roca. La roca, debajo de la piel tramada en arrugas inverosímiles, es la calavera. Perfectamente visible, para nada espantosa, ni amenazadora. Porque la calavera sonríe, sonríe siempre. Yo también me pregunto, como acaso se lo preguntará la posteridad, si la sonrisa se debe a la ausencia de dientes, que ha excavado las mejillas y hundido los músculos rectores de los labios hasta convertirlos en valvas resecas, o si se debe a un ánimo en perpetua exaltación humorística ante el absurdo del mundo tal como el hombre lo ha hecho. O deshecho, según como se mire. Para un artista, es una reflexión pertinente. Pero, por sobre todas las cosas, el señor de

Voltaire me divierte. Es como una caricatura viviente; colmada, al mismo tiempo, de una dignidad que la redime, elevándola por encima de la ridiculez y aproximándola a la grandeza. Desentrañar cómo se produce ese fenómeno contradictorio es el desafío constante para mi lápiz.

Otros artistas, más grandes que yo, encontraron también en él una inspiración creadora. El señor Houdon lo ha esculpido como una estatua romana, envuelto en los pliegues de un manto majestuoso que sirve de zócalo para una cabeza admirable, donde los ojos y la boca, la famosa boca desdentada, atraen más la mirada (y de eso se trata, precisamente) que toda la montaña de mármol que le sirve de pretexto. Y el señor de Pigalle ha tenido la audacia de representar completamente desnudo un cuerpo macilento, demolido por los años y los males, y que sin embargo no provoca compasión, ni asco, sino una suerte de plenitud, como diciendo: "En esto puede convertirse la materia, pero la inteligencia sigue iluminándola". Me asegura el señor de Voltaire que él nunca posó desnudo para el escultor, es demasiado pudoroso para hacerlo. Supongo, él no lo dice, que es también consciente de su físico tan pobre. Pigalle se valió de un modelo parecido y le colocó la cabeza del filósofo.

A mi manera, también yo quiero registrar el paso del tiempo sobre la ajada envoltura de esta osamenta venerable. Para mí, Voltaire es un paisaje donde la luz y la sombra traman sus juegos incesantes, mientras se suceden los procesos químicos que mantienen y finalmente aniquilan nuestro cuerpo, y las pasiones, las curiosidades, los miedos (porque también Voltaire los tiene, estoy seguro) producen las expresiones. Como las sombras de las nubes cuando pasan sobre valles y colinas, aldeas y sembrados. Me complazco en dibujar decenas, centenares de caritas de Voltaire, en vastas hojas de papel, describiéndolo en sus humores de la mañana a la noche. También me esmero, en óleo y en acuarela, en registrar los incidentes, aun los más menudos, de su vida cotidiana: el patriarca desayunando en la cama, con el gorro de dormir, la narizota sumida en la taza de café donde hociquea la boca ávida y torpe, la otra mano cariñosamente retenida en una de las suyas por Madame Denis, el visitante —que esa mañana es Laborde— sentado junto al lecho, el padre Adam registrando en su libretita los menores dichos del filósofo, la sirvienta reclinada en la cabecera, descansando sus maduros pechos sobre el borde de los almohadones.

O bien el despertar de Voltaire. Siempre con el gorro de dormir ladeado, una pierna a medias sumida en la correspondiente pernera del pantalón, el camisón arremangado a punto de ser indiscreto, una mano autoritaria indicándole al copista dónde va la coma mientras le dicta una serie de invectivas divertidísimas contra Rousseau o contra Federico el Grande (con quien se ha peleado por una cuestión de dinero). ¿O bien se trata de un documento reservado sobre el tráfico de armas, o sobre sus inescrupulosas especulaciones con títulos de bolsa, o con billetes de lotería? Para obtener la independencia económica, hasta un filósofo debe hacer concesiones.

## *Una carta*

"Castillo de Lunéville, marzo 3 de 1749.

Querida amiga:

No podrá usted creer lo que paso a narrarle.

El señor de Voltaire irrumpe ayer, a eso de las cuatro de la tarde, en mi habitación, se enfurece al vernos al capitán de Saint-Lambert y a mí entregados a estudios de anatomía comparada. Nos lo reprocha de viva voz: indescriptible es su cólera, todas las furias habitan su cuerpecito, los insultos más soeces se escapan de su boca desdentada. Reacciono, conforme a las enseñanzas de él recibidas, con la tranquila dignidad de una matrona romana. ¿No fue él mismo, acaso, quien puso término, hará de esto unos ocho años, a nuestras relaciones más íntimas —¡después de más de un decenio de deliciosos intercambios!—, limitándolas a la esfera intelectual y declarándose incapaz, en adelante, dada su edad, de satisfacer otras inquietudes mías que no fueran las de la mente? Recuerdo muy bien los versos que me escribió entonces: 'Si queréis que os ame todavía, / devolvedme la edad del amor; / y en éste, el ocaso de mis días, / de la hora primera renovad el ardor'.

Ante la imposibilidad de ejecutar semejante prodigio, esto es, de devolverle el ímpetu juvenil, y segura, por otra parte, de que esa renuncia no ha sido más que la máscara de la comodidad, resolví ceder a las amorosas instancias del joven y ardiente marqués de Saint-Lambert, jefe de la custodia del rey Estanislao Leczinsky en este castillo de Lunéville, donde el señor Voltaire y yo somos huéspedes de Su Majestad desde fines del año anterior. No oculto mi edad, pero no estoy muerta: la gallardía del marqués avivó mi rescoldo; me devolvió, en pleno y crudo invierno, la primavera.

Para abreviar: el capitán de Saint-Lambert, pasado el primer momento de sorpresa y reacomodándose las ropas, respondió al furor con el coraje y propuso a Voltaire un duelo. Apenas pronunció esta palabra y ya nuestro magro filósofo retrocedía, escabulléndose de la habitación. Reímos ambos, el capitán y yo, del ridículo lance, y reanudamos con fervor nuestros estudios. Por la noche convoqué a Voltaire y analicé la situación: no es el caso, le dije, de hacer tragedias. ¿O dónde está la contención del filósofo, el predominio de la razón? Razonemos, pues: usted, querido amigo, ocupará siempre el lugar de preferencia en mi corazón; el capitán se ocupará de las ansias del cuerpo; y mi marido, como siempre, nos apañará a los tres con su característica serenidad. ¿No es curioso que el verdadero filósofo resulte ser mi marido, el marqués de Châtelet?

Voltaire pareció tranquilizarse, pero se excedió. Le pidió disculpas al capitán Saint-Lambert, humillándose ante él como un niño ante el preceptor severo. ¡Él, el hombre más sabio, inteligente y astuto del mundo! 'Hijo mío —le dijo—, la culpa ha sido exclusivamente mía. Se halla usted en la edad feliz del amor y del placer. Disfrútelos, porque ese tiempo es siempre demasiado breve... (ésta fue una perfidia de su parte). Un viejo inválido como yo no está hecho para esas alegrías.' ¡Hipócrita! Le cuento a usted, querida amiga, las cosas como sucedieron, pues no me cabe duda de que en París le llegarán a usted toda clase de versiones, perversamente deformadas, sobre este episodio en suma intrascendente.

Emilie Le Tonnelier de Bréteuil, marquesa de Châtelet."

*N. del E.*: No tan intrascendente. A los cuarenta y tres años de edad, Emilie quedó embarazada del capitán de Saint-Lambert. Voltaire, incapaz de reprimir un sarcasmo aun cuando se tratara de una persona muy querida, al enterarse comentó: "El niño podrá catalogarse en el rubro Miscelánea, de la marquesa de Châtelet". Emilie convocó a su marido, pasó con él una temporada y le confió después la noticia de su paternidad. El 4 de septiembre de 1749, la marquesa dio a luz a una niña; el 10, murió de resultas del parto, y la criatura no tardó en acompañarla en el panteón familiar. Voltaire, enloquecido de dolor, pierde el sentido, rueda por las escaleras, debe permanecer varias semanas en cama. Al reencontrarse con Saint-Lambert, lo increpa: "¡Usted la ha matado! ¿Qué necesidad tenía de embarazarla?". En la vida del filósofo, y en la medida de su disponibilidad de afecto, Emilie du Châtelet fue, sin duda, el único gran amor.

# Diderot

Si uno es capaz de caer en éxtasis ante una máquina de fabricar medias, no es improbable que termine por concebir el mundo como un portentoso mecanismo de entretejer existencias, conductas, caprichos, pasiones, con las leyes —inmutables en apariencia— de la naturaleza, desde la rotación de los astros hasta la incesante labor de la lombriz. Eso le ocurrió a Diderot, cuyo nombre aparece comúnmente diluido en la mención global de los enciclopedistas: Voltaire, Rousseau, d'Alembert y él mismo, Denis Diderot, considerado el responsable mayor de la *Enciclopedia* y poco más. En el área de habla francesa se le reconocen también otras capacidades (polígrafo, novelista, crítico de arte), pero siempre al sesgo de la sombra colosal de Voltaire y hasta de Rousseau. Algo que sin duda habría enfurecido al crispado, egocéntrico y genial autor de *El sobrino de Rameau* y *Jacques el fatalista*, cuya conciencia de ser un genio debió dolorosamente doblegarse a la necesidad de confinar, por razones sobre todo políticas, sus obras de ficción a los cajones del escritorio, en espera de tiempos mejores.

Esos tiempos tardaron dos siglos en llegar. Son los nuestros, cuando se descubre, con asombro, hasta qué punto Diderot resulta contemporáneo. Criterio mezquino si tan sólo se limitara a iluminarlo sobre la pasarela del desfile de modas en que deviene la literatura del marketing: "Miren qué antepasado tan ilustre: está un poquito arrugado y polvoriento porque es viejísimo, pero no hay nada que un buen lifting y unas sesiones de gym no consigan: en poco tiempo más podrá confundirse con los autores de *Vox*, o de *American Psycho*". Nada de eso: Diderot no ha cesado de vivir porque entendió, como nadie en su época (únicamente los antiguos griegos tuvieron un criterio similar de la ubicación del hombre en el cosmos), la duplicidad congénita de la naturaleza humana, la ambigüedad esencial de la criatura dotada de razón y, a la vez, de pasiones violentas, de accesos caprichosos e inexplicables que la llevan, con los ojos bien abiertos, a la autodestrucción. Y si él, Diderot, tuviera en última instancia que elegir, no es seguro que no optase por el anarquista capaz de incendiar el mundo para satisfacer su ego. Aunque una y otra vez nos prevenga sobre la importancia de la opinión pública en relación con la conducta individual.

El profesor Furbank se propone ascender a la cumbre Diderot por la veta más riesgosa. Desde la cubierta del libro* ya nos advierte que es una biografía crítica. Contará la vida de ese hombre extraordinario y simultáneamente analizará sus obras fundamentales. La intención no es, sin embargo, la tan común de inferir, de prisa, relaciones carnales entre vida y obra. Al contrario: con rigor, las considera objetivamente y más de una vez demuestra —sin imponerse al lector— cómo algunos textos fundamentales nacieron de una oposición del escritor consigo mismo, una forma de ascesis nada habitual. Al mismo tiempo, subraya a menudo el encantamiento experimentado por Diderot respecto de su genio. No es la simple infatuación del creador convencido de su carácter excepcional: es el auténtico candor, bien naïf, del niño (Diderot fue un eterno infante) que al mirarse al espejo se encuentra lindo y lo comunica, jubiloso, a los demás. Porque vivir le parece un regalo divino y expresarlo, un deber de gratitud.

Erudito y ameno, Furbank recrea con mano maestra el prodigioso siglo XVIII. Algo más que un marco para las andanzas de hombres y mujeres excepcionales, cuyo pensamiento, llevado a la acción, obrará el paso definitivo del mundo antiguo al moderno. La palabra, la reflexión, la literatura, la apasionada investigación científica, la aventura imperial del colonialismo (Clive de la India, por ejemplo) y su contrapartida, la gesta de la independencia norteamericana como preludio de la Gran Revolución política, son la materia viva de la existencia humana en el siglo

**Diderot*, P. N. Furbank, Emecé, Buenos Aires, 1994.

llamado de las luces. La humanidad está al borde de la placa giratoria, todavía no ha emprendido el camino que conducirá a la decepción —y la depresión— de Goya: "El sueño de la razón produce monstruos". Habría que remitirse al texto admirable de los hermanos Goncourt, *La mujer en el siglo XVIII*, para encontrar un equivalente de este fresco colosal de una época condensado por Furbank en el medio millar de páginas de su libro.

Es que Diderot lo abarcó todo. Desde la matemática (donde no se destacó, pero tuvo aproximaciones interesantes) hasta la gastronomía, desde la interpretación teatral hasta la notación musical, desde exaltaciones casi místicas y disputas teológicas hasta los vericuetos de las finanzas públicas (y privadas, las suyas en primer término, nunca lo bastante holgadas), la educación popular, el arte de la pintura, el arte de la novela. Anticipó la máquina de escribir y hasta la computadora, dio consejos a los gobernantes (cuando se los pedían y cuando no), versificó discretamente. Y tuvo tiempo para dirigir la obra ingente de la *Enciclopedia*, capeando malentendidos, censuras, amenazas y libelos. Todo esto —y he aquí un rasgo distintivo de su siglo respecto del nuestro— divirtiéndose enormemente. Ni los achaques de la edad apaciguaron su afán de defender hasta las últimas consecuencias la libertad de pensamiento y de obra, ni atenuaron un fino sentido del humor, a menudo dirigido contra sí mismo, sus manías, caprichos y exabruptos.

Semejante personaje debía irritar a más de uno. Diderot tenía fama de parlanchín irreprimible. El diálogo se convertía para él, a poco andar, en un monólogo donde se interrogaba, se contestaba, se contradecía, se alababa, se denigraba, se enfurecía, o se reía a gritos, con desparpajo infantil. Pero hasta sus detractores más tenaces debían reconocer, a la larga, la originalidad de un pensamiento cuya premisa fundamental era partir de cero, no confiar en ninguna autoridad ni prestigio anterior (los "idola" de Francis Bacon) y ver la cuestión desde ángulos distintos, no ensayados hasta entonces. De ahí las reflexiones desconcertantes, por el estilo de *La paradoja del comediante*: el mejor actor no es el más sensible sino todo lo contrario, el que no siente absolutamente nada y puede, por lo tanto, fingir de modo convincente la pasión propuesta por el libreto, en vez de dejarse arrastrar por un ímpetu desquiciador.

Furbank analiza prolijamente las obras de ficción de Diderot, en especial *El sobrino de Rameau, La religiosa* y *Jacques el fatalista*. Son estudios, se dijo, magistrales, de profundidad y agudeza notables. Por sí solos aconsejarían la lectura del libro. Si a ellos se añade la narración de una vida fascinante, el consejo se potencia. Aunque Furbank no va más allá del siglo XIX al considerar brevemente la posteridad de Diderot, el lector puede por su cuenta añadir algunos descendientes prestigiosos y más próximos: Marcel Proust, Bertolt Brecht, Samuel Beckett.

# Henry James

En 1910, cuando Henry James tenía 67 años —nació en Nueva York el 15 de abril de 1843— y llevaba unos cuarenta de residencia en Londres, tuvo un sueño, con rasgos de pesadilla, que se apresuró a incorporar al libro de memorias que por entonces escribía, *Notas de un hijo y hermano.* En el sueño, él y su hermano mayor, William —el famoso filósofo nacido en 1842—, recorrían, como lo habían hecho efectivamente más de medio siglo atrás, las salas del Louvre. Al llegar a la Galería de Apolo, ese espléndido estuche colmado de oro y cristales donde se exhiben, entonces y ahora, las joyas de la corona de Francia, las puertas se cierran detrás del Henry de 12 años. Afuera estalla una furiosa tormenta. La única luz que arranca destellos a molduras y pedrerías proviene de los relámpagos. En las sombras, el Henry niño que es soñado por el Henry maduro percibe la presencia, indiscernible pero seguramente ominosa, de una sombra, de la que emana una potente maldad. El muchacho reacciona oponiéndose con todas sus fuerzas al monstruo. Y triunfa: "Mi visitante ya era sólo un punto desdeñable en esa vasta perspectiva, en ese tremendo, glorioso salón, sobre cuyo largo piso reluciente, privado para la ocasión de su hilera de invalorables vitrinas centrales, *él* huía para salvar su vida". Y el Henry casi septuagenario reflexiona: "Lo sublime de la crisis consistía en la noción de que, en mi precaria condición, yo resultaba más terrible que el espantoso agente, criatura o presencia, lo que fuere, de quien había intuido, en el más frenético salto del despertar del sueño, el sueño dentro de mi sueño, que estaba preparando mi sepulcro."

Es, prácticamente, casi palabra por palabra, la trama de uno de sus últimos y más perfectos cuentos, "The Jolly Corner" (traducido, en una vieja antología, como "El rincón pintoresco"). Con la diferencia de que en él, James da una vuelta de tuerca más compleja al tema: el protagonista del cuento, vuelto a Nueva York tras muchos años de voluntario exilio europeo, se encuentra en la casa solariega que visita en un anochecer tétrico, lluvioso, con presencia huidiza que de perseguidora se transforma en perseguida. Hasta descubrir que se trata de sí mismo, tal como en realidad es, envejecido, enfermo, repugnante, usado por el tiempo; él mismo, como los demás podrían verlo si no se ocultara tan cuidadosamente detrás de los modales refinados, la buena ropa, el barniz cultural. Pero la mujer que lo ama, lo ha seguido hasta la casa vacía, ha visto también ella el fantasma y, en vez de rechazarlo con horror, lo ha compadecido. Como en todos los relatos de este supremo maestro de la ambigüedad, nunca sabemos si esa mujer es sincera o no cuando, mientras abraza a su amado, lo consuela: "No, él no es... no es igual... que tú".

No hubo tal consuelo femenino en la vida de Henry James. Por lo menos, del que él mismo diera noticia. Y mucho menos con siquiera la sospecha de un interés sexual. Amigas fieles, devotas, tuvo muchísimas. Relaciones íntimas, ninguna. Nadie ha podido resolver nunca esta incógnita, que punza por igual a admiradores y detractores. ¿Era James impotente u homosexual? Con su acostumbrada reticencia, envuelta en los circunloquios de una prosa tan magistral como elusiva, James se refiere vagamente a un episodio juvenil, a los dieciocho años, en los primeros días de la Guerra de Secesión, cuando en Newport, donde por entonces residían los James —padre, madre, cuatro hijos varones y una sola mujer, la menor, Alice—, estalló un incendio casual, sin relación con la guerra. La muchachada, Henry entre ellos, corrió a prestar ayuda.

Un accidente le ocurrió entonces, cuya índole no ha sido jamás aclarada: él lo describe como a la vez mínimo y demasiado íntimo para revelarlo públicamente. Un intenso dolor, que duró unos veinte minutos, provocado por una lesión aparentemente derivada en impotencia. "Acorralado en el ángulo agudo entre dos altas empalizadas", ¿pudo sufrir algo así como una castración? (inexplicable; nada en su aspecto ni apariencia ni conducta permite inferir que fuese eunuco), ¿o un desgarrón muscular, o un problema vertebral, que posteriormente lo inhabilitaría para el amor físico? Lo único más o menos claro es su referencia a un malestar de espalda que nunca más lo abandonaría. Confiándose a su padre, éste lo llevó al mejor especialista de la época, un famoso cirujano, quien, según Henry, "arrojó sin miramientos una luz impiadosa sobre el estupor que se le sometía", pero tratándolo al mismo tiempo como si fuese "una bagatela" ("pooh-pooh"). Y eso es todo lo que sabemos de la "oscura herida".

¿Qué es, finalmente, la cosa "más odiosa, horrible e íntima" que puede ocurrirle a un varón? La herida, sea cual fuere, asume en la vida de este hombre singular —un ermitaño que practicaba una intensa vida social— un carácter metafórico nada improbable en alguien que lo transformaba todo en literatura. James recuerda que, de chico, sus compañeros de colegio a menudo lo hostilizaban porque lo encontraban diferente. Pero él no les hacía mucho caso, porque en su imaginación los transformaba en "monstruos y horrores, maravillas y esplendores y misterios; pero nunca, en tanto puedo recordar, en relaciones reales... compañeros de juegos, íntimos, meros contemporáneos e iguales".

No hay mejor síntesis biográfica de James que el prólogo admirable de Borges a un relato breve, *La humillación de los Northmore* (Cuadernos de la Quimera, Emecé, 1945), donde se halla la definición perfecta que cito a menudo: "James, antes de manifestar lo que es, un habitante resignado y benévolo del Infierno, corre el albur de parecer un mero novelista mundano, más incoloro que otros. Iniciada la lectura, nos molestan alguna ambigüedad, algún rasgo superficial; al cabo de unas páginas comprendemos que esas deliberadas negligencias enriquecen el libro (...) Se trata de la lúcida omisión de una parte de la novela, hiato que permite que la interpretemos de una manera o de otra: ambas contempladas por el autor, ambas definidas. Así ignoramos, en *La lección del maestro,* si el consejo dado al discípulo es o no pérfido; en *Otra vuelta de tuerca,* si los dos niños son víctimas o agentes de los espectros; en *La fuente sagrada,* cuál de las damas que simulan indagar el misterio de Gilbert Long es la protagonista de ese misterio; en *La humillación de los Northmore,* el destino final del piadoso proyecto de Mrs. Hope".

Ya instalado en Londres, James se vanagloriaba, en una carta a casa, de haber comido fuera, en la *season* de 1878-9, ciento cuarenta veces... Cómo hizo este hombre, auténticamente snob y gozosamente mundano, para escribir semejante caudal de cuentos, artículos periodísticos, reseñas, ensayos críticos, prólogos y por lo menos cuatro de las mejores novelas en inglés *(The Turn of the Screw* y las tres últimas *The Wings of the Dove, The Golden Bowl* y *The Ambassadors*), no es el menos intrigante de los enigmas que propone. En los últimos años tan sólo una dolencia no menos misteriosa lo alejó de la ceremonia que diariamente oficiaba en el altar del único dios que reconoció: la literatura.

Desde 1896 vivió en Lamb House, una residencia señorial pero relativamente pequeña, en Rye, cerca de la costa de Sussex. Conservaba un piso en Londres, y habitaciones en un club céntrico. En 1915, un año antes de morir, se hizo ciudadano británico como protesta por la no intervención de su país natal en la Primera Guerra de este siglo (lo haría en 1917). Suele comparárselo, no sin buenas razones, con Proust, a quien James se refiere como "un joven escritor francés que dicen que se me parece". Proust lo había leído; James pudo, a lo sumo, leer *Los placeres y los días*, apenas un trasunto del Proust maduro. *A la sombra de las muchachas en flor* obtuvo el Goncourt en 1919; James murió el 28 de febrero de 1916.

Ambos, el norteamericano y el francés, creen en el arte como única religión posible. Sólo que Proust habla de una posible redención por el Amor y de la recuperación, por el recuerdo sensible, de la inocencia perdida. James piensa que estamos condenados sin remisión a nuestro propio infierno personal. Tuvo el supremo pudor de no revelar jamás cuál fue el suyo.

# Robert Louis Stevenson

El gran brujo blanco acecha en dos puntos marcados con una cruz sobre el mapa infinito de la ficción. En el umbral de la adolescencia nos guía hacia la literatura del mar, donde en su momento abordaremos también los veleros de Melville y de Conrad (o seremos, tal vez, abordados por ellos). Y en el umbral de la juventud nos conduce al laberinto infernal donde el doctor Jekyll es eternamente perseguido por Mister Hyde, en una vana, ilusoria confrontación de espejos, porque se trata de una sola persona habitada por dos fantasmas contradictorios.

El brujo se llama Stevenson, Robert Louis. Un escocés de Edimburgo dedicado durante su breve vida a contar historias y a buscar, vagabundo sin destino, el alivio solar para la tisis. En el primer párrafo se aludió a los dos libros que le aseguran la inmortalidad. Tal vez él la habría aceptado con un guiño irónico. Porque en ambos casos la fama proviene de un equívoco. *La isla del tesoro* se considera un clásico de la literatura infantil y fue, en efecto, destinada a satisfacer los reclamos de un hijastro de Stevenson, Lloyd Osbourne, de trece años. Es en realidad una novela iniciática que marca, precisamente, el deslinde entre la infancia y la pubertad, y sus ecos llegan hasta textos contemporáneos, *El señor de las moscas, Rito de pasaje*. Aunque aparentemente sujeta a los postulados éticos del tiempo (1883), hay en ella una esencia libertaria y una oculta veta de crueldad que llevó al productor David O. Selznick en 1936, cuando encaró la realización de un film que sería famoso (con Jackie Cooper y Wallace Beery), a exigir a sus libretistas modificaciones en algunos personajes y en el final.

*El extraño caso del doctor Jekyll y Mister Hyde* es también un clásico del terror y como tal se lo encaró en las dos versiones cinematográficas que contribuyeron a difundirlo, la de 1932 con John Barrymore y la de 1941 con Spencer Tracy. Pero tampoco encaja exactamente en el género, si bien por fuera presenta no pocos ornamentos propios de la novela gótica tradicional. El genio de Stevenson logra aquí por primera vez en la literatura occidental una síntesis magistral del tema antiquísimo del doble, el *doppelganger*. Sobre las huellas ilustres de Hoffmann y de Poe, el escocés revela que "el otro" no es sino uno mismo.

No hay proyección externa. Aunque el malvado Hyde transpire un aura perversa, sabemos que él y el bondadoso Jekyll son una misma persona. Revelación perturbadora para la certeza victoriana acerca del estricto deslinde entre los buenos y los malos. Nacidos en 1886, Jekyll y Hyde, hijos del desengaño romántico, se anticipan en un decenio a las primeras publicaciones de Freud sobre el subconsciente y el papel de la sexualidad reprimida en la cultura occidental.

Stevenson nace el 13 de noviembre de 1850, seis meses antes de la inauguración de la imponente Gran Exposición de Londres, ideada por el marido de la reina Victoria, Alberto de Sajonia, para mostrar al mundo de lo que es capaz la humanidad cuando dispone de la máquina. Es la era de las grandes aventuras, de los exploradores empeñados en llevar el progreso a las tierras vírgenes: las fuentes del Nilo, Stanley y Livingstone, los polos, los desiertos, las selvas hasta entonces impenetrables; el general Gordon en Kartún, el Canal de Suez, Victoria emperatriz de la India, la marcha hacia el Lejano Oeste en los Estados Unidos de América; la linotipia, el desarrollo del ferrocarril, la lámpara incandescente, el cable submarino. Es también el ocaso de los veleros, de las culturas aborígenes, de las manadas de animales en libertad.

Los artistas son los primeros en oír los crujidos ominosos que escapan de los engranajes, por entonces todavía bien aceitados: Baudelaire, Stevenson, Gauguin soñarán con los paraísos remotos donde aún moraba (creían ellos) el buen salvaje de Rousseau. El primero, demasiado escéptico, no llevará el sueño a la práctica, no imagina vivir lejos de su medio natural, el aire enrarecido de París. Stevenson y Gauguin partirán, el uno en 1888 y el otro quince años después, hacia las islas del Pacífico Sur, el último paraíso.

Comparar sus respectivas postrimerías es una experiencia interesante. Ambos tropiezan con una realidad hostil, encarnada en sendas administraciones coloniales obtusas y rapaces. El idealista escocés, enfermo y ansioso de reparar sus frágiles pulmones, encontrará en Samoa la paz física y espiritual; y triunfará, como asistido por ángeles propicios, de las artimañas burocráticas que buscan expulsarlo de la isla (bajo dominio alemán en aquel tiempo). Gauguin, robusto, cínico, fanfarrón, morirá amargado en las islas Marquesas, deshecho el sueño por sus interminables reyertas con funcionarios y misioneros.

Los samoanos, que adoraban a Stevenson (le otorgaron un apodo musical, Tusitala, "el contador de cuentos"), le prepararon una tumba en lo alto de una montaña, no lejos de su propiedad, Vailina, que significa "cinco ríos". A ella condujeron el cuerpo, de inverosímil delgadez, amortajado en la bandera británica, sobre la mesa del comedor de la casa solariega de los Stevenson en Edimburgo (la mesa y el resto del ajuar de familia habían arribado a Samoa junto con la madre del escritor). En noviembre próximo hará un siglo del entierro.* "Los indígenas no volvieron a cazar en esa montaña —informa José María Álvarez en su epílogo a la edición de 1981 de *La isla del tesoro* en Hyspamérica— para que los pájaros pudieran vivir en paz junto a la tumba de Tusitala".

Encaramada en el promontorio sobre el mar, una lápida dice los bellísimos versos escritos por Stevenson mismo para su epitafio (Fanny, su mujer, yace junto a él). Intento una pálida traducción aproximada, resignado a la imposible reproducción de la música original: "Bajo el ancho y estrellado cielo/Cavad la tumba, ponedme a descansar./Contento viví y contento muero/ Y me reclino aquí con una voluntad./Que estas palabras en mi losa graben:/'Yace aquí, donde quiso estar;/retorna a casa el marinero errante/Y hasta el cazador vuelve al hogar'".

*Este texto fue publicado en el año 1994.

# Oscar Wilde

Al oído actual, la frase suena a caricatura, a parodia: "La edición francesa es en púrpura de Tiro y fatigada plata". El año es 1893, se está hablando de *Salomé*, de Oscar Wilde; y quien habla es Wilde mismo, en su interpretación más aplaudida, la del esteta decadente, el escritor-orfebre, el engarzador de pedrerías en materias preciosas: oro, marfil, ámbar. Si describe un espejo, el charco de cristal es abrazado por un Narciso labrado en plata; si se nombra una partitura de Dvórak ("Oscar no la escuchó nunca, sólo le encantaba el nombre del compositor", afirma Frank Harris), se la evoca con un color, el inevitable púrpura. Se lo siente saborear las palabras, enroscándolas en la lengua como golosinas excesivamente dulces. Hasta que el lector llega a sospechar que en vez de auténticas piedras preciosas, se lo está atosigando con caramelos.

Tal la imagen convencional y tradicional de Wilde, su autorretrato bajo los rasgos de sir Henry Wotton, en *The Portrait of Dorian Grey*. El artista como oficiante del culto a la Belleza (con mayúscula), revestido de los ornamentos abrumadoramente fastuosos de un emperador bizantino. ¿Qué es, entonces, la Belleza? Ornamentación pura. Bajo el caparazón áureo, el ídolo impasible: las figuras hieráticas, lejanas, vagamente opresivas, de las pinturas de Gustave Moreau. Decadentismo, simbolismo. Un poema que parece escrito en broma para burlarse de los excesos esteticistas: *La esfinge*. Reiteración de la misoginia ofendida de su maestro, Walter Pater: la mujer fatal, Mona Lisa como encarnación del vampiro.

A Oscar le encantaban las paradojas. Puso una en práctica en su vida: no la mujer sino el hombre fatal. Amó a lord Alfred

Douglas, bello y ambiguo efebo cargado con doble prestigio: el de sus blasones y el de las resonancias que su hermosura pide prestadas al arte y a la literatura. Wilde puede jugar a Adriano y Antínoo, y Apolo y Jacinto: blancos desnudos masculinos de mármol, armonías griegas entre las frondas góticas de Oxford. Mientras se es emperador, dios y estatua a la vez, el tumulto exterior (la era victoriana con sus frenéticas pulsiones de lucro, poder, hipocresía sexual y modales perfectos) se encrespa lejos del jardín encantado. Otra paradoja: el emperador-dios es en realidad esclavo de su esclavo. Y será éste quien lo aniquile, aplastándolo bajo el peso de la sanción social.

Había en esa sanción un elemento que los primeros comentarios, las primeras biografías (la de Harris) pasan por alto. Pero que no escapó a la perspicacia de los últimos victorianos, sabedores de que los cimientos de la ardua construcción imperial comenzaban a crujir y vacilarían en cuanto la vieja reina dejara el trono a su hijo, *gourmand* y epicúreo. Era la subversión. ¿Subversivo el dandy que perdía una tarde para elegir una corbata, o un amigo por replicar una agudeza? ¿Subversivo el autor de esas comedias disparatadas y amables, que tanto hacían reír y tanto dinero (otro motivo para envidiarlo y odiarlo) procuraban a Wilde? Basta oír hoy el interrogatorio de Lady Bracknell al pobre Algernon, en *The Importance of Being Earnest,* para discernir el tictac de la bomba de tiempo. Ese diálogo —maravilla de ingenio y destreza— es la más feroz requisitoria jamás arrojada a la cara de una sociedad con el chasquido de un bofetón. Esa mujer monstruosa es mucho más que la representante de una clase triunfalista: es todo un enfoque de la existencia humana y de la estrategia destinada a ponerlo en práctica, con el más descarnado cinismo. No falta mucho para la conclusión lapidaria, años después, de Ernst Jünger: "El capitalismo terminará en canibalismo". Debajo de la apariencia festiva, brota el clamor de la protesta. Oscar Wilde se había convertido en un sujeto peligroso. Someterlo a un proceso por malas costumbres era sacárselo de encima con un pretexto que las gentes de bien (o las bien pensantes) no podrían menos que aprobar. Henry James mismo, que no era mala persona pero sí un homosexual larvado, se negó a peticionar en su favor, asqueado —dijo— por la conducta de su colega.

Philippe Jullian, uno de los mejores, si no el mejor, de los biógrafos de Wilde, escribe: "Wilde se había precipitado hacia el desastre en modo tal de sugerir que lo necesitaba profundamente, pero preveía una sombría apoteosis, el final de Satanás, cárceles como las de Piranesi, un suicidio exitoso. Su prisión, por el contrario, fue como un suicidio abortado, con todo el vómito y toda la humillación que puede dar un cuerpo que ya no es deseado. Dos años pasarían, grises, sucios, interminables... Para Oscar, que siempre pensaba en términos literarios, la situación era atroz porque no había ejemplos artísticos de un horror semejante. Hoy, encontraría algunas referencias en las páginas de Genet, en las pinturas de Francis Bacon, en el mundo de los campos de concentración. En 1895, la idea del infortunio era todavía romántica".

Es que Wilde fue un gran romántico. Y —tercera paradoja— una mente de lucidez tal, que no sólo vio a su sociedad y su tiempo como realmente eran sino que también previó el futuro, este que hoy nos rodea y nos envuelve en su furor. Al cabo de un siglo de su caída, se nos aparece como un visionario, un genio. Esencialmente, un artista (en la superficie, demasiado obediente, quizás, a los dictados de la moda —¿pero no era él, acaso, quien la dictaba?—) y un hombre bondadoso. Esta última cualidad se ha vuelto tan rara, que bien merece destacarse.

"Leyendo y releyendo, a lo largo de los años, a Wilde, noto un hecho que sus panegiristas no parecen haber sospechado siquiera: el hecho comprobable y elemental de que Wilde, casi siempre, tiene razón". Lo dice Borges *(Otras inquisiciones)* y lo perfecciona así: "Wilde, un hombre que guarda, pese a los hábitos del mal y de la desdicha, una invulnerable inocencia". Tanta, que imaginó poder derrotar con sutiles ocurrencias y juegos de palabras a quienes se empeñaban en hundirlo. Aunque su principal enemigo era él mismo. Él, autoproclamado "rey de la vida" pero que en el fondo del corazón albergaba el deseo (¿perverso?) de ser castigado. "No la felicidad sino el placer" y "siendo el dolor la suprema emoción que el hombre puede experimentar, es, al mismo tiempo, el prototipo y el yunque del gran arte", eran dos de sus divisas favoritas. ¿Alcanzó Wilde, a través de su martirio, el gran arte a que aspiraba? Depende de lo que se entienda por grandeza artística. *La balada de la cárcel de Reading* y *De profundis* son desgarradoras tentativas en ese sentido. Por momentos, estremecedoras por el soplo de autenticidad. Pero uno siente —yo siento— que el Wilde más verdadero y más profundo se esconde bajo el antifaz veneciano de sus comedias y en los diálogos esclarecedores, tan actuales, de *El crítico como artista*.

La placa recientemente colocada en su homenaje, en la abadía de Westminster, es la tardía (como casi siempre) rehabilitación de un genio maltratado (como casi siempre, también) por sus contemporáneos. Innecesaria, tal vez: hace rato que sus devotos lectores lo ubicamos en el panteón de los inmortales.

# Marcel Schwob

Si la gloria póstuma de un escritor se da por la calidad de sus epígonos, la de Marcel Schwob (1867-1905) está asegurada. Jorge Luis Borges le debe (y así lo reconoció) su *Historia universal de la infamia* (1935) y no poco de su estilo sutilmente irónico y conciso; Marguerite Yourcenar, varios de sus textos breves (*Sixtina*, especialmente) y, también, mucho de la atmósfera de *Opus Nigrum* y de algunos relatos como *Ana soror...* Ambos, Yourcenar y Borges, abrevaron en la obra maestra de Schwob, *Vidas imaginarias* (1896), de la que existe en castellano una traducción magistral, la de Ricardo Baeza, publicada por Emecé en 1944 y retomada, unos cuarenta años después, por Hyspamérica.

¿Quién era Schwob, este judío alto y flaco, de nariz de forma de pico de gaviota, boca generosa, ojos claros y cráneo precozmente desguarnecido?

Se llamaba André Marcel Mayer, pertenecía a una de esas familias eruditas y prósperas de origen hebreo, largamente arraigadas en Francia, a cuya alta burguesía supieron asimilarse (los Weil, la madre de Proust, los Camondo y otros tantos). Recibió una educación refinada; a los tres años hablaba, además del francés, el inglés y el alemán. Su tío materno, León Cahun, conservador de la Biblioteca Mazarino, lo alentó a leer a Villon, a traducir a Shakespeare. En el liceo Louis-le-Grand, fueron sus condiscípulos Paul Claudel y León Daudet. Enamorado de la Francia de los trovadores y de la Leyenda Dorada, del París medieval, sus poetas y sus pícaros, nadie como Schwob ha sabido evocar ese mundo bullicioso y maloliente que erigía catedrales, escribía sonetos y hacía el amor y la guerra con idéntico desparpajo, al borde de la magia, la herejía y la lepra. *Corazón doble* (1891) y *El rey de la máscara de oro* (1892) dieron a conocer sus relatos de prodigiosa perfección formal, humor irónico y sutil crueldad.

En 1894, *El libro de Monelle* rinde homenaje a Louise, la joven prostituta, precozmente desaparecida, que fue el primer amor del adolescente Schwob. Allí resuena un eco de la poesía de William Blake, que este gran conocedor y traductor de la literatura inglesa no ignoraba, por cierto: "Considera toda cosa incierta como viviente, y toda cosa segura como muerta". A Louise debió el escritor no sólo ese libro sino también el mal misterioso, esquivo al diagnóstico de los médicos más notorios, que acabó con él tras terribles sufrimientos a los 37 años apenas, reduciéndolo a la invalidez. Desde 1895, fue su compañera la gran actriz Marguerite Moreno, perfil de pájaro y voz de violoncelo, dama joven de la compañía de Sarah Bernhardt y luego *sociétaire* de la Comedia Francesa. De la abnegación con que Marguerite cuidó a su amado hasta el último aliento se hicieron eco todos los notables que frecuentaban a Schwob en su vasto departamento de la Île Saint-Louis, rodeado por miles de libros, una caterva de perritos pelados de origen oriental y un criado chino, Ting. La puerta estaba franca no sólo para los famosos o en vías de serlo, Anatole France, Mallarmé, Valéry, Colette, Claudel... sino también para los estudiantes y para todo aquel que buscara un dato, una orientación, un consejo. Valéry le escribe, en 1895: "Usted es casi la única persona que me ha estimulado sincera y lúcidamente".

En 1901 emprendió Schwob un poético e insensato viaje a Samoa, tras las huellas de su admirado Robert Louis Stevenson, a quien él hizo conocer en Francia, en admirables traducciones. Regresó deshecho. Tan sólo volvió a salir, mientras pudo, para dictar un curso sobre Villon en el Colegio de Estudios Superiores, inolvidable para sus discípulos, que no sabían qué admirar más, si la portentosa erudición del disertante o la musicalidad incomparable de su voz, "la más melodiosa que oí nunca de labios de un hombre", según Francis Jammes. Su último paseo, a comienzos de 1905, fue en automóvil, conducido por Ting, al inmenso mercado parisiense de Les Halles en cuya atmósfera abigarrada y estridente, pródiga en olores sabrosos, en palabrotas y en la jerga popular, el inválido recuperaba a su querida Francia de ayer, de siempre. Al marcharse, inadvertidamente el automóvil volcó el carrito de un vendedor de naranjas: la fruta rodó sobre el empedrado, marchantes y clientes, mandaderos, chicos y perros se enzarzaron en una rebatiña escapada de un grabado de Callot. André Salmon, testigo de la escena, concluye así su evocación: "Schwob intentó sumarse a la multitud, pero lo traicionó el mecanismo dislocado de sus piernas de enfermo. Pero él reía, ¡Ah, cómo reía! Fue ésta su alegría postrera".

Schwob murió el 26 de febrero de 1905. Marguerite, desolada, resolvió venir a Sudamérica y recaló en Buenos Aires, donde enseñó teatro en el Conservatorio y fue maestra de declamación de Victoria Ocampo. Murió casi centenaria, después de haber estrenado gloriosamente *La loca de Chaillot* de Giraudoux.

*Presente perpetuo*

# Silvina Ocampo

## *Azúcar en los bordes*

"Lo siento, no hay azúcar, las hormigas se la comieron toda." Desde la puerta entre el comedor y el office, Silvina Ocampo nos hizo el dramático anuncio a sus invitados a tomar el té: un joven periodista italiano que ansiaba conocerla y yo. La primera sorpresa había sido encontrar tres televisores en el comedor: "Mis nietos quieren ver un programa distinto cada uno", nos informó. Luego, cuando mi acompañante pidió azúcar para su té, Silvina fue al office y volvió con aquella novedad. El italiano reaccionó con una espontánea carcajada, que le valió la inmediata amistad de la dueña de casa. Apenas si pude intervenir en la conversación. Ellos dos hablaron mucho de Italia: de las espléndidas traducciones de los cuentos y poemas de Silvina publicados por Einaudi; de Giorgio De Chirico, con quien ella estudió dibujo y pintura en París; de ciertas estatuas de mujer que ella esculpía por las mañanas en la arena de Mar del Plata "para que el mar tuviera lindos sueños por la noche"; de las estatuas en general y de una en particular que le suscitó esta pregunta traviesa: "¿Es que alguien miró alguna vez la boca del David de Miguel Ángel?". Era el 9 de julio de 1986. Mi amigo, deslumbrado, visitaba por primera vez los mundos inquietantes que Silvina revelaba con una reflexión al paso, con una pregunta inocente en apariencia. Yo no sabía que esa visita sería, para mí, la última.

Sus palabras perduran en los libros. Su voz, tan curiosa, con los trémolos, las vacilaciones (¿espontáneas, intencionadas?), las resonancias nasales, perdura en la memoria. Oigo esa voz cada vez que la leo, inseparable de la letra escrita. Es una impresión demasiado subjetiva, lo sé: no encuentro otra manera de expresar la absoluta identificación de Silvina con su obra. Su gran amigo Borges enunciaba discretamente su escándalo ante un rasgo mayor y definitorio de esa obra: "...un rasgo que no alcanzo a comprender, ese extraño amor por cierta crueldad inocente u oblicua; atribuyo ese rasgo al interés, al interés sorprendido que el mal inspira en las almas nobles". De la nobleza de alma de Silvina hay testimonios irrefutables; también, de su fervoroso interés por la vida, por la gente. La de todos los días, la que se ensucia por la pasión, suele ser cruel y a veces se sublima en el sacrificio. La gente de Buenos Aires, cuyos desatinos, cuyos lugares comunes, cuyo lenguaje supo ella —nacida en cuna de oro y frecuentadora también de bibliotecas— expresar con la tierna ironía de quien entiende que somos capaces de todo y que ese todo depende, las más de las veces, de las circunstancias.

Temo que, de tanto contar anécdotas de Silvina —múltiples, sorprendentes, casi delirantes a veces; amigos y conocidos competíamos por difundir la última—, se la convierta en personaje. A ella, más persona que nadie, con su integridad, su horror a la mentira, su serena resignación ante lo tenebroso de este mundo: no pactaba con la tiniebla, pero se negaba a cerrar los ojos frente a su realidad. El lado de la luz está, para Silvina, entre los animales, en las plantas; aunque en algún cuento se proponga la insidia consciente de una enredadera, o la posibilidad de una venganza vegetal. ¿Quién si no ella pudo escribir el "Epitafio de un aroma"? ("Entre estambres futuros y corolas, /ayer cuando bajaron los relentes,/perecí en un jardín que regalaba/sombras con formas de árboles, y el agua") ¿O el de un perro predilecto, Lurón: "Debajo de este aromo duermen tus cortesías..."? Y aquella imprecación terrible, cada día más profética, en "Árboles de Buenos Aires": "Hay que amarte, Buenos Aires, para ser árbol y no morir de miedo".

La infancia, en cambio, no es de fiar. Tal vez porque la suya no fue todo lo feliz que cabría suponer: "La menor de seis hermanas, todas ellas espléndidas, temía no ser más que una etcétera". Refugiaba sus penas en el cuarto de plancha donde, ávida sin saberlo, oía y retenía para siempre la conversación de las mucamas y las cocineras. De ahí le vino ese oído perfecto para el habla común, y la facilidad de comunicación con personas de todas las capas sociales, de todos los oficios. Le encantaba saber cómo se hacían las cosas y basta leer uno de sus cuentos, cualquiera, para asombrarse de la enumeración minuciosa de utensilios, herramientas, ropas, objetos. La sensibilidad exacerbada y la intuición poderosa le dieron una información prolija acerca de todos los datos de la realidad, de los que recopila un inventario exhaustivo: no se le escapa el color de una baldosa, el pliegue de un vestido, el brillo de una abominable muñeca de porcelana, la caligrafía de unas ramas desnudas sobre el cielo, la usura de una cinta abandonada, los olores del campo después de una tormenta, la piedra que adorna un anillo pretensioso, el pelo muerto de una imagen religiosa, la puntilla de papel que acuna una golosina repugnante.

En sus cuentos, en sus poemas (nunca publicó la novela que aseguraba estar escribiendo, ni las que serían sus preciosas memorias), los rasgos más hondamente argentinos se combinan con las referencias eruditas —nunca pedantes— a una inmensa cultura literaria y artística. Buenos Aires pudo, así, ser imaginada por el Duque de Wu ("en múltiples espejos con lombrices/vio tu río, pintado con barnices"), vista por Tiberio en Sicilia, soñada por De Quincey "en los sueños más horribles,/entre hombres de cabezas reversibles". Pero el tema preferido, el gran tema es siempre el amor. Un amor casi nunca feliz, casi nunca colmado. *Poemas de amor desesperado* es algo más que un título: es la definición de nuestra disconforme, inquieta naturaleza, jamás satisfecha en sus ansias de absoluto. Los amantes, en la literatura de Silvina, desean fundirse hasta ser una sola persona; cuando lo consiguen, son generalmente desdichados. O bien se resignan a la mediocridad y terminan amando a quien odian, y viceversa.

Múltiple, infinita, prodigiosa Silvina. Tu generosidad me regaló una amistad de cuarenta años, compartida con Adolfo Bioy Casares. Temo no haberte frecuentado con la debida solicitud: soy tímido y no me gusta molestar a los artistas que admiro. Tal vez sabías que desde lejos te seguía queriendo y agradeciéndote cada instante de la felicidad que me han dado y me dan, para siempre, tus cuentos, tus poemas. Que mis letras sean, en su modesta escala, dignas de tu aprecio, es la forma que asume mi esperanza, y también mi homenaje.

# Pepe Bianco

Nadie lo ha dicho mejor y tan sólo cabe reiterarlo, por ser juicio definitivo y venir de quien viene. Escribió Borges, en 1985: "José Bianco es uno de los primeros escritores argentinos y uno de los menos famosos. La explicación es fácil. Bianco no cuidó su fama [...]. Prefirió la lectura y la escritura de buenos libros, la reflexión, el ejercicio íntegro de la vida y la generosa amistad". Y refiriéndose a la escritura ("de buenos libros"): "Como el cristal, o como el aire, el estilo de Bianco es invisible". Octavio Paz lo llamó "un escritor admirable y uno de los espíritus más lúcidos y sensibles de Hispanoamérica".

Quien mereció elogios semejantes escribió, en efecto, una obra maestra de narrativa, la novela corta *Sombras suele vestir* (1941), otras dos novelas más extensas, *Las ratas* (1943) y *La pérdida del reino* (1972), un tomo de ensayos magistrales, *Ficción y realidad* (1977), recopilación de artículos publicados en distintos medios a lo largo de treinta años desde 1946, y numerosas traducciones, entre ellas de la memorable *Otra vuelta de tuerca* de Henry James, y de obras de teatro: *Intermezzo* de Giraudoux, *Rosencrantz y Guildersten han muerto* de Stoppard, *Posdata, tu gato está muerto* de Kirkwood, *El hombre elefante* de Pomerance.

Una producción parca y dispersa, mucha de ella, en publicaciones periódicas. Es que Pepe Bianco mantenía con sus propios textos una relación tan entrañable y tan exigente como con los ajenos. Y era, con seguridad, menos cortés consigo mismo que con los demás, a quienes dispensaba una gentileza invariable. Pero uno sabía de la imposibilidad de sobornar sus rigurosos criterios de excelencia. Rigor derivado en didáctica sin parecerlo, sin dedo en ristre ni tono enfático. "¿Me permitís m'hijo?, te voy a clarificar", era la frase con que recibía los originales de quienes, en los años 60 (en mi caso), disfrutábamos de su generosa apertura de las páginas de *Sur*. ¡Cuánto aprendimos de su magisterio amistoso, cuánto le debemos a Pepe en materia de estilo, en orientación de lecturas, en el disfrute de su prosa cristalina, afilada y afinada como una música que, pese a la aparente levedad, desafía al olvido!

La modestia surgía en él de una innata elegancia espiritual. Típico producto de una burguesía media porteña, ilustrada, que (mucho más que la alta) supo erigir en estas tierras, sobre cimientos frágiles, una cultura cosmopolita, versátil, todavía vigente pese al hostigamiento de los varios populismos demagógicos padecidos por la Argentina en este siglo. Hijo de un abogado de su mismo nombre, Pepe Bianco (nacido en Buenos Aires en 1908) estudió en un colegio católico, emprendió vagos estudios de Derecho, pasó por algún empleo público y al rozar la treintena fue llamado por Victoria Ocampo, a la que conocía sin ser todavía amigo, como jefe de redacción de la revista *Sur*, cargo en el que estuvo veintitrés años y acerca de cuyo desempeño anota Borges: "...de hecho, director, ya que elegía los originales y vigilaba la puntuación en casos de duda".

"En mi vida no he tratado sino a gente elegante". Esta singular afirmación de Pepe, pasible en principio de esnobismo fanfarrón, nace de un auténtico candor y de un uso muy preciso del adjetivo. Elegancia del trato, elegancia de los sentimientos: en verdad, auténticamente, consideración hacia el prójimo, aborrecimiento del desdén afectado de las personas que alardean de una finura barata, de imitación. "Las personas que me conocen no ignoran mis convicciones, y digo convicciones y no ideas, porque no soy un pensador. Mis convicciones, más fuertes que yo mismo, pertenecen a ese orden de verdades que no acatamos con el raciocinio sino con el sentimiento. Verdades sensibles al corazón". Fue por esas convicciones que se alejó de *Sur* en 1961, cuando consideró que su viaje a Cuba como jurado de un concurso literario no era razón para que Victoria Ocampo explicase en la revista que se trataba de una invitación a título personal. A la vez, en 1968, el disgusto lo expresó el gobierno cubano por la solidaridad de Pepe con el cuestionado poeta Heberto Padilla y con el inicuamente perseguido cuentista Virgilio Piñera. "Deseo que alguna vez —dice Bianco en conversación con el uruguayo Danubio Torres Fierro, publicada en la revista mexicana *Plural* (enero de 1976)— en los países de Latinoamérica haya mayor justicia social, pero no puedo admitir una justicia social que no se concilie con las garantías individuales, con el reconocimiento del derecho a la existencia de un adversario honesto, con el derecho a la crítica, con esa libertad que para el escritor es imprescindible".

Pepe Bianco defendió su derecho a la libertad antes que una situación económica habitualmente precaria. Atento a todas las corrientes y tendencias de su tiempo, fue fiel a su propia voz: "Agregaré que evito ese barroquismo que no dejo de admirar en muchos escritores hispanoamericanos. Quisiera ser lo más liso posible —no me atrevo a decir clásico— y encontrar en lo que escribo la verdadera entonación de mi voz". La encontró, sin duda. La entonación que es el eco de una conducta, una integridad, una ética. Y un sutil sentido del humor, aplicado ante todo a sí mismo. Distraído famoso, sus anécdotas ocuparían volúmenes. Las llamadas telefónicas a los amigos, a cualquier hora, para una consulta, un comentario, y de pronto: "Bueno m'hijo, adiós, ¿eh?". Y colgaba sin más, dejando perplejo al interlocutor. El terror a cruzar solo las grandes avenidas, aquí o en cualquier parte; en París, dirigiéndose en impecable francés a una pareja joven (no sé por qué, lo oigo en alejandrinos) pidiendo ayuda para cruzar la calle: "Chers amis, je me trouve dans une situation désesperée..." (y era, claro, en plena Concorde). La respuesta a quien le señalaba la fealdad evidente de una de sus grandes amigas, señora porteña "bien", famosa por la extravagancia: "Sí, es cierto —reconocía Pepe—, pero no me vas a decir que no tiene unos huesos preciosos...".

Cuando Pepe Bianco murió, el 24 de abril de 1986, escribí la nota necrológica en el diario en el cual yo trabajaba entonces. No encontré otro título más expresivo que éste: "La inteligencia amorosa". Ahora pienso que debí decir "la inteligencia enamorada". Porque no conocí a nadie que, como él, expresara con mayor y más recatado lirismo la alianza, ardua, difícil, muy rara de encontrar, entre la pasión y la lucidez. Para decirlo con sus palabras: "Verdades sensibles al corazón".

# Manucho Mujica Lainez

El afán clasificador se queda perplejo. ¿A qué generación pertenece, en qué rubro lo catalogamos, de quién viene y adónde va? Pocos escritores argentinos plantean, bajo la apariencia de una literatura tradicional, con una filiación muy nítida, mayores problemas de ubicación. La firma de Manuel (Bernabé, el segundo nombre, quedará pronto relegado a la memoria burocrática) Mujica Lainez —Manuchito para su familia, Manucho para el público, andando los años—, nacido en Buenos Aires en 1910, frecuenta la letra impresa a partir de los años 30. En 1932 ha entrado al diario *La Nación* de la mano de su amigo Adolfo "el Gordo" Mitre. ¿Es quizás un destino? Frecuentador de videntes, cartománticos y numerólogos, en perspectiva Manucho aparece, no obstante, como hombre capaz de fijarse objetivos muy claros y saber cómo alcanzarlos.

La fecha de nacimiento lo coloca junto a José Bianco (1908), Julio Cortázar y Adolfo Bioy Casares (1914, ambos), Ernesto Sabato (1912) y, con cierta disculpable tolerancia, Roberto Arlt (1900), Silvina Ocampo (1902) y, si se quiere, hasta Borges (1899). Y si bien entre todos estos escritores se hace difícil encontrar rasgos comunes que autoricen a aglomerarlos en una tendencia generacional (la Argentina es país de poderosas individualidades), mucho más arduo se vuelve acercar a ellos la figura de Mujica Lainez. Ya que éste resuelve, es evidente, continuar a otro literato anterior, igualmente personal y fuera de catálogo: Enrique Larreta. A la vez, Manucho cultiva —quizás a modo de simulacro, entre respetuoso y algo burlesco: no lo descartemos— las maneras, los tics, las actitudes ornamentales de los clubmen porteños del 80, aficionados a las "bellas letras", antes cronistas y periodistas sagaces, observadores a menudo escépticos de su tierra y su gente, que auténticos creadores de ficciones perdurables.

Manucho fue, sin duda, un auténtico creador de ficciones. La comparación alude, cabe recalcarlo, a una actitud mundana, a una "pose" de dandismo deliberado, pródigo en epigramas, en ocurrencias ingeniosas, en "salidas", como se decía, a menudo memorables, comentadas, repetidas y deformadas infinitamente en las tertulias supuestamente elegantes o enteradas de todo. Así se inventa, se va armando, se forja un personaje que termina por ser leyenda. Y por fagocitar a la persona que le dio la vida, quien suele ser justamente el protagonista de la leyenda. También en el párrafo anterior usé —con premeditación— la palabra simulacro. La despojo de su sentido peyorativo. Me valgo de ella en la doble acepción: la general, de imagen fingida de una persona o cosa (no necesariamente con intención de daño: una escenografía teatral bien puede ser un simulacro), y la muy concreta que tuvo en la cultura barroca. A Mujica Lainez suelen atribuírsele cualidades de escritor barroco, de modo que la relación no andaría descaminada. Veremos luego si esa atribución es exacta.

Hay un indicio muy claro de la filiación literaria de Manucho: su letra. Famosa, inconfundible. Dibujada con precisión de calígrafo, casi de orfebre. Una guirnalda de rasgos elegantes, sensuales, con simultánea tendencia contradictoria a la redondez y la verticalidad agresiva. Apoyada en vigorosos, robustos trazos que alternan con otros de refinada sutileza, como hechos al desgaire pero con íntima seguridad. Y bien, ese enrejado proviene, casi al pie de la letra (suena redundante pero es así), de la caligrafía altiva, a punto de rasgar el papel, de Enrique Larreta. Si el lector está en condiciones de comparar testimonios, le propongo una aproximación más: Larreta deriva los trazos de su pluma, con toda evidencia, del supremo artífice de la teatralidad literaria a fines del siglo XIX y comienzos del XX, Gabriele D'Annunzio. Se dice que este fachendoso italiano podía llenar una página con una sola palabra.

Larreta y Mujica nunca llegaron a tanto, pero junto con los de la pluma heredan otros rasgos del Divino Gabriele. El gusto de la descripción lujosa, por ejemplo, cuando las palabras se cargan de tanta materia pictórica como el pincel del pintor y la extienden, con placer sensual, sobre la página que hace las veces de tela. Los tres son, cada uno a su modo, esencialmente artistas plásticos. No sólo por ese deleite en la materia coloreada sino también por el gusto de describir con apasionada minucia obras de arte, en especial las que suelen abusivamente denominarse clásicas, y relacionarlas con los personajes y las circunstancias de sus ficciones. Abundan en sus páginas las pedrerías, las telas suntuosas, los cortejos magníficos. También la evocación nostálgica, crepuscular, de un espléndido pasado; o, si se trata de temas contemporáneos, los ven como proyectados ya en la perspectiva de un futuro que no será, nunca, mejor. Un toque perverso asoma casi siempre, sin que necesariamente se refiera al sexo: las mayores perversiones no son las de la carne, por cierto.

Estos rasgos invitan a calificar de barrocos a tales escritores. Si por barroco se entiende cargazón ornamental, cabría coincidir. Pero el barroco puro, por así decirlo, es un arte esencialmente dinámico. En arquitectura, en pintura, en música, con rara unanimidad el barroco se propone perseguir lo inalcanzable, lo que está más allá de los sentidos mismos, llámese Dios o insensata aspiración del mono loco. Hay en ello una angustia primordial: la certeza de que nunca se alcanzará el cielo de purísimo azul al que se abren los cortinados opulentos, los óculos, las balaustradas de Tiépolo, o los canteros concéntricos y las perspectivas infinitas de Le Nôtre, o las fugas y las cantatas de Bach. En los mejores momentos de D'Annunzio, de Larreta, de Mujica, esa angustia hiere al lector. Pero la preocupación extremada por la belleza de cada frase, de cada período, de cada párrafo, es la lápida de la literatura. En los peores momentos de los tres, esa obsesión deriva en tiempos muertos, en letra inerte. Palabras sin virtud elástica, esa que arrastra al lector, sin darse cuenta, de un extremo a otro del libro, de un tirón.

Sería injusto no reconocer que Manucho escapa a menudo a esa fatalidad. Sobre todo en sus primeros libros, y siempre cuando deja suelto su admirable sentido del humor. Es un magistral orquestador de farsas mundanas, infalible en la observación de un mínimo gesto, de una inflexión de voz, de un dislate enunciado con soberbia, o con distraída tilinguería. Se lo considera el cronista implacable de una clase en decadencia. Sí, pero con una reserva: jamás dice las causas de la declinación. Como si se tratara de una fatalidad histórica inevitable. No hay por qué ser explícito: Chéjov nunca lo es, no aporta datos económicos ni políticos, y su testimonio sobre el ocaso de una manera de vivir en Rusia resulta, por eso mismo, mucho más punzante y cargado de sugestión que el del historiador más documentado. Se tiene, en cambio, la impresión de que Mujica elude el descenso a las catacumbas, un viaje que hubiera enriquecido su obra, ya que le sobran inteligencia, intuición y recursos expresivos para hacerlo. En todo caso, las sombras que pesan sobre sus criaturas y sobre sus casas lentamente dilapidadas y demolidas, son más las del melodrama que las de la tragedia.

¿Por qué, se dirá, exigir del artista lo que éste no ha querido tocar? Matisse no quiso ser trágico, y es tan grande como Picasso. De acuerdo. Pero uno siente que Matisse ha dado el máximo de su ser a la obra. Mientras que en Mujica se sospecha la posibilidad —más, la certeza— de un talento que pudo haber dado frutos aun más espléndidos y sazonados. Sostengo que el gran aporte de Manucho a la literatura argentina se detiene en *La casa*, su obra maestra, sinfónica, donde todos sus temas se despliegan en una orquestación perfecta. Antes, las tres biografías magistrales (*Miguel Cané, padre*, 1942; *Vida de Aniceto el Gallo*, 1943; *Vida de Anastasio el Pollo*, 1948), los cuentos de *Aquí vivieron* y *Los ídolos*, anticipan la plenitud. A partir de ahí, creo (y éste es probablemente un sentimiento muy subjetivo) que el personaje devora a la persona, y la ornamentación a la literatura. El proceso es gradual, muy sutil. Estoy seguro, además, de que a su aguda inteligencia no se le escapaba lo que ocurría. Al mismo tiempo, y éste es un fenómeno interesante, la figura del dandy epigramático, de feroz ingenio, capaz —él lo decía— de sacrificar un amigo a una frase, fue convirtiéndose en la del auténtico gran señor, todo gentileza y tolerancia, asumidas con tanta gracia y tanta dignidad en los últimos años.

Hubo un destello de genialidad en *Crónicas reales*, memorial de una imaginaria familia europea, frecuentadora de tronos y de recintos dudosos, donde reaparece el Manucho divertido, jovial, travieso, de sus anécdotas verdaderas y de su leyenda apócrifa. El narrador de raza, el evocador de atmósferas, el adjetivador certero, el pícaro astuto que se escondía debajo de la cáscara fastuosa del celebrador mundano. Ese Manucho entrañable, bondadoso, generoso, que sabía ser en su persona privada, en el círculo íntimo. El traductor impecable de los sonetos de Shakespeare y de *Fedra* de Racine. El amigo que recomponía lazos afectuosos desflecados quién sabe por qué. El maestro de erudiciones múltiples, del consejo sabio y la advertencia oportuna. El castellano de "El Paraíso", su última morada en la tierra, su mausoleo.

"El Paraíso". Nombre por demás significativo. En lo inmediato, la réplica, en menor escala, de la formidable "Acelaín", la estancia-fortaleza de Enrique Larreta en el Tandil, un alcázar español encaramado en una sierra artificial. En lo más hondo, la declaración de Mujica Lainez acerca de la médula misma de su obra, el tema que la recorre entera y la exalta: el Paraíso perdido y acaso recuperado. ¿Cómo? Por la virtud del arte, por el don de la belleza. Extraviados en la selva oscura de un mundo hostil (aquí hay una resonancia de sensibilidad afín con otro esteta implacable, Truman Capote), sus personajes tan sólo anhelan volver a lo que pudo parecerles la felicidad, ya para siempre perdida. La opulencia, el brillo mundano, las gratificaciones sensuales, la ilusión del amor total, supremo y eterno; la seducción del dinero, la juventud o el poder. Lo mismo que en el dogma cristiano (con el que Mujica mantiene una relación ambigua pero indudable y de peso sobre toda su obra), tan sólo la muerte da acceso a la luz inefable, al reino perdido.

La cumbre de esas reiteradas muertes literarias es la de Silvano, el viejo pintor (transparente retrato, para quienes lo conocían, del gran Miguel Victorica), en *Invitados en el Paraíso*, novela en cierto modo menor pero muy significativa. La descripción de esa muerte —Silvano se interna en su propio, último óleo, un paisaje con jóvenes bañistas, y descubre que el cuadro está tan vivo y "completo", tridimensional, como el paisaje verdadero al que duplica— es la recuperación del Paraíso cristiano a través del arte. Idea similar en su base a la de Proust en *La Recherche...* Sólo que en Proust no es necesario morir para vivir eternamente en la fuente divina de la belleza inmortal (noción platónica): las resonancias de la memoria operan el milagro. En Mujica, la muerte es el gran rescate, el precio de la vida eterna. Otro desenlace favorito de Manucho escritor: el personaje es visitado, en su agonía, por una ronda de todos aquellos que intervinieron favorablemente en su vida y que salen a recibirlo en los umbrales de lo que sería el Cielo. Pienso que él imaginaba así su muerte, hacia la que marchó con la entereza,que era su secreta armadura espiritual. Deseo fervorosamente que así haya sido y no puedo sino recordarlo, con invariable cariño, en un paisaje pintado por Silvano, rodeado de las criaturas a las que su don de artista otorgó vida perdurable.

# Juan Rodolfo Wilcock

No fui amigo íntimo de Juan Rodolfo Wilcock. Creo, simplemente, haber merecido su estima en algún momento. Lo conocí y lo traté durante algunos años, en mi primera juventud; fue una de las personalidades más curiosas que vi en mi vida, e influyó sobre mis lecturas y mis preferencias artísticas.

Esto ocurría en 1948, cuando yo tenía 22 años y Wilcock casi 30. Un día, Alberto Greco me habló de Wilcock, cuyos poemas me habían atraído por el intenso romanticismo, y sus críticas en *Verde memoria* y *Disco* por la causticidad. Le escribí pidiéndole que me recibiera: *Los hermosos días* me parecía un libro admirable y deseaba que me lo firmara. Johnny me llamó por teléfono y me citó en su casa de la calle Montes de Oca. Pero la casa, como suele decirse en inglés, desafiaba cualquier descripción. Wilcock ocupaba apenas una piecita en los altos de un chalet que en otro tiempo estuvo precedido por un jardín. El jardín fue reemplazado por un modesto edificio de departamentos, de esos tan característicos, alineados a lo largo de un corredor. En el fondo del corredor, incongruente, asfixiado, seguía estando el chalet.

Había sido la casa de los abuelos y los padres de Wilcock, nieto (creo, porque nunca lo supe con precisión) de ingleses; la abuela vivía aún con él. ¿Fue una alucinación mía —pues el edificio, oscuro y polvoriento, se prestaba a las alucinaciones—, o una tarde vi a la abuela de Johnny, una señora gruesa y triste, de expresión amenazadora, atravesar una de las salas, siempre en penumbra, y esfumarse, al parecer, a través de la pared? Él, con su habitual reticencia, no me comentó nada, pero hasta creo recordar que habló en inglés con la aparición.

Aquellas habitaciones de la avenida Montes de Oca coincidían con la descripción de la casa de Miss Havisham, en *Great Expectations* de Charles Dickens. Como si desde veinte años atrás, por lo menos, no se hubiesen abierto las ventanas, ni pasado un trapo, ni cambiado de lugar un mueble, un adorno. Todo estaba allí, como dice Rilke, para siempre. Jamás olvidaré la tarde en que Johnny, inesperadamente, me invitó a bajar (él vivía arriba, ya lo dije, en una piecita parecida a la de Van Gogh en Arles) a la sala donde estaba el piano. Un piano vertical, con temblorosos, inútiles candeleros de bronce, al cual se sentó Wilcock y entonó *lieder* de Schumann. Hablaba el alemán con la misma perfección minuciosa que cualquier otro idioma, el que se le pidiera. Su voz, como todo él, parecía venir de una región lejana y polvorienta; fugitivo de una Troya sepultada bajo otras seis ciudades superpuestas, debía atravesar increíbles distancias en el tiempo y en el espacio para acercarse a nosotros, que no éramos, no podíamos ser sus contemporáneos.

Aquella primera vez que lo vi, Wilcock estaba enfermo, en cama. Era noviembre, y él sudaba entre bufandas y tisanas. El excesivo abrigo acentuaba la irrealidad de esa cara de adolescente precozmente ajado, que parecía dibujada en un papel demasiado blanco y surcada por trazos de carbón que subrayaban los ojos hundidos bajo la poderosa frente, los pómulos altos, las mejillas excavadas; dos rayas simétricas descendían de las aletas de la nariz a las comisuras de la boca, tajo desdeñoso. El pelo, menos que rubio, era incoloro, y lacio. Cometí el error de preguntar quién era el muchachito de cara tersa y dulce, representado en un dibujo que estaba sobre la cama. "Soy yo —me informó Wilcock, furioso—; me dibujó Silvina Ocampo." Rato después llegaba el chofer de Silvina, llevándole la comida en una vianda.

Me interrogó ese día sobre mis gustos literarios. Mencioné atropelladamente tres o cuatro poetas argentinos que por entonces me atraían; y él comentó: "No veo entonces para qué viene a verme". Y estampó en mi ejemplar de *Los hermosos días:* J.R. Wilcock, sorprendido. 13 de noviembre de 1948.

Varias veces volví a esa casa. En una de mis visitas, me enteré de que Wilcock era ingeniero civil. Había trabajado para los ferrocarriles, pero ya no ejercía su profesión. En ese carácter vivió un tiempo en Mendoza, época que le dejó una huella indeleble; en medio de sus efusiones líricas más emparentadas con la poesía inglesa, cuando se cree estar escuchando un lejano eco de Keats o de Tennyson y hasta de Wordsworth, aparecen los álamos, las acequias, el cielo de Mendoza. Y su novela *L'ingegnere*, escrita en italiano y publicada en Italia en 1975, refleja muchos aspectos de su vida en aquella provincia argentina.

Hacia 1953, Wilcock se fue, por primera vez, a vivir a Italia. Lo habían designado traductor para la edición castellana de *L'Osservatore Romano*. Volví a verlo, pues, en Roma, en 1955. Vivía él modestamente, como siempre, en un departamento alejado del centro, en uno de esos monoblocks siniestros que los italianos se empeñan en denominar *palazzi* y que en pocos años derivan hacia una ruina más patética y obscena que las de la Antigüedad. En vano interrogué a la portera por el señor Wilcock. "Mai visto", me aseguraba, mientras junto a ella, una chiquilina insidiosa, que hacía sin duda su aprendizaje de futura portera, repetía, con indignada estridencia: "¡Mai, mai!". Se me ocurrió, entonces, describírselo: "Un señor menudo, muy pálido, rubio, que habla muy bajo y como en un soplo...". "¡Ah —prorrumpió triunfante la portera—, il signore Güilcoque!" (Transcribo fonéticamente su pronunciación de aquel apellido, vencedora de la mía, pretensiosamente oxoniana.) Sí, allí vivía *il signore Güilcoque*, pero no estaba en ese momento; podía dejarle recado. A la noche siguiente, Wilcock y yo comíamos juntos una módica, esplendorosa fuente de pasta en una *trattoria* cercana a la Stazione Termini, y él me explicaba que el recinto mismo donde nos hallábamos había sido un granero papal y, mucho antes, parte de las colosales Termas de Diocleciano, lo mismo que el Museo de las Termas, que estaba a dos o tres cuadras de allí, al otro lado de la plaza, y la basílica de Santa María de los Ángeles, un poco más allá, y hasta la redonda iglesia de San Bernardo,ya cerca de la Vía del Tritone.

Nunca tuve en Roma, ni en parte alguna, un cicerone más atento, versado y entretenido que Johnny Wilcock. Tras dos años de permanencia, conocía la ciudad mejor que los romanos mismos. Adoraba la que se llama "Roma papal", la de Sixto V, Urbano VII y Clemente VIII, la de Bernini y Borromini. Gracias a él, conocí rincones, estatuas, lápidas que ni siquiera figuraban en la Guide Bleue. Él me reveló, en el claustro bellísimo de San Juan de Letrán (tanto más bello que la basílica en sí), los mosaicos cosmatescos, aquellas prodigiosas taraceas de piedras y mármoles de colores, obra de una dinastía de artífices musivos de origen griego, los Cosmas, largamente radicados en Roma allá por el siglo VI. Recuerdo que en uno de sus poemas, que me leyó por entonces, figuraban los mosaicos cosmatescos; y frente a una rima que desdeñosamente consideré demasiado fácil (*cemento* con *monumento*, o algo así) él me observó: "Pero vos no te das cuenta de que éstos son poemas didácticos".

Caminábamos interminablemente, en las noches violetas de Roma, acompañados por el gorgotear de las fuentes y por el murmullo cansado de la voz de Wilcock. Era noviembre de nuevo, sólo que en otro hemisferio: avanzaba el otoño, y hacía frío. Un atardecer, en Vía Apia Antica, lo vi tiritar en su traje de verano, con apenas una tricota liviana. Le ofrecí mi espesa, abundante bufanda. Wilcock se envolvió en ella y me dijo, regocijado: "¡Qué lindo! Es como ponerse un par de gallinas vivas".

Tiempo después volvió Wilcock a la Argentina, antes de alejarse definitivamente. Nos reencontramos en la casa de Silvina Ocampo. Se trataba de grabar escenas de una obra teatral escrita por ambos: *Los traidores*, que transcurre en Roma, en tiempos de Caracalla (y que aún espera al director imaginativo que sepa exprimir la riqueza y el humor de su texto). Johnny se divertía en hacerla rabiar a Silvina: apagaba las lámparas en los momentos culminantes (la única actriz auténtica del grupo era Mercedes Sombra; los demás, improvisados, Enrique Pezzoni y su hermana, yo, no recuerdo quién más) o dejaba caer al suelo, adrede, los libretos, cuyas hojas se desparramaban. Con afán, las buscábamos en cuatro pies y por todos los rincones, mientras Wilcock las mezclaba aun más y respondía en broma a las angustiosas imprecaciones de Silvina.

No volví a verlo. Mejor dicho, lo vi de nuevo, pero no él a mí. Porque fue en un cine, mientras proyectaban *El Evangelio según Mateo* de Pier Paolo Pasolini, gran amigo de Johnny, a quien confió el papel de Caifás. Su extraño rostro parecía más raro aún debajo de un bonete sacerdotal.

No estoy calificado para juzgar la poesía de Wilcock. Sólo sé que me gusta y que me acompaña siempre. Pienso que aun aquellos que abominan de sus versos, encontrándolos cursis, amanerados y —cuándo no— extranjerizantes, debieran reconocer la prodigiosa integridad intelectual de su autor. Ya es leyenda la ferocidad con que, al recibir un premio de poesía en la SADE, apenas traspuestos los veinte años de edad, fustigó Wilcock a todos los escritores argentinos allí presentes y ausentes, incluyendo al jurado mismo que lo había elegido. Tenía la intransigencia de un Valéry, pero no su mundanería. De ahí su aislamiento, la cruel soledad que era, a la vez, su defensa y el precio que debía pagar por no hacer concesiones.

Por debajo del sarcasmo y de la dureza fingida, había en Wilcock un chico desamparado y muy triste que deseaba ser amado. Su poesía toda es un lamento romántico —descuidada de modas o tradiciones que no fueran las de su territorio espiritual—, expresado con un rigor casi doloroso. Su prosa destila una crueldad y un humor infrecuentes en la literatura argentina. Lingüista y filólogo notable, pudo expresarse con certera fluidez en los varios idiomas que dominaba, y se ubicó en la primera línea de los intelectuales italianos, muchos de los cuales —Pasolini, Moravia, Elsa Morante, entre ellos— fueron sus amigos y lo reconocieron como un maestro.

De suyo taciturno, Wilcock fue con los años aislándose cada vez más. Así como en un tiempo había preferido vivir en los alrededores de Buenos Aires, en un rancho lejos del asfalto, sin luz eléctrica ni agua corriente, en los últimos años eligió una casita de campo en un lugar inhóspito de las afueras de Roma, al que era difícil acercarse. Un amigo lo encontró allí, muerto de un ataque cardíaco, en las manos, abierto todavía, un libro sobre el infarto. ¿Sintió los síntomas del ataque y quiso certificarlos? O, hipersensible como era, no sintiéndose bien, ¿la lectura, impresionándolo y corroborando su intuición, precipitó su fin? Nunca lo sabremos. Podría ser el remate de uno de sus crueles, burlones, feroces cuentos de *El caos*.

## Alberto Greco

¿Quién me hubiera dicho cuando lo conocí, cerca de medio siglo atrás, que la pintura de Alberto Greco sería entronizada en el Museo Nacional de Bellas Artes? Yo andaría por los 20 y él por los 15 cuando nos presentó una amiga común, Sara Reboul, poeta. Greco circulaba por la Buenos Aires de 1945 con un aro dorado en una oreja, un saco rojo y un mechón barriéndole los ojos azules, aguachentos. Pueden imaginarse las reacciones provocadas a su paso por la ciudad de la gomina, el empaque y los muchachos como los dibujaba Divito. Era una guerra que él peleaba con el desvalimiento y el ingenio. Fue un pícaro, con todas las trapisondas, las desdichas y la diversión de la picardía. Nunca conocí a otra persona en quien convivieran tan íntimamente el ángel y el demonio. Capaz de inconcebibles generosidades y de perfidias muy crueles. Como un chico eterno. Se sentó a la mesa de los ricos y comió los sándwiches del día anterior que le alcanzaban los mozos conmovidos de la desaparecida Jockey Club, en Viamonte y Florida. Vistió como un príncipe y como un mendigo. Cultivó, es cierto, un empeñoso, deliberado desaliño que condecía con el desgarbo corporal, el hablar tartajoso, la risa convulsiva que se desataba de repente, casi siempre inoportuna, en hipos, jadeos, gruñidos y una especie de aullido animal, lejano, tristísimo, que resonaba en el fondo de insondables cavernas de su infancia de incomprendido y rechazado. Tuvo amores con todos los sexos y todas las edades, y siempre fue él quien se alejó primero. Hasta que alguien le ganó de mano. Y fue el fin. Tuvo desde chico la certeza de una muerte prematura, a los treinta y cinco años, y se suicidó al borde de esa edad. Nunca me interesó su pintura. Sí, sus poemas, sus cuentos, los trazos prodigiosos que derrochaba sobre las mesas de los bares, hechos con borra de café, con ceniza de cigarrillo, con mugre y talento. Como sus últimas invenciones plásticas, el *Vivo Dito,* la "firma" al pie de los transeúntes, esos dibujos efímeros lo representaban cabalmente: el último de los bohemios, patético, viajero distraído que se baja en otra estación y se queda, por ver qué hay de nuevo, de distinto, de cómico. Me cuesta imaginarlo como sería hoy, a los sesenta años. Para mí, llevará siempre un aro dorado en la oreja, vestirá un saco rojo y se reirá con una risa imposible. Atroz, acaso.

# Manuel Puig

Esas cosas. Solíamos vernos más en Roma que en Buenos Aires. A mediados del decenio del 60, *Primera Plana* me enviaba a menudo a Roma. A mí, un agnóstico convencido, me mandaban a cubrir sínodos y concilios. Manuel estaba allí con frecuencia. Él me recomendó el hotelito donde paraba, el Due Torri, nada que ver con el fastuoso homónimo de Verona. Un albergue pequeño y limpio, con eso basta, en una callecita encantadora, el Vicolo del Lionetto. Más bien un pasaje, en forma de ele, en una de cuyas esquinas brota de la pared la diminuta cabeza de mármol de un león, de época bizantina. Por el portón de un palacio del siglo XV se desemboca en Piazza Nicosia, donde se alza un edificio público típicamente fascista.

Abundo en detalles porque Manuel conocía el barrio, próximo a Piazza Navona, como si hubiera nacido en él. Rasgo característico, el amor por los barrios donde subsistían modos de vida ya desechados por las grandes ciudades (en fin, Roma era y es todavía una gran aldea), la elección del suburbio como escenografía de sus andanzas. La patrona del Due Torri parecía escapada de una de sus novelas: batón, chancletas, una extraordinaria pelambre roja, collares y pulseras en profusión. Por supuesto, Manuel conversaba largamente con ella y la consultaba sobre sus cuitas amorosas. "No es italiana, es turca —me informó— y además, bruja. Lee la borra del café." Entendí entonces la razón de sus habituales diálogos.

Nos habíamos conocido poco antes, Manuel y yo. Lo veo llegar a la redacción de *Primera Plana*, aferrado a un sobre de papel madera que contenía las pruebas de página de *La traición de Rita Hayworth*. Lo primero que me impresionó en él fue la dentadura deslumbrante, magnífica. Relampagueaba en una cara de hermosos rasgos, muy parecida —la he visto hace poco en la tapa de una biografía del cantante— a la de José Carreras joven. Con dulzura explicó que llegaba de Nueva York, donde había trabajado para Air France; que en la Argentina, su patria, nadie lo conocía; que había escrito una novela que Jorge Álvarez se disponía a editarle (creo que ya había aparecido en francés, en París); y que, dados el prestigio y la difusión de la revista, había pensado en *Primera Plana* como el medio para darse a conocer simultáneamente con la salida del libro. Actor nato, aprovechó para seducirnos con una anécdota de sus años en Air France: le tocó atender a Greta Garbo cuando ésta fue a comprar un pasaje a París. Y él, allí mismo, en plena redacción, se alzó las solapas del piloto, se caló un imaginario chambergo aludo, asumió los párpados y el cuello interminables de la sueca e imitando perfectamente su voz cavernosa, informó que deseaba viajar a "París, France". Cumplido el trámite, Greta ya salía del local cuando un último escrúpulo la hizo volver al mostrador y preguntarle a Manuel —misma mímica, misma elocución gutural—: "Are you sure this plane is going to Paris, France?".

¿Era verdad o un invento de Puig? Con el tiempo aprendí que todo lo que Manuel contaba era cierto. Casi todo, al menos. Circunstancias, detalles mínimos que la mayoría no toma en cuenta, o desdeña recordar, eran para él claves importantes de una personalidad, de una situación. Narrador nato, las hacía resplandecer con vislumbres de misterio, de ironía, de crueldad. Era cruel consigo mismo también, con la lucidez de quien desde chico está de vuelta de muchas cosas. Nada escapa a su mirada, inquisidora pero opuesta a la "dura mirada argentina", que él denuncia como uno de nuestros peores rasgos, porque tan sólo atiende a las apariencias. Los conflictos de sus personajes, sus tragedias —son criaturas trágicas sin saberlo—, nacen precisamente de juzgar por apariencias engañosas: nadie es realmente como se siente obligado a mostrarse ante los demás; nada es como parece.

También él pretendía ser tímido, frágil, desamparado. Nada de eso: era valiente, estaba seguro de su talento, no toleraba medias tintas ni ambigüedades. Duro para el dinero. Lo he visto, birome y libreta en ristre, recorrer pacientemente una librería tras otra para averiguar la cantidad exacta de ejemplares vendidos, no fuera cosa que un editor falseara las liquidaciones. Nunca lo satisficieron las películas hechas sobre sus libros, y lo manifestó públicamente. Cuando firmó contrato para la filmación de *Boquitas pintadas*, únicamente aceptó junto a su nombre como guionista el de Beatriz Guido, e impuso a Mecha Ortiz para un papel casi inexistente en la novela, el de la gitana agorera, como homenaje a la actriz e inspirándose, sin duda, en el personaje similar interpretado por Marlene Dietrich en *Sombras del mal*, de Orson Welles.

Mecha, Marlene, Greta y, por encima de todas, Rita, eran las diosas de su panteón privado. Mucho más vinculado con el cine, la revista *Radiolandia*, el tango, el bolero y el radioteatro, que con la literatura. De ahí el desconcierto cuando apareció *La traición*. Llegaba alguien que no le debía nada a Borges y que si algún eco tenía del escritor más aclamado de la época, Julio Cortázar, era su sordina: menos erudito, menos culterano, menos consciente de la prosa. Para escándalo de los teóricos de café, aparecía un escritor prescindente de teorías y de modas importadas de Francia (apenas si comenzaba el auge de las universidades norteamericanas), y que reivindicaba la narración. Tan astuto, a la vez, como para no desdeñar, cuando le convenía, el aporte de una Kristeva o de un Todorov. Se le reprochaba, en fin —era el final de los años 60—, su antiperonismo rampante y, simultáneamente, su crítica mordaz de la hipocresía burguesa.

*La traición* tampoco venía tan desamparada como él pretendía. La avalaban los elogios de varios popes internacionales: Severo Sarduy, Juan Goytisolo, Emir Rodríguez Monegal. Pero el gran éxito sobrevendría con *Boquitas pintadas*. A fuerza de volcar recuerdos agolpados a través de años, me adelanto. Volveré a un tiempo anterior a *La traición* (concebida originalmente como guión) y a Nueva York, cuando Manuel va a Italia a estudiar cine en el Centro Sperimentale de Roma, y en Cinecittà llega a ser asistente, entre otros, de René Clément. De entonces le venía el amor a Roma y a los italianos, aunque no a todos. "Me hicieron sufrir mucho —me contó una vez—. Como yo era pobre y me llevaba un sándwich para comer allí mismo, mientras los demás se iban a almorzar como es debido, me apodaban la *Cenerentola*, la Cenicienta".

Se fue a Italia, dice en una de las conversaciones con Armando Almada Roche, "para alejarme de la mirada paralizadora de mi padre". Una sola vez vi a don Baldomero Puig. La familia —padre, madre (María Elena Delledonne, una mujer muy bella, apodada Male, que se llamará Mita en *La traición*) y un hermano, doce años menor que Manuel— vivía entonces en la calle Charcas cuando se ensancha para convertirse en avenida, esquina Guise o Bulnes. Recuerdo un departamento amplio, luminoso, confortable, con muchas plantas; recuerdo el contraste de Manuel con su hermano menor, un muchachón simpático, de aspecto deportivo; recuerdo la hermosura y la elegancia de Male, y la apostura de don Baldomero, con adusto ceño catalán. Male arrastraba un prestigio romántico: de joven la había festejado un muchacho buen mozo, aficionado al teatro, que andando el tiempo sería un conocido galán del cine nacional.

Le comenté a Manuel mi impresión de su familia. "Sí —me dijo— Male y yo somos Violet y Sebastián". Me estremecí: eran la madre y el hijo, feroces, de *De repente, el último verano*, la pieza de Tennessee Williams llevada al cine con Katharine Hepburn en el papel de Violet. Poco después, al reencontrarme con Manuel en Roma, supe hasta dónde era verdad: él le compraba la ropa a Male en los mejores modistas italianos, franceses y neoyorkinos, incluyendo accesorios y alhajas, y ella no se ponía sino lo que él aprobaba.

Puesto que Puig hizo de su homosexualidad un estandarte de batalla, sería absurdo silenciarla. Era tan inherente a su personalidad como el agudo humor o el finísimo oído para captar el habla popular. "Siempre quise ser Rita Hayworth", le informa a Almada Roche tras contarle una anécdota (fraguada, creo) sobre un inverosímil encuentro con Rita y Alí Khan en Venecia. Tomaba muy en serio su condición de marginado en la cultura judeocristiana. Me reprochó con fuerza que en mi primera novela, *Función de gala*, un personaje tildase a otro de "maricón". "¡Nunca hay que emplear esa palabra, ni en broma!", me reconvino Manuel, auténticamente enojado. Sabido es también que en la intimidad se burlaba, amablemente, de sus colegas, bautizándolos a todos, aun a los heterosexuales, con nombres de estrellas de cine. Así, Vargas Llosa era, con ojos verdes, pelo negro y facciones regulares, Hedy Lamarr; Severo Sarduy, cara de bebé chino, era Gene Tierney; Carlos Fuentes, Barbara Stanwyck, "a tough woman", acotaba Manuel. Quien se reservaba para sí, naturalmente, el nombre venerado de Rita.

*Boquitas pintadas*, su mejor texto, fue la carta de triunfo en la Argentina. No fue fácil. Por casualidad me tocó ser secretario del jurado en una de las ediciones del premio Primera Plana de novela, no recuerdo cuál. Manuel envió, con seudónimo, *Boquitas*, que tiempo atrás me había dado a leer. Asistí, por supuesto mudo e impotente, a los comentarios de aquellos jueces. En el libro de Almada Roche, Puig atribuye a Onetti el rechazo definitivo. Creo recordar que no fue el único. No sabían dónde ubicarla y la acusaban de simple folletín, sin proyección social ni política. En sendas, recientes encuestas de los suplementos literarios de dos matutinos porteños, una mayoría de escritores jóvenes exalta la importancia de la obra de Puig y la consagran como una influencia notoria. Es justicia.

Tras el éxito de *Boquitas*, planeé una nota para la revista, con él en General Villegas, su ciudad natal, acompañado por Aída Bortnik. Dijo que sí, preparamos todo, viaje, alojamiento, y finalmente cambió de opinión. La última vez que hablé con Manuel fue por teléfono. Lo invité a mi casa, había una pequeña reunión, me dijo que no salía, que era peligroso. Se fue a vivir a Nueva York, y tiempo después me envió una copia del original de *El beso de la mujer araña*, que no podía venderse en la Argentina. Es curioso, vino con las correcciones manuscritas, en tinta roja y en catalán. Nos escribimos a menudo desde entonces. Después, el tiempo y la distancia nos fueron alejando, la correspondencia mermó hasta cesar por completo. El libro de Almada Roche me demuestra que no me había olvidado. Al verlo definitivamente instalado hoy en la literatura argentina, entiendo al fin que él lo supo desde siempre.

*Pasiones recobradas*

# Gustave Flaubert

Con metro ochenta de estatura, silueta rotunda, bigotazos de vikingo y cándidos ojos celestes, Gustave Flaubert se instala, Jano burgués de buena crianza, en el punto de la esclusa por donde las aguas del romanticismo francés (Chateaubriand, Stendhal, Balzac) seguirán el cauce realista. *Madame Bovary* (1857) es la llave maestra. Después vendrá Maupassant, hijo no sólo espiritual —según esta biografía de Lottman*— del gran Gustave, mientras Zola entonará su propia canción, canalla y popular, que no disgustará a Flaubert. El linaje, sin embargo, será inesperadamente continuado y concluido por otro burgués bien educado, Marcel Proust. Después del cual, el diluvio.

Lottman comienza por desmentir enfáticamente a Sartre, quien —dice— emplea tres volúmenes, 2.800 páginas en total, para imaginar una infancia de Flaubert (*El idiota de la familia*) basada en la intuición y no en los documentos. El pequeño Gustave era, sí, soñador y, por lo tanto, distraído. Es verdad que el consenso familiar (padre cirujano famoso, madre castradora, hermano mayor distante, hermana menor adicta incondicional) lo estimaba poco menos que un tonto, pero con ese matiz cariñoso que puede destrozar la vida de cualquiera. De cualquiera, pero no de Gustave, quien se hacía leer el *Quijote* por un vecino amable, lo aprendió de memoria y a los nueve años había decidido ya ser escritor. Lo sombrío de la atmósfera hogareña estaba en el escenario: el doctor Flaubert dirigía el Hôtel-Dieu, el hospital de Rouen, y tenía derecho a una casa dentro del predio. Los niños

* *Gustave Flaubert. Biografía,* Herbert Lottman, Tusquets Editores, 1991.

solían espiar, desde el jardín, el recinto de la morgue y las macabras tareas oficiadas allí por los practicantes sobre los cadáveres. El padre convidaba a sus hijos, los días feriados, a edificantes visitas al manicomio; ya se sabe lo que tales establecimientos eran a comienzos del siglo pasado (Gustave nació en Rouen, el 12 de diciembre de 1821).

El eje de esta historia de vida es la madre. Anne Justine Caroline Fleuriot, nacida en Rouen en 1793 y muerta en sus inmediaciones, en la famosa casa de campo de Croisset, en 1872. Mientras ella vivió Gustave fue su compañero inseparable: le había prometido no casarse nunca y lo cumplió. Todas sus relaciones con mujeres se complicaban y enrarecían por la tácita presencia materna, aunque no estuviera en persona. No fue impedimento para que el hijo menor (el mayor, Achille, le llevaba nueve años y sería un destacado médico, como el padre) tuviese en un comienzo relaciones sexuales con una criada, siguiendo las costumbres de la época, y luego, entre aventuras más o menos furtivas, dos o tres amantes regulares. De ellas, la más empeñosa, Louise Colet, una insoportable literata cursi, resultó la más valiosa para la posteridad, por haber conservado las cartas de Gustave. Éste era en extremo inflamable y apasionado, por rachas. Ambos vivieron, como diría ella, transportes sublimes. Cuando él condescendía a desoxidar su herramienta. Basta comparar los dos lenguajes (las citas son textuales) para entender la situación. Los encuentros infinitamente postergados se parecen mucho a los infligidos por Kafka —rendido admirador de Flaubert— a Milena, en nuestro siglo. Las cartas de Louise desaparecieron, pero ella guardó cuidadosamente las de su amante, donde éste vuelca su intimidad doméstica y creadora, a través de los años, en una resignada confidente a la que no escapaba la grandeza de su corresponsal.

Lo que Louise ignoró durante mucho tiempo, así como todos los amigos íntimos de Gustave y, sobre todo, madame Flaubert, era que el escritor mantenía una relación apasionada, aunque ocasional, con Juliet Herbert, ex institutriz de su sobrina Caroline, que, huérfana de madre, vivía con la abuela y el tío solterón en la propiedad familiar de Croisset, a orillas del Sena. Lottman subraya la dificultad para seguir el rastro de Juliet: no sólo se trataba de eludir a madame Flaubert sino también, sobre todo, de no manchar la reputación de alguien que vivía de dar clases a niñas bien.

Mientras tanto, Flaubert escribía. Sin cesar. Diez, doce, quince horas diarias. Una forma de epilepsia, repentinamente manifestada en la primera juventud, y una sífilis contraída al parecer en una casa de baños de El Cairo con un muchachito árabe, determinaron que Gustave se desprendiera sin ganas de su dorada pelambre vikinga y con muchas ganas de los estudios de leyes, arrastrados sin convicción. Pudo desde entonces, burgués de buena posición económica, consagrarse por entero a su única gran pasión auténtica: la literatura. A los gritos. Porque había dado con el curioso método de releer sus textos en voz alta a medida que los redactaba. Párrafos laboriosamente labrados, corregidos hasta la extenuación, reescritos y pulidos más allá de todo límite. Los Goncourt, escritores mediocres pero chismosos admirables, anotan en su diario por ejemplo: "Flaubert, desesperado. Encontró dos genitivos en esta frase: 'una corona de flores de azahar'. Los dos 'de' lo enloquecen". La lectura gritoneada de sus textos no estaba descaminada: la buena prosa es siempre buena música. Los vecinos se acostumbaron a este método de escritura oral, y también quienes surcaban a diario el Sena, en embarcaciones diversas. A Flaubert le encantaba ver desde sus ventanas el trajín del río. Ya célebre, algunas agencias de viajes insinuaban que tal vez el turista fuera regalado con la visión del gran hombre en su terraza o con la audición de sus vociferaciones.

La celebridad acude a Flaubert, como se sabe, cuando publica *Madame Bovary,* en 1857. La merece, pero Lottman advierte que el éxito popular nace de la acusación de obscenidad lanzada contra la novela por la fiscalía de Estado, y del juicio consiguiente. En realidad, se trataba de domesticar a *La Revue de Paris,* donde aparecía el libro en forma de folletín, un medio sumamente hostil a Napoléon III. Absuelto, Gustave absorbió la gloria con su habitual, empeñosa indolencia, y repudió en cierto modo a *Bovary:* le costó mucho escribirlo porque era todo lo contrario de su impulso profundo hacia la reconstrucción del pasado, explicó. La verdad: era perfectamente consciente de la trascendencia de su obra, pero el magno proyecto que lo obsesionaba toda la vida no se refería al mundo moderno sino a *Las tentaciones de San Antonio,* tema sugerido en los años juveniles por una pintura de Brueghel, el Joven, vista en un museo genovés. Grabada por Callot, una reproducción del cuadro lo acompañaría siempre en su estudio.

Lottman sigue, no sin humor irónico, las andanzas de su héroe, limitadas por cierto en lo cotidiano —Croisset, ocasionales escapadas a París, donde recibía los domingos por la tarde a los amigos (el Gotha de la literatura de la época: el entrañable Turgueniev, Zola, los Goncourt, Gautier, el joven Henry James...), la eterna compañía materna, el noviazgo de la sobrina, crecientes problemas económicos—, grandiosas en lo imaginario. "Nadie diría cuánta debilidad se esconde bajo mi gruesa envoltura de gendarme", le escribe a su amiga, la princesa Mathilde Bonaparte, prima hermana de Napoleón III, en cuyo salón, bajo las cejas enarcadas en señal de desaprobación por los Goncourt, el vikingo derrama su indudable encanto personal y su gesticulación aldeana. Este rasgo de auténtico campesino irrita a los esnobs y retrata a Flaubert de cuerpo entero: entrañablemente ligado a su tierra normanda, de ella extrae su vitalidad, su exuberancia de tímido, volcada en páginas caudalosas que una impecable autocrítica reduce. De ahí lo exiguo de su producción, comparada con las infinitas resmas de papel y los miles de litros de tinta empleados en confeccionarla. Una producción que determinará el curso de la literatura francesa —que es decir europea, que es decir mundial— durante medio siglo por lo menos.

El biógrafo observa, varias veces, la contradicción política del novelista. Era un liberal burgués, anticlerical, desconfiado de la democracia. Lo que deseaba era no ser distraído de su única pasión, la literatura. Visitante ocasional de París, se ve envuelto en las luchas callejeras durante la revolución de 1848 que depone al rey Luis Felipe; contempla las conductas con frialdad científica, sin juzgarlas. Luis Napoleón le es indiferente, su invención de una corona imperial lo deja frío. Pero busca el amparo del monarca y, sobre todo, el de la emperatriz Eugenia para solventar en su favor el pleito de *Bovary* y para obtener la Legión de Honor. Tan sólo se alarma de veras cuando el Segundo Imperio cae, en 1870, y los prusianos invaden Francia. Un destacamento se instala en Croisset, ronda el hambre y París es sitiada, primero por los alemanes y después por los franceses mismos que combaten a la Comuna. Ferocidad, lucha fratricida. Flaubert, primero escéptico, ahora se vuelve de un pesimismo negro. A los 50 años se considera un viejo, abomina del género humano, lo asquean la política, las camarillas literarias, las cobardías y las transacciones, grandes y pequeñas, exigidas por la vida cotidiana. Se queja de todo. "Lo estético es lo Verdadero", proclama. Se propone escribir una novela que sea un tratado de la estupidez humana. Su adorada madre muere el 6 de abril de 1872.

El testamento de madame Flaubert dejaba Croisset a su nieta, Caroline, quien entretanto se había casado con un tal Commanville, negociante en maderas. La buena señora tal vez ignoraba la imposibilidad legal de su decisión: a la nieta le correspondía tan sólo la parte de su madre, había otros dos herederos forzosos, sus tíos Achille y Gustave. Ambos decidieron respetar la voluntad materna. Gustave seguiría viviendo, también por disposición de la difunta, en la casa. Es el origen de una infinita serie de complicaciones, humillaciones y pérdidas materiales para el escritor, quien confesaba a su gran amigo Turgueniev: "¿Es usted como yo? Antes prefiero dejar que me despojen que defenderme, no por desinterés sino por cansancio, por aburrimiento".

Con semejante disposición, no extraña que Commanville, cuyos negocios habían sufrido considerable merma a raíz de la guerra francoprusiana, se aprovechara de la benevolencia de su tío político hasta dejarlo literalmente en la calle, así como a devotos amigos que firmaron avales por cariño y confianza hacia Gustave. Rasgo característico de este último, prefirió romper con quienes pretendían ser resarcidos por Commanville, antes que enojarse con su sobrina idolatrada. Lottman describe con impasible exactitud el proceso de degradación a que es sometido el artista, quien en 1873 confesó a un corresponsal: "Sólo deseo una cosa, a saber, reventar. Me falta energía para romperme la crisma. Ése es el secreto de mi existencia".

Mientras tanto, trabaja incansablemente en su historia de los dos tontos *Bouvard y Pécuhet*, que no concluirá. El hombre que despreciaba a los burócratas y abominaba del poder en general y del poder político en particular, gestiona desesperadamente un puesto público, y edita, sí, en abril de 1877, *Tres cuentos*, uno de los cuales, "Un corazón sencillo", es considerado por muchos su obra maestra. La historia conmovedora de la sirvienta que termina por confundir a su loro embalsamado con la paloma del

Espíritu Santo, es tan sólo comparable con el genio de Chéjov. El libro de Lottman se lee, pese a la minuciosidad documental, como una novela apasionante. Flaubert surge tan vivo de sus páginas, tan contradictorio, apasionado y frío a la vez, como un amigo a quien todo se le perdona, no solamente por ser un artista genial sino también y sobre todo por ser como un viejo tío, un oso gruñón e infinitamente tierno. Su estética acaso se condense en una frase que le es atribuida: "Madame Bovary soy yo". Si no la dijo, es verdad que escribió, en sus últimos, amargos años, esta confesión (extraída de su *Correspondencia* en cuatro tomos; aunque expurgada por la sobrina Caroline, sigue siendo el documento más importante para penetrar en la intimidad del escritor): "Me pierdo, como un viejo, en los recuerdos de infancia... No espero de la vida más que una serie de hojas de papel para borronearlas de negro. Me parece atravesar una soledad sin fin, para ir no sé adónde. Y yo soy, a la vez, el desierto, el viajero y el camello" (carta a George Sand, 1875).

No llegó a cumplir 59 años. Murió en Croisset, que pudo de alguna manera conservar, el 9 de mayo de 1880, de una apoplejía. Los Commanville se apresuraron a vender la propiedad a una destilería de alcohol. La casa fue demolida. A comienzos de este siglo, una Sociedad de Amigos de Flaubert compró el pequeño pabellón Luis XV, subsistente por milagro en el antiguo parque, e instaló en él un museo. Allí está, embalsamado, el famoso loro, o uno de ellos por lo menos, que según la leyenda habría inspirado *Un corazón sencillo*. En verdad, hay tres loros que compiten por ese honor, según lo narra, con gracia infinita, el novelista inglés Julian Barnes en su admirable *El loro de Flaubert* (1984). Aunque siempre conviene leer al maestro —*Madame Bovary, La educación sentimental, Tres cuentos*, sobre todo; *Salambó* resulta hoy algo indigesta, y *Las tentaciones de San Antonio,* texto dialogado, irrepresentable en su tiempo, espera a quien lo lleve al teatro, o al video, con las técnicas actuales—, su posteridad quedaría asegurada con el libro de Barnes y con un delicioso cuento de Woody Allen que ejecuta inesperadas variaciones sobre *Bovary.* Y si alguien se retoba, bastará incitarlo a leer esta biografía de Lottman para que, sin duda, desee urgentemente conocer de primera mano al biografiado.

# Colette

Las más de las veces la comparan con una gata. Su amiga Renée Hamon la describe así: "Por turnos, una gata, una pantera, un hurón, un ciervo". Como siempre magistral en el retrato velozmente trazado al vuelo de la perspicacia, Truman Capote la dibuja para siempre y como nadie: "El cabello rojizo y ensortijado, de un aspecto casi africano; con unos ojos de gata callejera, oblicuos y pintados con kohl; un rostro elegante, flexible como el agua... mejillas con rouge... labios finos y tensos como el alambre y pintados de rojo escarlata como los de una auténtica trotacalles". Quienes no la querían, subrayaban su apariencia de gitana ducha en agüeros, hasta de clown retirado de las pistas. No había tenido más remedio que retirarse: desde poco antes de la Segunda Guerra, problemas motrices atenaceaban ya a la setentona Colette ("la muy pintada, la grande, la magnífica Colette", escribiría Luisa Sofovich) hasta postrarla definitivamente en el famoso diván junto a su ventana en el Palais-Royal. La trotacalles, la trotamundos, la vagabunda (título de uno de sus libros) se vio forzada a descansar en el afecto conmovedor de su último compañero, Maurice Goudeket, y en la memoria de sus días al sol. Casi parece escucharse, de fondo, la bellísima canción de Lloyd Weber "Memory": Colette, reina del music-hall en París de comienzos de siglo, no desdeñaría ese acompañamiento.

A esta mujer singular, que le disputa a André Gide el sitial de mejor prosista francés de su tiempo (muchas razones acuden para no limitarla a su sexo: ella no se sintió limitada por él en ninguna parte, incluyendo la cama), dedica el neoyorquino y parisiense por opción Herbert Lottman, también biógrafo de Flaubert, una laboriosa, bien documentada historia de vida, publicada en la excelente colección biográfica del sello Circe*. De algunas declaraciones hechas por Lottman cuando su fugaz paso por Buenos Aires, en el invierno de este año (1992), se desprendería su pretensión de revelar a una "verdadera" Colette, esforzada consumidora de muchos miles de litros de tinta y muchas resmas de papel azul claro (el papel blanco, sostenía ella, con razón, hiere y cansa la vista), en contraste con una imagen, según él, más ligera, casi frívola, que la escritora misma habría difundido.

Pero nada hay en el libro de Lottman que Colette misma no haya comunicado oportunamente a sus lectores. Ella, capaz de contar con auténtico candor las experiencias más escabrosas y de observar al mismo tiempo la más estricta disciplina espiritual. Entre otras cosas, sabía en qué momento abandonar la esfera predilecta de las sensaciones de todo tipo que la excitaban, desde el cáliz y el perfume de una flor hasta la piel de un animal o de una persona, desde la forma de un objeto de uso cotidiano hasta el sonido de una voz amada; abandonar sin nostalgia esa esfera y retirarse a su celda de monje para perfeccionar los ritmos de una frase, o concluir el artículo que esa misma noche vendría a buscar el mensajero del periódico para que apareciera en la edición de la mañana siguiente.

De sus maridos, Goudeket resultó el más observador, y gracias a él tenemos una imagen muy vivaz de Colette trabajadora de la escritura. "Percibió —subraya Lottman— que la esencia de lo que Colette quería decir aparecía ya en el primer borrador; del ritmo se preocupaba sólo más tarde. Incapaz de dictar, tenía que escribirlo todo con su pluma. Así y todo, trabajaba rápido [...] Escribía mucho; a los cincuenta volúmenes publicados hay que añadir los artículos para periódicos y revistas que nunca se recogieron en forma de libro, así como adaptaciones escénicas, diálogos cinematográficos, conferencias y cinco o seis cartas diarias sin tachaduras". Al final de sus días, ella solía comentarle a Maurice: "¿Realmente he escrito todo esto? Maurice, ¿puedo yo haber escrito todo esto? Cincuenta volúmenes... Todo este trabajo no está nada mal, ¿no es cierto?".

Y nada de idealismos trasnochados. A Renée Hamon le acon-

**Colette*, Herbert Lottman, Circe, 1992.

sejaba: "Asegúrate de que te paguen todos y cada uno de tus artículos; no des nada por nada. Si por casualidad entregas un artículo sin cobrar, todos lo sabrán instantáneamente; y estarás acabada!".

El 28 de enero de 1993 se cumplirán* 120 años del nacimiento de Sidonie Gabrielle Colette (apellido que se convertirá en su nombre artístico, de batalla) en un pueblito del departamento del Yonne: Saint-Sauveur-en-Puisaye, no lejos de la capital del distrito, Auxerre, unos 200 kilómetros al sur de París. Como todos los chicos al crecer, Sidonie Gabrielle idealizó, ya escritora célebre, el pueblo natal. Lottman se muestra escéptico: el lugar es hoy tan anodino como en aquel tiempo, "sus calles carecen de encanto y las fachadas,de distinción". La gracia está en los campos que lo rodean, un paisaje que acompañaría a Colette toda la vida: "Pertenezco a un terruño que abandoné", es una frase volcada por ella en un texto, al pasar, y que inesperadamente asume una rara profundidad. Porque ella fue siempre esencialmente una campesina, una criatura de la tierra, los ojos ansiosos por llenarse de luz, el olfato de aromas, la lengua de sabores. Heredó estas disposiciones de su madre, Adèle Sidonie Landoy, a la que inmortalizó en un libro bellísimo titulado con su sobrenombre, *Sido*. También, la comunicación inmediata, de piel y de instinto, con los animales. Tropeles de perros y gatos poblaron su vida, sus muchas casas, sus páginas más tersas. Escandalizó y alarmó a vecinos y amigos, instalada ya en París y viviendo en pleno centro, con un gigantesco gato montés, "Ba-Tou", que tan sólo a ella obedecía, sometido como un gatito doméstico. Cocteau narra una visita al Jardín des Plantes con su colega y amiga, donde ésta recibe el homenaje extasiado de las criaturas más inesperadas, desde las cacatúas hasta las jirafas; las plantas mismas parecen reverenciarla y ofrecerle sus corolas y frutos más espléndidos.

Aunque nacido en una familia de marinos, en Toulon, el padre, Jules Colette, optó por la carrera militar, de la que debió retirarse con el grado de capitán, antes de cumplir 30 años, al perder una pierna en la guerra de Crimea. Fue el segundo marido de Sido, quien de su primer matrimonio tuvo dos hijos, varón

*Este artículo fue publicado el 27 de diciembre de 1992.

y mujer. Viuda, conoció a Colette y se enamoró perdidamente de ese muchacho "con talle de doncella y una complexión tan liviana" (son palabras de Sido). Con él tuvo otros dos hijos, Leo y nuestra heroína. El capitán Colette sentía vocación de escritor. Compraba resmas de papel finísimo, calculaba exactamente cuántas páginas tendría cada volumen, las separaba en cajas sobre las cuales escribía el título de la obra futura, y acumulaba lapiceras, lápices, frascos de tinta. Nunca pasó de allí, jamás escribió una palabra. Pero su hija lo imitó, claro que con otros resultados, en el cumplimiento estricto de esos minuciosos preparativos.

Humildes, los Colette conocieron tiempos peores y fueron desalojados de la casita de Saint-Sauveur, vendida en subasta pública. Se fueron a vivir con el hijo mayor de Sido, Achille, en Chatillon. La marginación económica y social no pesaba tanto como para que el capitán no mantuviera amistad con un rico ex compañero de la escuela militar, de una familia de la alta burguesía parisiense y hasta con ínfulas aristocráticas, los Gauthier-Villars. Un hijo de ese amigo de monsieur Colette, Henry, apodado Willy, se abrió camino a codazos en el periodismo de la capital y llegó a tener cierto renombre como cronista teatral y mundano, y hasta como escritor y dramaturgo. Era un buscavidas, ameno conversador, león social en salones y cafés, hombre no desprovisto de ingenio y de finura, conquistador de mujeres por docenas. Era sabido que un ejército de "negros", de escritores muertos de hambre a los que tiraba unos francos de vez en cuando, escribían casi todo o todo lo que él firmaba. Nadie explicó nunca, y mucho menos los interesados, cómo fue que él y Colette se casaron, el 15 de mayo de 1893. La novia tenía 20 años, el novio 44. Willy, panzón, de ojos saltones y barba en punta, se ufanaba del parecido que le atribuían con el príncipe de Gales, el futuro rey Eduardo VII; Lottman se limita a comentar que en realidad se parecía más a la madre del príncipe, la reina Victoria.

Willy se llevó a su mujer a París y prácticamente la encerró en un sombrío departamentito de la rue Jacob, para que escribiera a destajo. Porque ella tenía, desde muy pequeña, el don de la palabra. Lectora incansable, adquirió el raro dominio de un idioma tan sutil y matizado como el francés. Más raro aún: sabía utilizarlo sin afectaciones ni preciosismos. Llano, exacto, despojado de artificios, delicadamente lírico, preciso; y osado cuando era necesario. Sensualidad, de la buena. Willy había encontrado un tesoro. Empezó a explotarlo, a la vez que iniciaba a Colette en lo que ella, con elegancia, denomina "la disolución". Son los años de las novelas que hicieron famoso a Willy, hasta que se descubrió el engaño; la serie de Claudine, encantador personaje autobiográfico donde la autora verdadera cuenta su adolescencia, sus andanzas en el colegio, las amistades amorosas con maestras y condiscípulas, el primer amor con un hombre (mayor, cabía esperarlo). A veces, el negrero daba algunas ideas y ella ponía todo su talento en desarrollarlas. Llevada al teatro, la pícara colegiala en proceso de crecer en años y en malicia, fue un éxito arrollador. Los Willy estaban ricos. El desigual matrimonio llamaba la atención hasta en París, donde todo se toleraba, porque ventilaba públicamente sus triangulaciones. Si alguien se indignaba, los chismosos y el público se divertían, por ejemplo, con el trío Willy-Colette-Polaire. Esta última era una diminuta y voluptuosa actriz a la cual compartía amigablemente la pareja. Hasta que un día, Colette se hartó de su marido: *Claudine s'en va*. Hubo un larguísimo pleito a través del cual nunca se logró aclarar el tema del huevo y la gallina. En todo caso, el pollo ya volaba con alas propias y aspiraba a transformarse en aguilucho. Por fin se convirtió en una *rara avis* fascinante, con algo de cisne, algo de faisán dorado, algo de lechucita sabia y un resto, por qué no, de gallina maternal y escarbadora. Nacía Colette, "la muy pintada, la grande, la magnífica".

No es fácil seguir los meandros de una existencia tan compleja. Se lo ve sudar a Lottman bajo el peso de esta dama bastante entrada en carnes ya, maciza, sólida, que no vacilaba en desnudar sus pechos, o lo que fuere, en el music-hall, mientras escribía sus libretos, varias notas periodísticas y cientos de autógrafos, porque la revelación de que Claudine era ella y también su propia hija literaria la había convertido, de la noche a la mañana, en una diosa de París. Alejada de Willy, quien la perseguiría muchos años con pleitos varios y acusándola de ingrata, trabó relaciones con una señora más o menos aristocrática, Mathilde de Morny, apodada Missy, fugaz marquesa de Belbeuf, biznieta de Josefina de Beauharnais, sobrina de Napoleón III, Romanoff por su madre. Parecida a Napoleón, gustaba vestir de hombre, y tal era el papel que desempeñaba (con aspecto bastante patético, si se juzga por las fotografías) en espectáculos atrevidos junto a una Colette cada día más desnuda y más robusta, a quien protegía y celaba. La escritora proseguía, con maciza salud campesina, una doble o triple vida: admirable narradora, vedette y amante. Hasta que apareció otro de los hombres en su vida, el muy apuesto, muy rico y elegante Henri de Jouvenel, propietario y director de uno de los diarios más prestigiosos de Europa, *Le Matin* de París, que hacia 1913 editaba un millón de ejemplares por día.

Un rasgo interesante de la vida amorosa de Colette es que ninguno de sus amantes o maridos abandona del todo el cuadro cuando se separan. Willy siguió suministrando libretos, o ideas, para sus espectáculos de music-hall, aún en tiempos de Missy, y ésta tampoco desaparece por completo cuando aparece Jouvenel, con quien Colette se casa, no ya sólo por el civil, como en su primer matrimonio, sino también por iglesia. Tendrán una hija, Colette II, a quien su madre llamará con un apelativo gatuno, Bel-Gazou. La campesina del Yonne será dueña de un castillo de verdad. La columna en *Le Matin*, titulada *El diario de Colette*, se beneficiará de su talento de escritora y de su amor por la aventura (que no le impedía ser la más burguesa de las dueñas de casa, madre ejemplar, cocinera admirable, diestra costurera, jardinera artista, ecónoma estricta). Contará sus impresiones de París vista desde el aire, en dirigible y en globo. Cubrirá los más célebres procesos de años pródigos en crímenes pasionales. Cuando la policía, pese a su credencial, no le permite atravesar el cerco tendido para apresar y matar al bandido anarquista Jules Bonnot, con auténtico olfato profesional describe magistralmente las reacciones de la muchedumbre con que se mezcla. Su reportaje a la Bella Otero es una obra maestra del género, que ningún aspirante a periodista debería omitir. Y sigue publicando, casi un año tras otro, sus bellísimas obras de ficción que no lo son tanto, donde lo autobiográfico se mezcla con lo imaginario, otra forma de expresar la intimidad más profunda: *La retraite sentimentale, Les vrilles de la vigne, La vagabonde, L'envers du music-hall.* Sobreviene la Primera Guerra, donde Jouvenel tiene un comportamiento heroico. Pero ya ha comenzado a insinuarse el desamor. De parte de él, cabe consignarlo. *Mitsou, Chéri, La maison de Claudine*, se acumulan en la posguerra. Algunos relatos son trasladados por ella misma al teatro. En 1923 *Le blé en herbe;* en 1925 el libreto para *L'enfant et les sortilèges* de Maurice Ravel; en 1928, *La naissance du jour*... ¿Cómo se hace para escribir tanto, y tan bien? Penetrantes retratos femeninos y vigorosas presencias masculinas. Lottman anota: "Colette fue la primera en situarse como sujeto frente al hombre convertido en objeto: en objeto sexual". Es la misma mujer que en París ocupada por los nazis, al comentar la muerte repentina de su hermano Leo, poco antes de la guerra, exclama con lucidez aterradora: "Qué suerte tuvo, no haber tenido que afrontar el conocimiento y la conciencia de la edad moderna". Pero nadie más moderno que ella, aunque haya muerto cuarenta años atrás.

La riqueza y la gloria internacional le vendrían con *Gigi,* deliciosa e irónica historia romántica escrita en 1944, que el teatro y el cine llevaron desde un polo hasta el otro. Hacia 1949, Colette declaró que ya no tenía nada que decir. Sobrevendrían reediciones, tiradas de lujo. Estaba postrada en su departamento del Palais Royal, asistida por el amor de su tercer compañero, Maurice Goudeket. Escribía aún cartas, uno que otro artículo, respuestas a reportajes, a admiradores de países lejanos. La rodeaban burbujas de cristal, llamadas sulfuros, que encierran jardines en miniatura (fue Colette quien bautizó "sulfuros" a estos luminosos pisapapeles), caleidoscopios congelados, camafeos, medallas; y las mariposas de Brasil, traslúcidas y coloridas como vitrales. Entre chales de seda y mantas, la inválida despachaba, sobre una mesa adaptada al diván, su correspondencia: le escribían desde el Japón, la India, Escandinavia, Sudamérica. Se despeinaba y pintaba cuidadosamente para recibir a las decenas de periodistas que la asediaban. Miembro de la Academia de Bélgica y de la Goncourt, no llegó a la Francesa porque no era aún el momento. Periódicamente la elevaban de rango en el escalafón de la Legión de Honor. André Malraux se ocupó, como ministro de Cultura de De Gaulle, de conseguirle la autorización para que se eliminara un balaustre de su balcón en el Palais-Royal, monumento nacional, a fin de ampliar el horizonte de la ilustre inválida. Desde ese balcón, un monumento nacional contemplaba a otro. El uno, desde la piedra gris, los canteros prolijos, las galerías que fueron bulliciosas en el siglo XVIII y que hoy albergan a anticuarios, herboristas, filatélicos y libreros de viejo, con un jardín tristón donde se sientan a tejer las abuelas, proclamaba la caducidad de lo humano, su congelación en el tiempo. La otra, en cambio, vieja, gorda, pintarrajeada y genial, seguía brillando tras el cristal de su ventana como la portadora del fuego sagrado que nunca se apagará: la libertad de vivir cada cual a su manera.

# Alma Mahler

Ser la muchacha más linda y cortejada de Viena, a fines del siglo pasado, no era una simple frivolidad sino una tarea agotadora. Además de belleza y atractivo sexual, se necesitaba cultura general, buena conversación, saber música y ejecutar algún instrumento, o cantar (no profesionalmente, se entiende), bailar con elegancia, vestirse bien. Menos en este rubro, que nunca fue su fuerte, Alma Schindler se destacaba en todos los otros. También era inteligente (algo no muy bien visto entonces), tenía talento para componer música y, criada en un medio de altos ideales, aspiraba al genio. Sin embargo, el movimiento feminista no la contaría en sus filas y hasta dudaría en aceptarla. Porque su aspiración al genio no se refería al propio sino al de un hombre, un creador, para el que sería musa inspiradora, madre, amante, nodriza, eterna novia. Los dioses colmaron su deseo y la proveyeron no de uno sino de tres artistas formidables, cumbres del siglo XX: Gustav Mahler, Oscar Kokoschka y Walter Gropius. Más unos cuantos menos trascendentes, si se quiere, pero de ningún modo desdeñables.

¿Qué tenía Alma Mahler —como exigió ser llamada hasta el fin de sus largos días (1879-1964)— para coleccionar semejante panoplia de hombres ilustres? Su única rival contemporánea fue Lou Andreas-Salomé, amante de Rilke y casi amante de Nietzsche, lo que no es poco; pero evidentemente Alma le lleva un genio de ventaja, pues la relación de Lou con Freud no parece haber pasado de la buena amistad. Del libro de Susanne Keagan* (al que conviene leer cruzado con sendas autobiografías tituladas *Mi vida*,

**La novia del viento*, Susanne Keagan, Editorial Paidós, 1993.

la de Alma y la de Kokoschka: hasta resulta divertido) surge una certeza: como casi todas las personas que llegan a la fama —no a la gloria, que está un escalón más arriba—, Alma se inventó una vida. Se contó a sí misma y contó a los demás, los acontecimientos que deseaba vivir. Con tal convicción que los hizo realidad. No es tanto el fruto del cálculo (que lo hay, pero importa menos) cuanto de la fantasía. Un mecanismo análogo al de la publicidad: enamorar a la viuda de Mahler resultó un incentivo irresistible para Kokoschka, joven pintor en ascenso, y para Gropius, un idealista apasionado por la geometría y las abstracciones. Si bien cabe suponer que las generosas curvas de Alma tuvieron para él un atractivo bien concreto, por lo menos al comienzo de sus relaciones.

Aunque la vida de Alma sugiere por momentos un libreto de Hofmannsthal para una comedia burguesa de Richard Strauss (donde la ligereza se deja pisar los pies por la tendencia teutónica a la declamación), bien pronto se oyen las notas profundas de la tragedia. Si bien ella era coqueta, caprichosa y un tanto incoherente, el papel de musa se lo tomaba muy en serio. Exigía a sus hombres que trabajaran, sin darles tregua. A su tercer marido, el novelista Franz Werfel (Kokoschka ocupó un intervalo de tres años, sin libreta de matrimonio), un hombrecito afable y perezoso, lo obligó a escribir con la misma disciplina rigurosa que motiva ese espléndido cuento de Henry James, *La lección del maestro*. Simultáneamente, con lógica femenina, se quejaba de haber abandonado su carrera de compositora por servir al genio del hombre que en ese momento tenía al lado.

El padre de Alma, Emil Schindler, era un pintor académico de talento mediano y de altos ideales. Casado muy joven con Anna Bergen, también jovencísima, hija de un cervecero arruinado, afrontó comienzos muy duros hasta ponerse bajo el ala del colega más famoso de su época en Austria, Hans Makart, pintor de cámara del emperador Francisco José y, a su manera, una especie de Rubens finisecular; gran señor, amigo de la pompa y el lujo, en su estudio proliferaban los jarrones con plumas de pavo real, las pieles de tigre y las modelos robustas y complacientes. Gracias a Makart, Schindler conoció días mejores, hasta poder comprarse un pequeño castillo del siglo XV detrás de los bosques de Viena, Plankenberg, que había sido del príncipe Karl de

Liechtenstein. "Cuando los Schindler se mudaron a Plankenberg —informa Keegan— quedó dispuesto el escenario adecuado para el primer acto de un melodrama que, con Alma de protagonista, iba a transcurrir ininterrumpidamente durante los setenta y nueve años siguientes".

Alma tenía cinco años entonces y, por propia decisión y la de su padre, se transformó en la princesa encantada. Tenía a su disposición un castillo y un parque abrumadoramente románticos. El rey, su padre, la colmaba de amor y de regalos; Grete, la hermana menor, apenas contaba; Anna, la madre, menos aún. Faltaba el príncipe que rompiera el hechizo con un beso. No podía ser Carl Moll, el discípulo predilecto de Emil, porque se había enamorado de Anna y se casaría con ella tras la muerte de Schindler. El príncipe llegó y se llamaba Gustav Klimt. Nada menos. El máximo artista de la Secesión vienesa, el movimiento renovador incluido, un tanto arbitrariamente, en la corriente del Art Nouveau internacional. El revolucionario, el niño terrible. Un hombre sexualmente muy atractivo, además. Y con la aureola perturbadora de relaciones un tanto extravagantes con las mujeres: muy sensual, muy cerebral, las tomaba y las dejaba con idéntica rapidez.

Con Alma las cosas fueron turbulentas y nunca se supo (típico de ella) hasta dónde llegaron. Por lo menos, según afirma, al primer beso que recibió en su vida y que la dejó temblando. Pero se sabía que Klimt mantenía una *liaison* complicada con una cuñada; sobrevinieron peleas y escenas melodramáticas durante un viaje que hicieron todos juntos por Italia (otro escenario romántico), hasta que Moll, convertido mientras tanto en padrastro de Alma, exigió definiciones y su colega le envió una de las más extraordinarias y conmovedoras cartas de renuncia al amor escritas por un amante y que Keegan reproduce íntegra. Allí dice Klimt: "Creo que adondequiera que vaya y dondequiera ponga los pies en el mundo masculino, ella es la dueña de la situación". Frase a la que Alma misma hace eco, con su característico narcisismo, en una anotación de su Diario, el 31 de mayo de 1899 (tenía veinte años): "Empecé a componer de nuevo, para darle alguna forma creativa a mi pena. Vivía sólo para mi obra y me retiré de todas las actividades sociales, aunque podría haber sido la reina en cualquier baile que hubiese elegido".

El 3 de noviembre de 1901, Mahler es presentado a Alma en casa de amigos comunes. Ella seguía componiendo canciones guiada por Alexander von Zemlinsky, un hombrecito talentoso con aspecto de gnomo, que por supuesto se enamoró de su pupila. Alma, también por supuesto, coqueteaba con él, para desesperación de su madre y su padrastro. Mahler era director de la Ópera; para obtener este cargo se había convertido al catolicismo (era judío), y su primer encuentro con la muchacha más linda de Viena fue una terrible discusión a propósito de un ballet enviado por Zemlinsky a la Ópera y "distraído" por Mahler, que lo encontraba pésimo. Bastó para que surgiera (palabras de Alma) "en torno a nosotros ese círculo mágico que rodea enseguida a las personas que se han fascinado mutuamente". Se casaron el 9 de marzo de 1902 y a la mañana siguiente viajaron a San Petersburgo, donde, al alternar con la nobleza y la *intelligentsia* locales, tuvieron la sorpresa de que, al parecer, nadie había oído hablar de Dostoievsky.

Keegan es una biógrafa extremadamente minuciosa y guarda hacia su biografiada una saludable admiración crítica. Nada de hagiografía: Alma era vanidosa, le encantaba ser "Frau Direktor" de la Ópera de Viena y nunca superó del todo la hostilidad hacia su primera hija, María, a raíz de un parto complicado. Con Mahler, como con todos sus hombres menos Kokoschka, hizo de madre-hetaira-nodriza, y sin cesar le reprochó que desalentara su carrera de compositora. El 14 de junio de 1904, Alma, embarazada, sintió de nuevo los dolores de parto. "Mahler, en cuanto se lo dijeron, marchó a buscar a la comadrona y, de regreso, trató de consolar a Alma de su mal leyéndole algo de Kant. Por suerte para Alma, que empezaba a hallar insoportables el monótono tono de voz de su marido y la complejidad de Kant, dio a luz a Anna, su segunda hija, antes de la hora de comer y sin ninguno de los traumas del primer alumbramiento."

Aquí resuena por primera vez la nota trágica. Mahler compone su sexta sinfonía y refresca los *Kindertotenlieder*, sobre poemas de Friedrich Ruckert, dedicados a sus hijas: "Canciones para la muerte de los niños". Alma halló que ambas composiciones eran deprimentes e inadecuadas para sus hijas. No tardaría mucho en comprobarlo: a los cinco años de edad, María, la primogénita, moría de difteria, y Mahler, su salud cada día más deteriorada, era forzado por intrigas políticas a abandonar la dirección de la Ópera. Contratado muy oportunamente por el Metropolitan de Nueva York, Gustav emprendió el camino de América.

El matrimonio Mahler pasaba la temporada invernal en los Estados Unidos y el verano en Europa. Estaban en un balneario termal austríaco, sometidos a un régimen espartano de ejercicios y ayuno cuando, para levantarle el ánimo a Alma, harta de los baños, las caminatas bajo la lluvia y una dieta de lechuga y manteca, además de "un horrible camisón" que la obligaban a vestir, un médico le presentó a "un joven encantador", flamante arquitecto, guapo, "más bien franco" y talentoso. Era Walter Gropius. Esto ocurría en el verano de 1910, y es típico de Alma que al presentir el fin próximo (mayo de 1911) de Mahler, el correlativo deterioro del vínculo conyugal (aunque atendió devotamente a Gustav hasta el final) y el genio de Gropius, alentase a éste sin concederle más que "una amistad más hermosa que ninguna otra". Pero durante esos años ejecutó una compleja acrobacia, manteniéndose junto a Mahler y escribiéndose a escondidas y encontrándose de vez en cuando con Gropius, sin trasponer aquel límite fijado por ella.

"En la primavera de 1912, cuando Oscar Kokoschka le fue presentado a Alma Mahler, él tenía veintiséis años". De origen checo, dotado para el dibujo y la pintura, y alentado en ese camino por su familia, humilde pero cultivada, era el niño terrible del mundo artístico en Viena. Klimt lo había llamado "el máximo talento de la joven generación", Adolf Loos lo admiraba y el archiduque Francisco Fernando, heredero del trono, declaró estar dispuesto a "romperle todos los huesos" si se lo encontraba por ahí. La distorsión, el estrépito de color (que hoy nos resultan familiares) y, sobre todo, el decidido afán de provocar a los buenos burgueses, ya fuera como artista plástico, como dramaturgo y director de teatro o como poeta, escandalizaron más que las francas exposiciones sexuales de Egon Schiele, el discípulo predilecto de Klimt. Y Kokoschka gozaba en provocar y se reía de las convenciones. Conoció a Alma en casa de su padrastro Moll, que simpatizaba con el joven rebelde. "Tanto Alma como Kokoschka afirman el uno del otro que se enamoraron a primera vista." Él se ofreció a pintarla, ella vio a un muchacho con los zapatos rotos y el traje raído, "guapo pero inquietantemente tosco".

Cada uno lo cuenta a su manera: durante una sesión de dibujos previos, Alma se sentó al piano y cantó la muerte de amor de Isolda; en *Mi vida*, Kokoschka dice que ella se lanzó impetuosa a sus brazos; en *Mi vida*, Alma afirma que la iniciativa fue de él. Sea como fuere, había encontrado al único hombre que logró hacerla vibrar como mujer. Vibraciones que más de una vez llegaron al terremoto. Fue una pasión ávida, arrasadora, tempestuosa. Porque ella no olvidaba nunca las respectivas posiciones sociales, ni pensaba en renunciar a su seguridad económica: disfrutaba de una pensión considerable como viuda de un director de la Ópera, y tenía sus propios bienes. Pero "con demasiada frecuencia Mahler se había desprendido de ella para esfumarse en su propio mundo creativo; Walter Gropius estaba allá en Berlín, sumido en un estado de indecisión; en Kokoschka había hallado Alma, al menos temporalmente, un nirvana mental y físico. Pero la intensidad misma de sus relaciones sembró la semilla de la destrucción".

Fue tras una turbulenta gira de ambos con la pequeña Anna Mahler por Italia y, se conoce la fecha precisa, el 10 de abril de 1913, cuando Alma le prometió a Kokoschka que "si pintaba una obra maestra", a su regreso de los baños de Franzenbad se casaría con él. Y él la pintó: *La novia del viento*, donde Alma y su amante pintor aparecen abrazados sobrevolando un mundo en llamas.

El título se lo puso el gran poeta checo Georg Trakl, de visita en el estudio de Oscar: vio la pintura y comenzó, con una voz sorda y terrible (acababa de perder a su hermana gemela, con la que mantenía relaciones incestuosas), a recitar un poema, *La noche*, una de cuyas estrofas dice: "...sobre escollos negruzcos/se precipita, ebria de muerte/la novia del viento...". Pero Alma no se casó con el pintor. Sobrevino la Guerra Mundial, se dio por muerto a Kokoschka (efectivamente, en una batalla sufrió heridas gravísimas que lo pusieron al borde de la muerte y la locura) y su novia del viento se casó el 18 de agosto de 1915 con Walter Gropius; el 5 de octubre de 1916 nació, tras un parto laborioso, una hija, Manón, una criatura de belleza, sensibilidad e inteligencia excepcionales. Kokoschka, de vuelta del hospital, se consoló encargando en Munich, como en un cuento de Hoffmann, una muñeca idéntica a Alma, a la que durante un tiempo vistió, alhajó y paseó por Viena, hasta destruirla en una orgía.

Bien pronto entendió Alma que su nuevo matrimonio tampoco la satisfacía. Una curiosa simetría se dibuja en la trama de su vida: otro marido borroso, otro parto difícil, otra hija de breve vida (Manón moriría de poliomielitis a los 19 años: en su memoria, Alban Berg, amigo íntimo de sus padres, compone el célebre concierto de violín "A la muerte de un ángel"). Y otro compañero en cierne: en el otoño de 1917, Alma conoce al novelista Franz Werfel (*Estafa de cielo*, *La canción de Bernardita*). Sería su último casamiento: Werfel no estaba a la altura del genio de los anteriores, pero era sin duda un artista considerable y un hombre delicado y atento, que le permitió a Alma ejercer las cualidades maternales que por cierto no derramó sobre sus hijas (Anna, la sobreviviente, la juzga con dureza). Más: le permitió demostrar su férreo temple cuando huyeron ambos (Alma no era judía pero Franz sí) de los nazis a través de media Europa, una aventura que incluye el cruce a pie de los Pirineos, de Francia a España, con el dinero y las joyas cosidos en el forro del tapado de Alma. De España a los Estados Unidos, donde el antisemitismo de Frau Werfel consternaría a los amigos y, sobre todo, a su marido. Pero hasta los que deseaban verla fulminada eran desarmados por "su dulzura muy vienesa y femenina".

Con devoción, atendió a Werfel en una prolongada dolencia cardíaca que finalmente terminó con él en agosto de 1945. Llegada a este punto, asumió con dignidad el papel de viuda ilustre. Asistía a cuanta ejecución había en territorio norteamericano y aledaños de obras de Mahler: "con sus más de setenta años, seguía teniendo la piel limpia y tersa, ocultaba celosamente su figura bajo el vuelo de sus habituales vestidos negros, un collar de perlas al cuello y el cabello recogido en bucles sobre la cabeza". Tuvo tiempo de participar en la querella de Schönberg y Thomas Mann por la contribución involuntaria del músico al *Doctor Fausto*, no reconocida por el novelista, y de procurar compensación por sus bienes perdidos en la guerra y por los derechos de autor de sus maridos, no percibidos en el mismo período. También, de seguir recibiendo el tributo de escritores y artistas que la convirtieron en una leyenda viviente: al cumplir 75 años, dos grandes poetas vieneses, Franz Sockor y Peter Altenberg, la celebran como "conquistadora del tiempo, gracias a su insaciable sed de vida" y como "musa del héroe", respectivamente; y hasta

Thornton Wilder la galantea en el barco que la lleva de vuelta de Europa a América, por última vez ("entró en conversación conmigo un hombre alto, muy guapo, de rostro particularmente inteligente").

¡Incorregible, maravillosa Alma! Murió en Nueva York el 11 de diciembre de 1964 (Benjamin Britten acababa de dedicarle una composición), a los 86 años. Pidió ser sepultada en Grinzing, un suburbio de Viena, junto a su hija Manón. Un diario neoyorquino recordó que cinco años atrás ella se lamentaba de "la falta de genios en nuestro tiempo". Ninguna opinión más autorizada.

# Virginia Woolf

A veces, de la penumbra verdosa del acuario victoriano surge un rostro que se acerca, anhelante, al cristal (era un mundo de flores y mariposas muertas, conservadas bajo fanales y campanas de vidrio) para atisbar por un instante la vida de afuera. ¿La verdadera vida? Un rostro cuya intensidad y melancolía lo vuelven inolvidable. Tiene de los peces la boca entreabierta, los ojos absortos, una cualidad húmeda y nacarada que de la piel se difunde por el pelo lacio, como algas.

Se asfixia en el acuario. Se llama Virginia Stephen y ha nacido en Londres el 25 de enero de 1882, tercer retoño de un segundo matrimonio de su padre, el renombrado crítico y erudito sir Leslie Stephen (viudo en primeras nupcias de la hija menor del novelista William Thackeray), con Julia Jackson, viuda a su vez de un tal Duckworth y sobrina de la célebre pionera amateur de la fotografía, Julia Cameron. Sir Leslie aportó una hija del primer matrimonio, Laura, que enloqueció muy joven, y Julia Jackson tres hijos Duckworth, George, Stella y Gerald.

Sir Leslie ocultaba bajo una abrumadora timidez y la incapacidad de resolver las situaciones más simples de la vida cotidiana, un gran encanto personal. De vez en cuando afloraban su humor incisivo y su portentosa fantasía. En el mismo año en que nació Virginia (precedida por Vanessa y Thoby; después vendría Adrian), su padre fue encargado de redactar y editar el formidable *Dictionary of National Biography*, su mayor título ante la posteridad (él habría preferido ser recordado como filósofo). Los Stephen decidieron educar ellos mismos a sus hijos en casa. Virginia, de apenas siete años, era iniciada por su madre en latín, francés e historia, y con Vanessa y Thoby colaboraba en un diario que los tres escribían y editaban, *The Hyde Park Gate News*. Esas crónicas ingenuas de menudos incidentes domésticos, no desprovistas de agudeza y humor, son las primeras huellas conservadas de la vocación de Virginia por la escritura.

Ya en el umbral de la adolescencia, los tres Stephen mayores (Adrian sería siempre más convencional, resignado, opaco) declaran explícitamente su rechazo de las convenciones victorianas. No, por cierto, de la ética estricta en que fueron educados. Aprecian las ventajas de la fortuna, la posición social y el fácil acceso a los medios intelectuales: artistas y escritores frecuentan la casa, Henry James figura entre los íntimos (y vaticina la futura gloria de Virginia). Pero se interesan por el destino de las clases menos favorecidas y por el de las minorías. Los varones irán a la universidad. ¿Por qué no las mujeres?, protesta Virginia. Vanessa también, pero ha decidido ser pintora: desde muy joven acredita talento y audacia, no necesita diplomas universitarios (Virginia los añorará siempre) y será la única de ellos que se atreverá a una vida profesional y amorosa por completo independiente. Thoby, nacido en 1880, el ídolo de sus hermanas, un muchacho espléndido por la inteligencia, la sensibilidad y la apostura, morirá en 1906 de tifoidea contraída durante un viaje de los cuatro Stephen, con amigos y parientes, por Grecia. Virginia jamás se repuso de esta pérdida, duplicada tres decenios más tarde cuando su sobrino Julian Bell, el hijo mayor de Vanessa, otra promesa literaria y una personalidad notable, murió en la Guerra Civil española, enrolado en las milicias internacionales que combatían por los republicanos.

El hijo menor de Vanessa, Quentin (nacido en 1910), no sólo escribirá la más autorizada y completa biografía de su tía famosa sino que editará, en 1977, los "Diarios" de Virginia*, completos, en cinco volúmenes, que abarcan desde el 1° de enero de 1915 hasta el 24 de marzo de 1941, cuatro días antes de suicidarse ahogándose en el río Ouse, vecino de su residencia campestre, Monk's House, en Rodmell. Para los admiradores de Virginia, los "Diarios" se han constituido en algo así como un texto sagrado. Allí

***The Diary of Virginia Woolf*, prologado por Quentin Bell, editado por Anne Olivier Bell. Penguin, cinco tomos, 1977.

están los materiales con que se construyó el edificio, en bruto, por así decirlo. Los conocedores de la obra rastrearán las huellas de personajes y situaciones. Los neófitos emprenderán una lectura quizá más ardua, por la multitud de personas y circunstancias citadas que, pese a las numerosas notas al pie de página con datos históricos y biográficos, son en su mayoría desconocidas para el lector no inglés. Cómo una trémula ninfa victoriana se convierte en una mujer del siglo XX es el tema fascinante del primer tomo, 1915-1919. La Primera Guerra termina con el mundo enclaustrado de los Stephen, quienes asumen el cambio de costumbres, de ropa, de ideas, de fortuna, con tanta inteligencia que se erigen en los conductores mismos de la renovación. Abandonada, al morir sir Leslie, la tétrica mansión de Hyde Park Gate, Vanessa, Virginia y Adrian se mudan a Bloomsbury, barrio algo periférico, no muy bien visto por los encopetados parientes de la elegante zona de Belgravia. Despliegan allí el gusto por lo moderno: paredes blancas, pocos muebles, funcionales y de colores, profusión de almohadones abigarrados, pinturas de vanguardia, conversaciones nocturnas con los amigos hasta la madrugada, libre discusión de todos los temas, soltura de lenguaje, abierta proclamación de las preferencias sexuales. El Grupo de Bloomsbury escandaliza y fascina. Londres es el centro del mundo, la capital del imperio más vasto, más rico y mejor administrado. Ser árbitros de la cultura y de la moda en Londres es serlo en el mundo. Los Stephen, Clive Bell (escritor y marido de Vanessa), el novelista E. M. Forster, el economista John Maynard Keynes, el temido crítico y biógrafo mordaz Lytton Strachey, el pintor Duncan Grant (amante de Vanessa y padre de su hija Angélica), la extravagante aristócrata lady Ottoline Morrell ("sólo se la puede definir como una de esas iglesias barrocas austríacas", según Quentin Bell), el diseñador y marchand Roger Fry, alguno que otro funcionario, jóvenes poetas, pintores y músicos, componen el elenco del espectáculo desafiante, divertido, iconoclasta que es Bloomsbury, a la sombra severa de la columnata neoclásica del Museo Británico, entre plazas sombreadas por viejos olmos y el laberinto de las callecitas pródigas en tiendas de ocultismo.

Vanessa y Virginia son las sacerdotisas del culto. Sorprende comprobar la flexibilidad, la elegancia con que estas hijas de victorianos ortodoxos asumen los nuevos tiempos, los desafíos culturales, sociales y políticos propuestos por la época. Mientras la primera vive alegremente su libertad, la segunda, aunque participa con entusiasmo e ingenio de las sesiones, es prisionera de su innata timidez y de dos fantasmas muy concretos: desde chica sufre repentinos accesos de depresión lindera con la demencia, consciente de hundirse en ella sin poder remediarlo; su hermanastro mayor, George Duckworth, desde pequeña la ha "molestado" sexualmente (delicada expresión inglesa para lo que hoy se llama acoso) con tocamientos y exhibiciones que le han hecho ver a los hombres como seres repugnantes. En junio de 1911, tras una crisis depresiva, le escribe a Vanessa: "No podía escribir y todos los demonios afloraron, negros y velludos. Tener veintinueve años, ser soltera, un fracaso, sin hijos; loca también, y no-escritora".

No le faltaban pretendientes porque era una muchacha distinguida y original. Walter Lamb, Sidney Waterlow y el poeta Rupert Brooke, que moriría en la guerra, entre ellos. Virginia los rechazó cortésmente y aceptó por fin a Leonard Woolf, un judío de clase media, culto, intelectualmente sólido, egresado de Trinity College, donde había sido compañero de estudios de Thoby Stephen, de Lytton Strachey y de Clive Bell. El 1° de enero de 1915, cuando comienzan los "Diarios", los Woolf llevan tres años de casados, Virginia ha atravesado una nueva crisis de locura transitoria durante la cual intentó suicidarse, y viven en Richmond-on-Thames. Página tras página se consignan menudos incidentes domésticos, encuentros y conversaciones con amigos y conocidos, comentarios sobre las rigurosamente planeadas y ordenadas lecturas del matrimonio, proyectos y desarrollo de cuentos y novelas, la intensa actividad pública de Leonard, un socialista pacifista que contribuyó a la creación de la Sociedad de las Naciones.

La lucidez de Virginia no deja de asistirla ni cuando se trata de clásicos, ni de amigos. Sobre Dickens, por ejemplo, anota que es difícil encontrar ideas en él, pero aprecia la penetración psicológica con que dibuja a los personajes, y la aguda observación de costumbres y lenguajes. Dante la aburre por momentos y en otros la eleva a una casi intolerable felicidad. Sobre su querido amigo Lytton Strachey, crítico sagaz, piensa que tanto talento no cuajará nunca en una perdurable obra de ficción, porque es frívolo. Encuentra frío y académico a Tom (T. S.) Eliot, aunque le gusta conversar con él y respeta su estatura intelectual. Con Katherine Mansfield (nunca incorporada a Bloomsbury, mantenida en los bordes) la relación es ambigua: Virginia de a ratos la admira, de a ratos la detesta. La encuentra, sobre todo, vulgar. Condición que (reconocido por ella misma su rampante esnobismo) la irrita.

El lector atento descubrirá, aquí y allá, los gérmenes de páginas inolvidables. El miércoles 18 de marzo de 1925 anota, por ejemplo: "En este momento (en mi reloj son las 7 y media, antes de comer) tan sólo puedo observar que el pasado es hermoso porque uno jamás comprende una emoción en el momento. Se expande luego, y de ese modo no tenemos emociones completas acerca del presente, sino tan sólo sobre el pasado. Lo percibí en el andén de Reading, viendo a Nessa y a Quentin besarse, él acercándose tímidamente y, sin embargo, emocionado. Esto lo recordaré y comprenderé mejor cuando lo aísle de todo el vértigo de atravesar el andén, encontrar nuestro ómnibus, etcétera. Es por eso que nos complacemos en el pasado, pienso". ¿Cómo no evocar la escena conmovedora en que la señora Ramsay, de *Al faro* —novela recomenzada al año siguiente, 1926—, termina de levantar la mesa y al salir del comedor, en ese instante, mínimo, brevísimo, comprende que el tiempo ha transcurrido y que el segundo anterior ya es, irrevocablemente, el pasado?

Para los lectores locales, los "Diarios" reservan algunas sorpresas.

Nos hemos acostumbrado a ver a Virginia, los argentinos, con los ojos de Victoria Ocampo. O con los de Gisèle Freund, que viene a ser lo mismo. Aciaga mañana para Virginia Woolf, aquella del viernes 23 de junio de 1939. Ella esperaba en su casa londinense de 52 Tavistock Square, a Victoria. Y ésta se le presentó con la Freund y su equipo fotográfico, en una maniobra invasora que disgustó profundamente a Virginia. Así lo consigna en el tomo quinto de sus "Diarios", en dos entradas sucesivas. El 23 de junio escribe: "De vuelta en Londres, después de cuatro semanas [pasadas en Francia]. Dos de ellas, en automóvil por Bretaña. El rugido de Londres nos asalta enseguida. Okampo (*sic*) hoy; John; después tengo que ir a Penman". Y al día siguiente, sábado 24: "Sí, Londres nos invadió bastante vigorosamente ayer. Ocampo trajo a Giselle [*sic;* es Gisèle] Freund y toda su parafernalia, que fue instalada en el living, y todos los caballeros y damas de la literatura mostrados en un desplegable. Para colmo, visitantes de la casa: una anciana que nació en el número 52, cuyo padre edificó este estudio. Y el colmo es una sesión de poses —maldito sea este mezquino, vulgar recurso de la publicidad fotográfica— a las tres. Sin escapatoria, con Okampo instalada en el sofá y Freund allí, en carne y hueso. De modo que mi tarde está perdida de la manera más detestable e incómoda de todas... Ahora, a prepararse para las fotos. Así son nuestros amigos... y sus deformidades".

El relato de esta sesión fotográfica, reconocida luego por Victoria misma como abusiva, ocupa parte de las páginas 219 y 220 del quinto volumen. Al pie de una y otra, Quentin Bell, sobrino de la Woolf y editor de sus "Diarios", aclara quiénes son las invasoras: "Victoria Ocampo (1891-1979), la acaudalada argentina, fundadora y editora de la revista literaria *Sur*, era una extravagante admiradora de Virginia Woolf, a quien conoció en 1934 y a quien persiguió en subsiguientes visitas a Europa". "Gisèle Freund (1913), joven fotógrafa parisiense protegida por Victoria Ocampo, especialista en retratos de escritores y artistas. Virginia Woolf ya había rechazado su pedido de posar para ella y le disgustó que Victoria Ocampo actuara como el caballo de Troya en beneficio de su protegida. (No obstante, la posteridad puede estar agradecida por los resultados de esta 'ruse de guerre'... o traición.)"

Los resultados de la "traición" fueron, lo sabemos hoy, los mejores retratos conocidos de Virginia, donde la espiritualidad y la sensualidad, lejos de combatirse se confunden, se otorgan recíprocamente valores de experiencia vivida y sufrida, de intensa melancolía y de vigilancia alerta del mundo exterior. Bajo los párpados como pétalos apenas ajados (suele darse en mujeres mayores, de piel delicada: Virginia tenía 57 años), la mirada de quien considera la inevitable declinación de todo lo que vive sin perder la luz de inextinguible curiosidad por la existencia. La boca, al irrumpir con inesperada voluptuosidad, acentúa la expresión melancólica.

En la página 263 del cuarto volumen, la entrada del lunes 26 de noviembre de 1934 consigna el primer encuentro con Victoria, en una exposición de fotografías de Man Ray. Virginia la describe así: "Encontramos a Aldous [Huxley], a Mary y Jack, y a una 'rasta' [cuero] sudamericana. ¿Es esto lo que Roger [Fry] llamaba los opulentos millonarios de Buenos Aires? En todo caso, se la veía muy en sazón y muy próspera: con perlas en las orejas, como si una gran polilla hubiese desovado allí en cantidad; tenía el color de un damasco bajo vidrio; ojos creo que abrillantados por algún cosmético; pero allí estuvimos de pie y hablamos, en francés y en inglés, sobre la estancia, las grandes habitaciones blancas, los cactus, las gardenias, la riqueza y la opulencia de Sudamérica; de ahí a Roma y Mussolini, a quien acaba de ver". Y el martes 27 de noviembre: "La Okampo sudamericana me mandó orquídeas".

# Isak Dinesen

En el frontis de *Out of Africa*, Isak Dinesen —o Karen Blixen, su nombre oficial y blasonado— estampó esta admonición latina: "Equitare, Arcum tendere, Veritate dicere". "Pero Tanne [el sobrenombre familiar de la escritora] andaba mal a caballo, nunca tiró al arco y era una gran mentirosa", aclaró años después su hermano predilecto y confidente, Thomas Dinesen. La adopción de esa sentencia no es, sin embargo, una impostura: señala el anhelo de una divisa heráldica y, con ella, el de una conducta acorde, eminentemente aristocrática. En los dos sentidos fundamentales del vocablo: como expresión de un ser selecto y como un imperativo de servir a los demás, a la manera de lema de los príncipes de Gales, "Ich Dien".

Desde chica tuvo Karen, la segunda hija del capitán Wilhelm Dinesen y de Ingeborg Westenholz, nacida en Dinamarca el 17 de abril de 1885, la certeza de ser distinta. Certeza acentuada a medida que llegaban más hermanos: contando a Inger (apodada Ea, la mayor de todos), fueron cinco: otra mujer, Ellen, y los dos varones, menores, Thomas y Anders. Tal vez porque se pretendía obligarla a formar con sus hermanas el trío indiferenciado de "las chicas", peinadas y vestidas casi iguales, Karen insistió en usar otra ropa, en resistir sutilmente a los mandatos de la tribu y en parecerse sobre todo a su padre. Apuesto, impulsivo, aventurero en el mundo y entre las mujeres, seductor nato, Wilhelm Dinesen había sido militar, había viajado al Canadá y a los Estados Unidos de América. Al casarse con la formal, culta y discreta Ingeborg, intentó convertirse en un hacendado apacible, entró en política, llegó a diputado, contó sus andanzas allende el mar en un libro de éxito, *Cartas de un cazador*, y, en 1895, sin motivo aparente, se ahorcó.

Para Tanne fue una pérdida irreparable, el fin de la infancia y la asunción definitiva de un papel heroico. En cierto modo, reencarnaría a su padre idolatrado, haría suya la propuesta de Nietzsche que Wilhelm le había legado: vale más el gesto decisivo que la evaluación burguesa de pros y contras; vale más la amistad de los demonios que la espera de los ángeles; frente a la muerte, inevitable tasa impuesta por el vivir, podemos burlarnos de ella, y de nosotros, y desafiarla con la sonrisa que únicamente el hombre, entre todas las criaturas, es capaz de oponerle. "Este desdén por el enfoque de la experiencia desde el sentido común, esta noble 'perversidad del espíritu', como la llamó Nietzsche, fue una de las lecciones más indelebles de Wilhelm a su hija", consigna la biógrafa eminente de Karen-Isak-Tanne, Judith Thurman.

Las *Cartas de África* de Isak Dinesen, que Alfaguara presentó al público argentino junto con la reedición en formato bolsillo de la versión castellana de su obra maestra, *Out of Africa* (*Memorias de África*, se la titula)*, aunque escritas entre 1914 y 1931 permiten atisbar, con su constante remisión a la infancia y a las relaciones —y en especial las tensiones— familiares, la estructura íntima de su obra narrativa, las fuentes de donde manaron sus relatos y la crónica soberbia de su andanza africana. Esas relaciones y tensiones no explican, por supuesto, la índole del genio peculiar del escritor, pero son indispensables para aclarar los rasgos de un temperamento y, a través de él, la génesis de una obra. Leeríamos mal a Proust si no supiéramos de la vinculación con sus padres, que está en el origen del asma, de la muerte prematura y de su novela colosal.

Karen Blixen-Isak Dinesen muestra, ante todo, un rasgo nada común en una mujer de su tiempo, criada (al menos se intentó criarla así) dentro del molde femenino acordado por la sociedad burguesa de impronta victoriana. No es sentimental. No es "femenina" entre comillas. No se apoya en el hombre, ni depende de él para —con un término que esa época ignoró y que tan sólo se acuñaría en los años 20— realizarse. Aunque pueda deslizar

**Cartas de África*, Isak Dinesen, Alfaguara, 1993 y *Memorias de África*, Isak Dinesen, Alfaguara, 1994.

esta inesperada confesión: "Desde luego, no deseo otra cosa que someterme a un hombre al que admire", en el contexto (carta a su madre, del 3 de febrero de 1924) suena a ironía. Puede ser coqueta, otorga a la ropa el rango estético exigido por el artista: "... la verdad es que no hay nada, ni la enfermedad, ni la pobreza, ni la soledad, ni ninguna otra desgracia que me atormente más que ir mal vestida: cualquier depresión, por dura que fuese, se me ha ido siempre enseguida con un sombrero nuevo; sé muy bien que es una tontería...". Y en otra carta, posterior: "Las cosas materiales, o sensuales, o visibles, son para mí, creo que en mayor medida que para otra gente, una expresión de algo espiritual". ¿Se puede ser más platónico? Ejerce sabiamente la seducción de que se sabe capaz —ya fuere sobre animales, chicos, hombres y mujeres—, y sin embargo, cuando es necesario, abdica del narcisismo y se vuelve tan dura como las circunstancias mismas.

Tanto como la estructura familiar importa la vida amorosa de Karen. "La mujer más sensual y menos sexual que he conocido", según opinión de un amigo. Empeñada en ostentar un título nobiliario, cuando es desdeñada por su primo en segundo grado, el barón sueco Hans von Blixen-Finecke, se casa con el hermano gemelo de éste, Bror, de idéntico rango. Los recién casados, por decisión de Bror, se marchan al África donde cultivarán café "al pie de las colinas de Ngong", en Kenia, no lejos del Kilimanjaro. Los frágiles cimientos del matrimonio ceden muy pronto. Bror no sólo arruina económicamente a su mujer sino que también le contagia la sífilis adquirida en sus relaciones con prostitutas negras. Ésta será la causa de infinitos trastornos de salud sufridos por ella a través de su, no obstante, larga existencia. La familia Dinesen dará ayuda financiera a Karen para seguir gestionando su hacienda, si bien las plantas de café se resienten por la altura en que se halla la granja. Abandonada por su marido, tan sólo apuntalada por su temple, el amor de Denys Finch-Hatton y el de "sus" negros (somalíes, tutus, kikuyus), la baronesa resiste hasta que la realidad se impone: volverá a Europa pero su corazón quedará para siempre en África. "Tengo la sensación de que en el futuro, me encuentre donde me encontrare, me preguntaré siempre si estará lloviendo en Ngong", escribe en 1919, cuando la ruina todavía se halla a diez años de distancia.

Destinatarios de las cartas son su madre y su hermano favorito, Tommy. Con Ingeborg mantiene un sencillo tono coloquial muy afectuoso, pero puede advertirse que rara vez, salvo al final de esta correspondencia, se abre a ella como lo hace con su hermano. Más: importa comparar las cartas más o menos simultáneas a una y otro, para advertir las diferencias a menudo sutiles con que Karen trata el mismo tema. Del gran amor de su vida, el único, el aristócrata inglés Denys Finch-Hatton (hijo menor del conde de Winchelsea), le habla a Tommy con total libertad desde el primer encuentro. A Ingeborg se lo menciona al pasar, como un amigo y un ocasional huésped más de la casa al pie de las colinas de Ngong. Casa cuya celebridad antecede en mucho a la fama literaria de su dueña, por la personalidad de ésta, su don innato de anfitriona refinada y la exquisitez de su cocina, fruto del talento de un criado indígena, Kamante, a quien Karen enseña a preparar los platos europeos más complicados, y otros de su invención. El entonces príncipe de Gales, futuro y fugaz rey Eduardo VIII, supo ser visitante asiduo de la baronesa.

El film de Sidney Pollack sobre *Out of Africa,* ganador de ocho premios Oscar en 1985, difundió mundialmente las vicisitudes narradas en el libro, de modo que no cabe insistir en ellas. Tan sólo, advertir que Denys, prototipo del aristócrata inglés tan diestro en los deportes como en la lectura de los clásicos en sus lenguas originales, tan versado en cinegética y cetrería como en estilos arquitectónicos y autenticidad de muebles y obras de arte, era mucho más —asegura la biografía de Thurman— un dandy "precioso" que el vagabundo informal propuesto por Karen en su relato. Encarnaba el ideal soñado por ésta: le recordaba a su padre y concretaba el otro yo masculino que ella de a ratos nos revela. Se amaron apasionadamente, de eso no cabe duda, pero supieron mantener (y esto es más raro todavía) la flexibilidad, aunque sea deliberada y voluntaria, que refresca el afecto y lo mantiene vivo. No dependían el uno del otro: se completaban. En el volumen de las *Cartas* se asiste al desarrollo de ese amor, desde el temblor inicial hasta la gloriosa unión, más allá del sexo, en el esplendor del cielo africano, cuando en el avión de Denys sobrevuelan las tierras desplegadas como un tapiz y sienten, paganos ambos, el soplo divino que los sustenta y sustenta al universo.

Denys es también responsable de la carrera literaria de Karen.

Él y su amigo Berkeley Cole solían pernoctar en casa de la baronesa, que los entretenía después de comer con relatos que iba improvisando con fértil imaginación, voz grave y musical, y don de actriz. Si bien ella había escrito ya y publicado algunos cuentos breves en Dinamarca, ni soñaba tomarse en serio como escritora. Denys fue el primero que se lo sugirió. Más: se lo impuso. Y fue la salvación de Tanne: muerto Denys (1887-1931) en un accidente de aviación, arruinada la granja por la crisis mundial del 29, la caída del precio del café, las deudas y un incendio que destruyó la cosecha y las máquinas, no le quedó sino volver, en 1931, a la casa materna en Dinamarca y pensar en ganarse la vida. ¿Cómo, con qué? Con los cuentos que Denys le instaba a preservar por escrito y otros que se le iban ocurriendo, acrecentándose —decía ella— como la secreción del molusco hasta que se forma la perla.

De leyendas tradicionales dinamarquesas, recreadas y revisadas por ella con su peculiar falta de sentimentalidad (no de sentimientos) y la belleza singular de una prosa tersa, elegante, precisa, nacieron los *Siete cuentos góticos*. No encontró para ellos editor en Dinamarca, pero su hermano Tommy recordó a una buena amiga norteamericana, Dorothy Fisher, vagamente relacionada con un editor. Como Tanne escribía a la perfección en inglés (Shakespeare fue su autor de cabecera), se autotradujo y el manuscrito fue enviado a Mrs. Fisher en Vermont, en los Estados Unidos. Dorothy se lo pasó a su vecino, el editor Robert Hass, socio con Harrison Smith en una editorial que más tarde se fusionaría con Random House. A Hass le encantó: "Es demasiado bueno para que se venda bien", opinó, y decidió publicarlo pero sin dar anticipo de dinero, ni abonar suma alguna hasta que la venta pasara de unos cuantos miles de ejemplares. *Siete cuentos góticos*, distribuido en enero de 1934, tuvo un éxito colosal. La crítica lo ensalzó, vendió de inmediato cincuenta mil ejemplares y fue elegido por el Club del Libro del Mes para sus tiradas astronómicas. Isak Dinesen, el seudónimo masculino de la baronesa, quedó instalado en la gloria y contó desde entonces con millones de fieles lectores norteamericanos, lo que equivale a millones de lectores en todo el mundo.

Cuando Ernest Hemingway recibió el Premio Nobel de Literatura, en 1954, aseguró en su discurso de recepción que el premio debió haber sido, en toda justicia, para Isak Dinesen, de quien hizo público elogio. Hasta 1962, año de la muerte de la escritora, se la mencionaba siempre como candidata imbatible para obtener el premio, que nunca le llegó. Distinción que comparte, como es sabido, con muchos colegas ilustres. La declinación física de Karen, una enfermedad que le impedía digerir nada más que ostras, galletitas y champagne, y que la convirtió en el esqueleto viviente registrado por la cámara de su gran amigo Cecil Beaton, no le impidió conservar la lucidez, ni (asombrosamente) la energía. Invitada a los Estados Unidos en el gélido enero de 1959, para dar charlas, grabar programas de televisión y ser huésped de honor de varias academias y universidades, deslumbró a todos con su ingenio, su elegancia y su voz cavernosa. Llegó a eclipsar a Marylin Monroe en una famosa comida ofrecida por Carson McCullers a su colega danesa y a los Miller. Parecía, comentaban los cronistas, una bruja de la mitología escandinava, una criatura más hecha de palabras y de sueños que de sustancia mortal, reducida ésta a una tenue membrana que apenas cubría los huesos y donde resplandecían los ojos oscuros, intensos, llenos de una vida que estaba —que está— más allá del cuerpo, en la memoria de la humanidad.

# Jean Cocteau

"¡Sorpréndame!", le ordenó —casi— Serge de Diaghilev, el patrón de los legendarios Ballets Rusos. Jean Cocteau tenía entonces unos diecisiete años (había nacido en Maisons-Laffitte el 5 de julio de 1889) y no vaciló en cumplir el mandato. Puso en ello tanto empeño, que terminó por sorprender al mundo. Tenía de sobra el talento, el ingenio y la cultura para hacerlo. Más una ventaja no desdeñable: provenía de una familia de alta burguesía acomodada, pródiga en almirantes y banqueros. Y era un hijo dilecto de París, un parisiense elevado a la enésima potencia. Jean entabló con la ciudad única un comercio de inteligencia amorosa. Él le entregaba su imaginación, su don para la ocurrencia veloz y precisa, su infinita capacidad de ser poeta de la novela, del teatro, del cine, de la pintura, el dibujo, la cerámica, el diseño de modas, árbitro de la elegancia y el lujo (el lujo de verdad, el que prefiere la calidad, no la opulencia). Ella le devolvía su historia, el prestigio de sus piedras labradas durante dos mil años, sus rincones legendarios, sus matices de gris y de oro, la sinuosidad del Sena, la perversa lucidez de Baudelaire o de Toulouse-Lautrec.

Coincidió este idilio con el renacimiento de París después de la Primera Guerra Mundial. Los locos años veinte, los exasperados treinta, cuando todo parecía posible y todo se mostraba efímero. Nace ahí la leyenda del Cocteau frívolo, el dandy proveedor de epigramas que recorren el mundo, el animador de las fiestas del llamado gran mundo, el consumidor de opio, el homosexual evidente. El escandaloso, en suma, niño mimado de los salones elegantes y de los teatros de vanguardia. Algo así como un Oscar Wilde *art déco*. La comparación es quizás acertada pero engañosa: si en algo se parecen Wilde y Cocteau es en el culto de la inteligencia en estado vaporoso, porque así se infiltra mejor. La sutileza antes que la contundencia. Comparten también (además de la homosexualidad) la cortesía y la generosidad. La cortesía de la máscara, para no alarmar con el exceso de lucidez. En ambos, la exigencia ética, que no pasa precisamente por la entrepierna (el lugar adonde apuntan las miradas obvias) sino por el corazón.

Esa exigencia llevó al jovencísimo Jean, cuyos triunfos poéticos comenzaron alrededor de los trece años en los salones donde sus padres lo exhibían como un objeto raro y precioso, a encerrarse —literalmente— en la casa natal, a trabajar y pulir sus dones y a exigirse toda clase de austeras disciplinas físicas e intelectuales. Se va modelando así la imagen conocida, una figura de alambre (de alambre de acero), una mente de rayo láser, una generosidad dispuesta a abrir puertas y despejar caminos a cuanto talento asome. *Le Potomak* (1913) es su primera novela, suerte de cuento casi fantástico del que no está ausente la realidad inmediata. Mientras escribe, alterna con los personajes famosos que serán su entorno permanente: el pintor Jacques-Emile Blanche, Igor Stravinsky, André Gide, que guiará esos pasos primeros. Pero, rasgo característico de Cocteau, nunca se dejará sofocar por esas compañías ilustres, ni por las amistades mundanas: al menor síntoma de flaqueza, pone distancia y se encarniza con el trabajo.

De ahí también otro engaño, otro *trompe-l'oeil* (concepto pictórico sobre el que se sostiene su teoría del simulacro de las apariencias: nada es lo que parece, la astucia del artista es desenmascarar sin quitarse la máscara): la presunta facilidad de su escritura transparente, aérea. El uso de imágenes y metáforas predilectas, los ángeles, los acróbatas, los espejos, las estrellas de mar, los navíos y su cargamento sensual (los ubicuos marineros rudamente tiernos), esconde el minucioso trabajo de quien a través del lugar común horada las apariencias hasta lograr que ese lugar común aparezca como nuevo e insólito, misterioso, aterrador casi. Cuando la Primera Guerra, la aparente fragilidad física le impidió enrolarse. Actuó entonces en la clandestinidad, como conductor de ambulancias y camillero, hasta terminar insólitamente adscripto a un regimiento de fusileros marinos: descubierto por un general amigo de la familia, éste decide no arrestarlo (podrían haber fusilado a Cocteau, según los reglamentos) y llevárselo consigo como asistente a Dunkerque. El regimiento fue diezmado esa misma noche por el enemigo y el poeta se despidió así de sus amigos, muertos todos en el combate (*Adieu aux fusiliers marins*): "Sin duda yo habría amado la guerra/si hubiera permanecido entre vosotros,/habría dejado partir a mi ángel.../ ¡Adiós, marinos, ingenuos adoradores del viento!".

La experiencia derivó también en una encantadora novela corta, *Tomás el impostor,* donde narra precisamente su historia durante la guerra mediante un otro yo, Thomas Guillaume Fontenoy, quien se hace pasar por sobrino de un famoso general homónimo: descubierta la impostura, lo fusilan. La mentira biográfica le permite a Cocteau vivir su mito y morir como un héroe. El estilo es breve, conciso: "Guillaume muerto en el acto, es el niño que juega a ser caballo, vuelto caballo".

Mientras, Jean tuvo tiempo de enamorarse de un joven genio de quince años, Raymond Radiguet, y de auspiciar su segunda novela (la primera, consagratoria, fue *Le Diable au Corps*), *Le Bal du Comte d'Orgel*, escrita a los diecisiete. Hay fotografías de ese verano irrepetible: Radiguet escribiendo, escribiendo, o dictando (se había roto el brazo derecho) *Le Bal* al músico Georges Auric, a Pierre de Lacretelle, al pintor Jean Hugo (nieto de Víctor). Están en el sur de Francia, hay sol, pinos y playa. Un Jean fantasmal se cobija de la luz del *midi* bajo inmensos sombreros de paja, o se broncea en pantaloncitos de baño al pie de un cactus. Raymond deja entrever la gracia de su cuerpo adolescente, completamente desnudo, entre las agujas no muy discretas de una rama de pino. Y esta notable advertencia del jovencísimo escritor a su joven mentor, el poeta: "Hay que copiar las obras maestras, pues tan sólo así nos abstendremos de innovar". *El baile del conde de Orgel* vendría a ser, así, una relectura de *La princesa de Clèves*, y *Tomás el impostor,* de *La cartuja de Parma...*

Pero Radiguet muere enseguida, tuberculoso y, al parecer, en tren de comprometerse con una muchacha. Cocteau sobrelleva el duelo como lo hará siempre ante muertes o abandonos: lanzándose con furia al trabajo. En 1916, como una respuesta más concreta al desafío de Diaghilev, había entregado a éste, para sus legendarios Ballets Rusos, el argumento de *Parade*, cuya música escribirá Eric Satie, con decorados y trajes de Picasso: se estrenará en 1919. Al año siguiente es *Le Boeuf sur le Toit*, título sugerido por un comentario de Paul Claudel que vio ese nombre en un piringundín de Río de Janeiro: la música es de Darius Milhaud, sobre aires típicos brasileños (Claudel y Milhaud habían vivido en el Brasil). La pintoresca denominación se trasladó a un cabaret, luego famoso, de Montparnasse.

Ambas incursiones en el teatro bailado y mimado, integran lo que Cocteau llamó su "poesía de teatro". Enamorado de esta forma de arte (de chico sus padres lo llevaban a todos los estrenos y pudo ver a Sarah Bernhardt, de quien dibujaría una caricatura tan cruel como la que representa a Diaghilev con Nijinsky), en los años veinte conquistó a París con obras de avanzada, menos en la forma, rotundamente clásica, que en la intención: adaptaciones de *Edipo Rey*, de *Antígona*, de *Romeo y Julieta*. Hasta llegar, en 1930, a una creación rotundamente original, *La voz humana*, monólogo telefónico de una mujer desesperada cuyo amante la deja para casarse con otra. Aquí resplandece el genio de Cocteau: economía y exactitud de las palabras, aguda penetración de la esencia multiforme y contradictoria del amor, instinto certero del mecanismo teatral. Llevada al cine, al teatro musical, infinitamente representada en todos los idiomas, *La voix humaine* ha sido, desde su estreno, un clásico.

Eso es Cocteau: un clásico que juega a desconcertar, para divertirse. Este rasgo lúdico es índice de vitalidad, de perenne juventud y, al mismo tiempo, el principal obstáculo para ser tomado en serio. Por eso, cuando se puso serio de veras y desnudó las entretelas de una familia burguesa de apariencia convencional en *Los padres terribles* (1938), con sugestión de incesto entre madre e hijo, el escándalo fue casi más grande que cuando el año anterior había presentado en público a su joven amigo Jean Marais, casi desnudo bajo unas vendas ajustadas —muy ajustadas— por Chanel, nada menos, en una versión de *Edipo Rey*. En sus adaptaciones de trágicos griegos (*La machine infernale*, de 1934, es la *Orestíada* de Esquilo), Cocteau expone su doctrina, no muy lejana del existencialismo sartreano: los dioses hacen trampa, juegan con dados cargados, pero al hombre le quedan la dignidad y la picardía.

Tanto como el teatro, lo tentó el cine. En 1932 escribió y dirigió *La sangre de un poeta*. No es tan sólo, junto con *El perro andaluz,* de Buñuel, una obra maestra del surrealismo sino, sobre todo, uno de los films más poéticos y originales de la historia del cine. Y de los más audaces: hay un hermafrodita, y la boca abierta en la palma de la mano del poeta se convierte en instrumento de autoerotismo. Su estreno suscitó un escándalo social de proporciones, ya que se trataba de una producción privada, financiada por el vizconde de Noailles, y Cocteau había convocado para filmar la secuencia final, que transcurre en un teatro, al *tout Paris* encabezado por el productor, por el conde Etienne de Beaumont y la princesa de Polignac. Quienes se vieron en la pantalla aplaudiendo el asesinato de un colegial por otro, que le tira una bola de nieve con una piedra adentro (es un episodio de su perturbadora novela *Les enfants terribles*), y asistiendo a la ascensión del muerto al cielo llevado en brazos por un ángel que es un negro desnudo. Jean no sólo se divertía sino que sagazmente preveía el rédito de publicidad que estas travesuras le acarreaban.

Quienes se habían sentido agraviados por sus ocurrencias, sus desplantes, su rampante homosexualidad y su enfrentamiento con prejuicios y dogmas (tras un breve acercamiento al catolicismo, en la juventud, bien pronto retornó al paganismo), aprovecharon el desastre francés en la Segunda Guerra Mundial para vengarse. Junto con Gide, otro homosexual confeso, Cocteau fue acusado de corruptor de la juventud, de inclinarla a la molicie y el placer, y de socavar las virtudes viriles que hacen a los pueblos vencedores en las guerras. La entrada del ejército alemán en París y su desfile bajo el Arco de Triunfo, suprema humillación de los franceses, encuentra a Jean refugiado en Perpiñán, donde escribe otra pieza para Marais, *La máquina de escribir,* una historia policial. De vuelta en París ocupada, el autor la confía a Jacques Hébertot. El estreno es saboteado por un público hostil, la crítica la destroza, Marais se pelea con un crítico amigo de los ocupantes y *La máquina infernal* es prohibida por "inmoral" (será repuesta en 1956, por la Comédie).

Marais es objeto de otro escándalo cuando ofrece *Britannicus* de Racine en Les Bouffes Parisiens, que el público aplaude y la crítica rechaza. Otro tanto con la reposición de *Los padres terribles* en el Gymnase, y con la versión de *Antígona* en forma de ópera, con música de Milhaud, en la Ópera. Cocteau se encierra en su departamento del Palais-Royal (Colette es su vecina) y concibe un vasto poema, *El incendio*, publicado después de la Liberación. ¿Colaboró realmente Cocteau con el ocupante nazi? Se conservan noticieros y fotografías que lo muestran en compañía de militares y funcionarios alemanes, y viajó a Alemania con una delegación de artistas e intelectuales. ¿Lo hizo de buen grado, o no pudo oponerse a presiones difíciles de resistir? Una cosa es cierta: a diferencia de muchísimos de sus colegas y amigos, exiliados sobre todo en los Estados Unidos, él permaneció en París y nunca se lo acusó de delatar o entregar a nadie. Todo lo contrario, protegió y salvó a no pocas personas que corrían peligro; y fue golpeado ferozmente, en Champs-Elysées, al negarse a saludar la bandera de un grupo de colaboracionistas que desfilaban.

En 1942 escribió y realizó, en colaboración con Jean Delannoy, *Eterno retorno*, bellísima versión cinematográfica de la historia de Tristán e Isolda, con Marais y Madeleine Sologne. En 1945, también con Delannoy, y la colaboración invalorable de Christian Bérard, *La bella y la bestia* (Marais de nuevo, en la apoteosis de su apostura). En 1949, *Orfeo*, sobre su pieza teatral: Marais, María Casares en una interpretación alucinante de la Muerte (con guantes de cirujano y escolta de motociclistas) y Edouard Dhermitte, su nuevo amigo, como el ángel Heurtebise, mensajero del más allá y de la poesía. A fines del decenio del 50, *El testamento de Orfeo* renueva el mito y aporta sorpresas, la especialidad de Cocteau. Quien no se privó de una travesura cinematográfica: al comienzo de *El barón fantasma* (1943), delicioso film poético firmado por él y Serge de Poligny, Jean aparece como el barón muerto emparedado en el siglo XVIII, de peluca y calzón corto, al que la entrada del aire en la tumba, al ser derribada la pared, disuelve instantáneamente en una ráfaga de polvo. También se asoma en *El testamento de Orfeo*.

A fines de los años 50, la gloria definitiva, antesala —se sabe— de la inmortalidad. De la muerte, por lo tanto. Doctorado honoris causa de Oxford, Academia Belga, Academia Francesa (para la cual diseña su propio espadín de ceremonia, en la empuñadura una estrella, una lira, el ojo insomne de Orfeo, su padre mítico). Los eternos puritanos se escandalizan: ¿cómo, el gran rebelde se ha domesticado? Cocteau arruga su fino perfil de halcón en la sonrisa traviesa de alguien que nunca dejó de ser niño:

"Los honores, el uniforme, son tan sólo los nuevos accesorios del sacerdocio al que me dediqué, el más peligroso de todos, puesto que roza lo divino... Mi traje de académico me recuerda el de los toreros, oficiantes de un rito mortal cuyo sentido metafísico les es hurtado". "¿Qué se llevaría usted, si se incendiara el Louvre?", le preguntaron. Contestó: "Me llevaría el fuego".

# Vaslav Nijinsky

"Uno jamás habría creído que ese monito de pelo ralo que usaba un sobretodo de faldones hasta el suelo y un ridículo sombrerito balanceándose en la punta de la cabeza, fuese el ídolo del público", escribió Jean Cocteau. Rubricó su observación con un pérfido dibujo en el que el monito aparece colgado del brazo de un orangután cabezudo, Serge de Diaghilev. Lincoln Kirstein, creador con George Balanchine del American Ballet, y una de las personas que con más sagacidad vieron a Nijinsky, lo define: "Un artista y un filósofo ingenuo, con definidas aspiraciones de santidad". Marcel Proust, tras una función de *Scheherazade*: "Lo más bello que vi en mi vida". Hugo von Hofmannsthal, el libretista predilecto de Richard Strauss, gran escritor y hombre de teatro: "El más grande genio de la mímica de los escenarios modernos, próximo a la Duse y, en tanto que mimo, por encima de la Duse". Sarah Bernhardt: "Tengo miedo, tengo miedo porque veo al más grande actor del mundo". Y, en fin, según Stravinsky, también "el coreógrafo más innovador de nuestra era".

Todos coinciden, además, en lo contradictorio del físico de Vaslav, de torso de efebo y muslos y pantorrillas formidables, de atleta. Músculos que le permitían elevarse en el escenario hasta ocho y diez metros (no parece haber exageración en los testigos) y quedarse allí arriba por un instante que a los espectadores se les hacía interminable (la razón exige el cumplimiento de la ley de gravedad), y como suspendido de hilos invisibles. La tensión del público estallaba en aplausos casi feroces y en una adoración en la que no cabe desdeñar el factor sexual. Nijinsky emanaba una seducción animal que perturbaba a ambos sexos, pues a ambos parecía pertenecer. Seducción llevada al paroxismo en el célebre *Fauno,* precursor de una sexualidad explícita que tardaría medio siglo en ser admitida en un escenario. Mick Jagger, aunque tal vez lo ignore, y el malogrado Freddy Mercury serían sus herederos históricos e histéricos.

Le pusieron un apodo peligroso: el dios de la danza. Todo dios es susceptible de ser devorado por sus adoradores, máxime cuando el sexo, explícito o no, entra (acaso inevitablemente) en su epifanía. El dios Nijinsky se devoró a sí mismo, por interpósitas personas: Diaghilev, su empresario, amante y mentor, y Rómola. Rómola Ludovika Polyxena Flavia (nada menos) de Pulsky, una niña bien húngara, hija de una actriz célebre, empeñada en trepar a la fama por cualquier medio. Lo confiesa años después, por fin lúcida: "Para mí, ser madame Nijinsky era tener vestidos, alhajas, automóviles, codearme con personas importantes, viajar por el mundo". Rómola y Vaslav se casaron en Buenos Aires (*of all places*), en el transcurso de una gira de los Ballets Russes, en la iglesia de San Miguel Arcángel, el 10 de septiembre de 1913. Enterado, Diaghilev desterró a Vaslav de su compañía y de su vida. La advenediza húngara entendió que no había hecho un buen negocio.

El frágil andamio psíquico del bailarín más grande que el mundo conoció se derrumbó en ese momento. Había antecedentes familiares. El médico psiquiatra Peter Ostwald narra en su libro apasionante*, con multitud de datos y una profunda comprensión de la gente de teatro, más vulnerable que ninguna otra, el implacable trayecto que llevó a Nijinsky a la locura. Lúcido, Ostwald advierte que existen muchas biografías del *Fauno,* pero que casi todas ellas se detienen en el momento fatal; y dedica más de la mitad de su obra (cuatrocientas sólidas páginas) a la cara oculta de un destino infeliz. El más infeliz de todos porque es un destino ruso. Vaslav es el tonto de aldea tocado por la santidad, personaje característico de la literatura rusa y que llega hasta el *Stalker* del film de Andrei Tarkovsky. La biografía incluye consideraciones acerca del estado de la medicina psiquiátrica en los comienzos del siglo, con datos tan curiosos —y estremece-

* *Vaslav Nijinsky. Un salto a la locura,* de Peter Ostwald. Editorial Atlántida, 1991.

dores— como éste: ningún profesional que trató al bailarín en cualquiera de las clínicas en que estuvo prestó jamás atención a los cuadernos donde el enfermo volcaba sus confesiones, sus recuerdos, sus pesadillas. Ostwald sí los rescata y estudia, y sus observaciones contribuyen en buena medida a la fascinación del texto. Hasta llega a dar, junto con su colega Joseph Stephens, un diagnóstico actual (1990) de la enfermedad del bailarín: trastorno esquizoafectivo en una personalidad narcisista.

Al cabo de la lectura, la incógnita permanece: ¿por qué? ¿Por qué se le dio tanto y le fue quitado tan pronto? ¿Por qué no se cumplió en Nijinsky el aserto, bastante veraz, de que los amados de los dioses mueren jóvenes? ¿Por qué aceptó el cortejo, bastante interesado, de Rómola, y por qué Diaghilev lo dejó caer en forma tan inflexible (aunque intentó luego reparar su error, demasiado tarde)? ¿Por qué ha dejado un recuerdo imborrable, sostenido en algo también frágil como la memoria de quienes lo vieron y lo que otros genios, sus colegas, dijeron de él?

Escritores, pintores, músicos, disponen del soporte material que asegura la perduración de sus obras, al margen de que la posteridad las considere o no valiosas. Actores y cantantes cuentan en este siglo con los vehículos que preservan sus interpretaciones. El bailarín, en cambio, traza en el espacio un diseño fugaz que dura el lapso de atención del espectador. En vano el cine o el video atesora su imagen: faltará siempre la referencia espacial; una pantalla, por grande que sea, no equivale al escenario tridimensional. La orfandad del bailarín lo iguala en patetismo a los hijos del circo. Nunca veremos bailar a Nijinsky. En la memoria de la humanidad, en el espacio del mito y la leyenda, él salta siempre en un brinco interminable que no cesa de asombrar a las generaciones, por la ventana abierta que devora su ambigua silueta hermafrodita tapizada de pétalos de rosa. Pétalos de trapo, porque él es la sombra del sueño de una tilinga romanticona en *El espectro de la rosa*, y es el espectro insomne de sí mismo en busca del significado de su vida, tan breve en el teatro, tan prolongada —inmortal, eterna— en el tiempo. Es la sombra del sueño del hombre que siempre quiso volar, el Da Vinci del baile. Tan misterioso, ambiguo y aterrador como Leonardo.

## Ernst Jünger

Frecuentes sueños con serpientes. Símbolo del Mal para los cristianos. Pero Cristo mismo aconseja ser mansos como las palomas y astutos como las serpientes. Para los antiguos, figura salutífera y de salvación, e imagen de inmortalidad, en razón del cambio de piel. Emblema del médico Esculapio, también se enlaza al caduceo de Mercurio, y su efigie en bronce, encargada por Moisés según consejo de Jehová, cura a los israelitas picados en el desierto por serpientes abrasadoras. Durante toda su larga vida (nació en Heidelberg en 1895) Ernst Jünger sueña a menudo con ofidios. No lo angustian, todo lo contrario: le anuncian su longevidad, lo guían en su conducta, lo amparan. Jünger, por ser poeta, cree firmemente en los mensajes oníricos. Al mismo tiempo, es un mesurado racionalista, un hombre de ciencia, un filósofo. Cada una de estas facetas, con la sólida base aprendida en el Gymnasium clásico. En suma, un alma germana muy típica, con todas las luces y las sombras de tal condición. ¿Deberíamos, entre esas sombras, anotar su actuación durante la Segunda Guerra Mundial, como jefe de la oficina de censura postal en París ocupada por los nazis?

Confieso mi desconocimiento de la obra de Jünger hasta la lectura de sus Diarios de la Segunda Guerra Mundial, por él titulados *Radiaciones*. Algo sabía de él, sobre todo a través del admirable film de Edgardo Cozarinsky *La guerre d'un seul homme*, basado precisamente sobre esos textos. Estoy deslumbrado por la inteligencia, la sensibilidad, la cultura, la belleza del estilo, perceptible aun en la traducción (excelente: de Andrés Sánchez Pascual). No dejo de notar también un punto de pedantería, por lo general inseparable de una formación tan exigida. No me molesta, porque suele atemperarla el humor. Tampoco se me escapa la frialdad del entomólogo, aunque sospecho que es la máscara de una pasión subterránea tan poderosa como para despertar miedo; entonces, la educación alza su escudo protector, modera el ímpetu.

Personaje contradictorio, por consiguiente. Todos lo somos, pero ese inescapable rasgo humano se hace mucho más visible en quienes deben obrar en ciertos lugares, en ciertas circunstancias no habituales para el común. Para este hijo de una burguesía acomodada, nacido en Heidelberg, nada menos, heredero de una maciza tradición religiosa (ante todo), cultural y política, Hitler es un advenedizo de la peor ralea, un aventurero, un enano vociferador e inculto. Desde una óptica liberal y desde la comodidad (relativa) de la distancia cronológica e histórica, puedo preguntarme cómo un espíritu elevado como el de Jünger acepta ponerse al servicio de aquel a quien despectivamente llama "Kniébolo" en la intimidad, pero cuya naturaleza luciferina resplandece con fulgor de infierno ante una severa conciencia luterana. Más: tampoco me cae bien la evidente actitud aristocrática de Jünger, convencido de la superioridad espiritual de los "junkers" (y de la suya propia), los nobles prusianos que formaban la elite del ejército alemán y que se dejaron cautivar por el loco proyecto de Adolfo hasta advertir, demasiado tarde, adónde los llevaba.

Superioridad espiritual, anoté. No racial. Conviene advertirlo. Jünger no es antisemita, al contrario, elogia el rico aporte judío a la vida cultural alemana. Esto le vale la ojeriza de Hitler, la persecución de Goebbels. Sus libros anteriores a la Segunda Guerra (*Tempestades de acero*, su visión de la Primera, en la que tuvo un comportamiento heroico hasta rozar la muerte; *El trabajador*, una interpretación no marxista del papel del obrero y de la máquina en la civilización europea; *Sobre los acantilados de mármol*, suerte de alegoría de una sociedad utópica) fueron sospechados por los nazis de secretas simpatías izquierdistas y finalmente colocados en el Index del régimen. Nunca se atrevieron a atacarlo físicamente, no porque ya fuera desde muy joven apreciado en los círculos intelectuales europeos, sino porque lo protegían los generales prusianos. Hasta el cargo en París, nada brillante por cierto, lo obtuvo de esa manera; y fue hacia el fin de la guerra destinado a Rusia, con el propósito evidente de deshacerse de él sin ensuciarse las manos. Pero Jünger sobrevivió, nunca fue prisionero de los aliados ni juzgado en Nuremberg, perdió a su hijo mayor, de diecinueve años, en el frente italiano, atravesó las tribulaciones de la posguerra y pudo publicar *Radiaciones*. Las serpientes le fueron propicias.

Acaba de aparecer* en castellano el segundo tomo de *Radiaciones***. Se entra con él en la etapa decisiva de la Segunda Guerra, cuando los aliados se disponen a lanzar la gran ofensiva contra los nazis ocupantes de casi toda Europa continental, y Hitler envía los primeros cohetes de Von Braun para pulverizar a Gran Bretaña. En París, la vida continúa como si nada de eso ocurriera. Jünger desempeña sus tareas rutinarias (dice haber destruido, o desviado no pocas cartas comprometedoras, y salvado a varios judíos; y no hay razón para no creerle), a las que dedica pocas horas. Las restantes las emplea en recorrer despaciosa, golosamente la ciudad única, a la que entona un himno de amor apasionado. Por ejemplo: "... también yo soy ahora una más entre los millones de personas que han dado a esta ciudad parte de la materia de sus vidas, parte de sus pensamientos y sentimientos, sustancias que este mar de piedra absorbe para transformarse y edificarse misteriosamente en el transcurso de los siglos, hasta formar un banco de coral del destino". O bien: "He vuelto a experimentar un intenso sentimiento de alegría, de gratitud por el hecho de que esta ciudad de las ciudades haya escapado hasta ahora ilesa a la catástrofe. Cuántas cosas inauditas se nos conservarían si ella, cual un arca repleta hasta el borde de un cargamento antiguo y rico, alcanzase el puerto de la paz tras este diluvio y permaneciese nuestra por nuevos siglos".

El *flâneur* compra libros antiguos en los muelles del Sena, come en los restaurantes famosos, alterna con figuras notorias —Cocteau, Marie-Louise Bousquet, los Paul Morand (Madame Morand es aquella que saludaba a sus invitados alemanes como *nos chers vainqueurs*, nuestros queridos vencedores), Léautaud, Braque, Arletty, Giraudoux, Sacha Guitry—, comparte en el ho-

*Este artículo fue publicado el 22 de noviembre de 1992.
***Radiaciones II*, Ernst Jünger, Tusquets Editores, 1992.

tel donde se aloja, el Raphaël, las conversaciones de un círculo de conspiradores contra Hitler, almuerza en la casa de la millonaria norteamericana y coleccionista de arte Florence Gould ("me ha mostrado los cuadros que se ha hecho enviar para decorar su piso, entre ellos, el retrato de lord Melville por Romney, un Goya, un Jordaens, algunos primitivos, en suma: un pequeño museo"), hurga en las tiendas de los anticuarios, escribe un texto que se hará célebre (y que enfurecerá a los nazis), un *Llamamiento a la juventud de Europa*, abiertamente pacifista. El 10 de julio de 1943 anota: "Este día de hoy es memorable, pues en él han desembarcado en Sicilia los ingleses". Nada volverá a ser igual. Salir ahora con uniforme es peligroso.

La campaña de los alemanes en Rusia es desastrosa, los ejércitos en África del Norte son derrotados, los conspiradores contra Hitler fracasan y se suicidan o son ejecutados, Mussolini corre la suerte que sabemos, Europa continental es sistemáticamente bombardeada por los aliados. Jünger prosigue su segunda lectura de la Biblia completa, consigna sus reflexiones y también las referidas a las plantas, a los insectos y a los hombres, vistos todos desde una distancia científica y, a la vez, con piedad. Intercala comentarios sobre prosodia, sintaxis, ortografía, en su idioma natal y en los otros muchos que domina. Una mente privilegiada a la que ni siquiera falta el don de ver el futuro, de anticiparse a lo que vendrá. Imagina una Europa unida, prevé los acontecimientos de la zona oriental del continente, los viajes espaciales, la computadora, la inexorable —para él, temible, porque conoce el corazón humano y la tentación de la *hybris*— dictadura de la técnica. Nada lo aparta de su creencia inconmovible en una esfera espiritual, en la comunión de las almas en este mundo y más allá de él, en la fuerza de la oración, en la inexistencia de la casualidad. Cristiano, sondea los arcanos de otras religiones, se asoma al animismo, no rechaza algunas nociones paganas y orientales (la espiritualidad de la naturaleza, por ejemplo). De todo lo que ve, oye, sueña o presiente, extrae vinculaciones con otros fenómenos, con recuerdos, lecturas, experiencias. Comparte con Hegel la noción de un Espíritu Universal modelador de formas y destinos, cumpliendo designios inescrutables que tan sólo la humanidad futura comprenderá (así como nosotros comprendemos lo vedado al hombre medieval). Con Schopenhauer, lo estoico pero no lo escéptico: entereza notable para soportar la pérdida del hijo, la derrota de la patria, las humillaciones y privaciones de la posguerra. Serenidad, ante todo. Operado de la vista, con los ojos vendados, se le aguza el sentido del olfato y apunta: "Ningún perfume debería ser demasiado fuerte. Su sustrato se destaca con mayor nitidez cuando estamos débiles. Ese sustrato es putrefacción; en todos los olores se revela la metamorfosis, a menudo sublime, de la sustancia, el hálito de la mortalidad". Poco antes de ser operado, de regreso de una excursión campestre: "En el viaje de vuelta nos hemos parado junto a un prado en el que cuatro cigüeñas se dedicaban con aire solemne a cazar. Brillantes franjas de caltas festoneaban las zanjas pantanosas; un gran orfebre había enmarcado estos campos con esmalte violeta, pues en ellos florecía la cardamina sobre tallos de un verde fragilísimo. Hay asuntos que, en el gran reino de la pintura, estaban reservados al impresionismo. Sin duda pertenecen a esos asuntos los ramos confeccionados con tales flores —un soplo, un aroma, una espuma para reproducir los cuales hace falta un conocimiento sutil de lo perecedero. Para lograr tal hazaña es preciso que a lo anterior se agregue *décadence*. Una cultura tiene múltiples altibajos. Es posible que su fuerza plasmadora decrezca con el tiempo, mientras aumenta su fuerza química, la capacidad del espíritu para combinarse delicadísimamente con la materia".

Estoico, Ernst Jünger asumió con entereza su destino de alemán en el inicio de una guerra que él de antemano sabía perdida. "Cuando se llega a la última prueba —escribe el 19 de enero de 1947, una de las últimas entradas del Diario— hemos de elegir: el espíritu o la salvación. Ése es el misterio que hay en catástrofes célebres, explicadas con frecuencia de un modo demasiado trivial. Consiste en la aceptación del martirio".

# Lampedusa

Nadie definió mejor a Sicilia, en una breve estrofa, que el poeta (premio Nobel 1959) Salvatore Quasimodo: "Nuestra tierra está lejos, en el Sur,/ardiente de lágrimas y de lutos. Mujeres,/allí, con negros chales,/hablan a media voz de la muerte/ en los umbrales de las casas" ("A me pellegrino"). Varias veces insiste David Gilmour, en su biografía de Lampedusa*, sobre el contraste entre la soberbia luz mediterránea que baña la isla, y la pasión de sus habitantes por el luto, la sangre, la voluptuosidad fatalmente mortal. Contraste captado también, en forma admirable —vale la pena consignarlo—, por Guillermo Roux en sus dibujos y acuarelas de Sicilia, donde el sol excava pozos de tiniebla en los mármoles dilapidados de los templos en ruinas y en las hondonadas de las colinas que sirven de pedestal a poblaciones muertas hace generaciones. Y ningún prosista ha entonado mayor elegía de esa tierra fatigada, que el príncipe Giuseppe Tomasi di Lampedusa en las páginas de su única novela, entre las mayores de este siglo, *Il Gattopardo*.

Del libro de Gilmour se desprende que lo único que en su vida le pasó al príncipe Giuseppe fue escribir esa novela. Y el biógrafo supone que si Giuseppe se decidió a hacerlo, venciendo su natural, casi irresistible pereza, fue por competir con su primo hermano, Lucio Piccolo, ganador de un concurso de poesía y alabado por Eugenio Montale. Mérito de Gilmour es animar esa existencia indolente con un acopio de datos capaces de hacer de un hombre tímido, vacilante, sometido a una madre posesiva y a una

***El último gatopardo*, David Gilmour, Ediciones Siruela, 1994.

esposa autoritaria, un personaje fascinante. En Giuseppe dormía, o, más bien, dormitaba un artista genial. Pudo no haber despertado jamás del sueño, haber sido nada más que uno de esos diletantes de la literatura, fervorosos y eruditos, de los que no queda sino el vago recuerdo de alguien que dictaba cátedra sentado a una mesa de café. El sentido de la competencia movilizó la vocación, casi secreta hasta entonces; pareció una erupción inesperada y fue en realidad el desborde natural de una fuente demasiado repleta: las lecturas y la meditación fermentaron en experiencia de vida, algo muy raro y que le ocurre a muy poca gente con los mismos rasgos de carácter (o falta de él) del príncipe.

Porque príncipe era, y de los más auténticos y antiguos, en un lugar del mundo donde, como en la Georgia rusa, hay un superávit nobiliario algo sospechoso. Príncipe venido a menos, dotado de inteligencia y lucidez suficientes para calibrar la vigencia de sus pergaminos en el mundo del lucro y de la técnica. Hijo único (su hermana mayor murió a los dos años de edad, cuando él tenía uno), criado con ansiedad vigilante por una madre temerosa de perderlo y por un padre concentrado en interminables litigios con parientes acerca de bienes cada día más depreciados, Giuseppe dice de sí mismo, en el comienzo de unas memorias nunca concluidas, que era un niño solitario, amante sobre todo de la lectura, a la que se entregaba en los inmensos salones de las residencias familares, modelos de las espléndidas descripciones palaciegas de *Il Gattopardo*.

Tomasi di Lampedusa declara también en sus memorias que no tiene recuerdo alguno que no esté vinculado a una luz determinada. Y no hay prácticamente descripción alguna en su novela que no informe sobre la luz ambiente en ese momento y en ese lugar. Otra adhesión profunda de este hombre, tan sumergido en sí mismo, es hacia las casas de su familia. El magnífico palacio de Palermo, destruido por un bombardeo en 1943 (y entre cuyas ruinas Gilmour encuentra todavía, en estos años noventa, restos de libros y de apuntes que fueron de su biografiado), y sobre todo la casa de campo, Santa Margherita, una bellísima residencia del siglo XVI, refaccionada en el XVIII, el modelo de la Donnafugata de *Il Gattopardo*, de la que no quedan sino fragmentos derruidos, convertida en morada de murciélagos y cerdos salvajes.

Tanto esplendor ajado, tanta destrucción, la íntima certeza de ser el último de su linaje (sin hijos, Giuseppe y su mujer letona —de origen alemán—, Alejandra Wolff, adoptaron a un sobrino lejano, Gioacchino Lanza di Tomasi) y la mirada escéptica sobre su tierra, sus compatriotas y el destino humano en general, imprimen a la novela el sello de una melancolía crepuscular pero nada sentimental. Tampoco es un Chéjov, optimista a pesar de todo. "Doble" de su creador, el príncipe Fabrizio di Salina, protagonista de *Il Gattopardo*, contempla casi con gratitud el desguace del mundo al que perteneció: una nobleza decadente, arruinada por la indolencia a través de los siglos y, sobre todo, por la instauración del reino de Italia unificada bajo el cetro de los piamonteses eficaces, los Saboya, que arrasará con los últimos vestigios del feudalismo, único sustento de los aristócratas sicilianos. Es esa precisa, nítida visión del porvenir lo que infunde a la novela su formidable vigor expresivo. Don Fabrizio se alegra porque su mundo desaparecerá con él, enfermo de un mal incurable; su sobrino (reflejo, se cree, del Gioacchino Lanza de la realidad), garibaldino de ocasión y marido de una rica y vulgar aunque muy bella heredera, el pragmático Tancredi, está preparado ya para actuar en la era de los barones de la industria y el comercio, la edad del lucro. Hombre mucho más culto que el común de su clase, astrónomo aficionado y poeta secreto, el príncipe de Salina inscribe su profecía en el arco de la historia de la humanidad; la suya es una visión cósmica (no exenta de humor irónico) del esfuerzo humano, pariente cercana de la de Sartre: *El hombre, esa pasión inútil*. Pero están las estrellas, y el misterio seguirá tentando al espíritu indómito y curioso. El retrato del príncipe de Salina refleja en alguna medida a su pintor, y parecería derivar también de un bisabuelo de Lampedusa, Giulio Tomasi, el único verdadero luchador progresista en una familia agotada en el vano esfuerzo de la apariencia, también astrónomo y hombre de muchos intereses, no sólo económicos.

Gordo, jadeante, fumador empedernido, cliente asiduo de librerías de viejo en las que gastaba su poco dinero, comensal de restaurantes y bares en los que comía cualquier cosa, al paso (su mujer, Alejandra, estaba consagrada a su trabajo de psicoanalista —era la única de su profesión en la Italia de la inmediata posguerra— y mantenía una relación más bien distante y, con seguridad, desprovista de sexo con su marido), Giuseppe "empezó a escribir con timidez". Si le preguntaban, contestaba que lo hacía sólo para divertirse. Pero durante los últimos treinta meses de su vida (murió el 23 de julio de 1957, a los 60 años, en Roma), trabajó casi todos los días en su novela y en los pocos cuentos que dejó (más los apuntes, tomados por sus discípulos, de algunos cursos privados de literatura, asombrosos por la erudición, sobre todo acerca de autores ingleses y franceses, y unos Diarios fragmentados).

La novela sobrevivió a su autor, que no tuvo la felicidad de verla impresa. Había sido rechazada por Mondadori, una actitud que hirió profundamente a Giuseppe, seguro de la calidad de su trabajo. Aun reconociendo los méritos, decía la carta del editor, algunas reservas de sus asesores y la situación económica del sello desaconsejaban la publicación. El verdadero motor del rechazo era —no podía ser de otro modo— otro escritor siciliano, muy apreciado en la posguerra y lector principal de Mondadori, Elio Vittorini. Hombre de izquierda, con actuación como partisano durante la guerra, Vittorini desdeñaba la aristocracia de Lampedusa y su indiferencia política. Por desgracia, era también la eminencia gris de otra importantísima editorial, Einaudi, y de ahí un nuevo rechazo. "Un hombre —acota Gilmour— que se veía a sí mismo como molde de la literatura italiana de posguerra, un profeta del neorrealismo y la experimentación, estaba predispuesto a encontrar a *Il Gattopardo* reaccionaria y regresiva". La posibilidad de una edición de autor fue rotundamente descartada por el príncipe: "Sabía que merecía publicarse, pero no toleraría la humillación de tener que pagar por ello".

La princesa Alejandra, que, pese a cierto distanciamiento íntimo, reconocía el genio literario de su marido, quedó consternada por el aparente olvido en que caería esa obra maestra, y esta preocupación ensombrecía sus horas. Inesperadamente, el 3 de marzo de 1958, la llamó un amigo por teléfono para avisarle que una editorial no menos prestigiosa que las otras dos, Feltrinelli, quería publicar *Il Gattopardo* en su colección Contemporanei. El director de ésta, el novelista de Ferrara, Giorgio Bassani (*El jardín de los Finzi-Contini, Los anteojos de oro*) lo había leído y escribió a Alejandra: "Desde la primera página me di cuenta de que me encontraba ante la obra de un verdadero escritor. Al ir avanzando, me he convencido de que el verdadero escritor es también un verdadero poeta".

Sin saberlo, Elena Croce (hija de Benedetto, a quien le habían enviado tiempo antes una copia, sin que le concediera mayor atención hasta que se enteró del proyecto de su amigo Bassani y, a su vez, se la remitió) fue autora del milagro. En noviembre de 1958 se publicó la primera edición en Milán. Fue un triunfo arrollador. La crítica la ubicó desde el comienzo en su lugar: uno de los grandes libros de la literatura italiana, europea y del mundo. En julio de 1959 ganó el importantísimo Premio Strega. En marzo de 1960 llevaba cincuenta y dos ediciones, y el film admirable de Luchino Visconti la consagró para siempre.

# Faulkner

La nota al pie de la primera página de texto* consigna esta advertencia del editor español: "La edición original consta, efectivamente, de un solo volumen, pero su excesiva extensión y la dificultad de lectura que creaba un cuerpo de letra muy pequeño nos obliga a dividirlo en dos tomos para facilitar su manejo por el lector". Agradezcámoslo. Desde el comienzo lo sabemos: la extensión es excesiva. Los biógrafos norteamericanos suelen ser abrumadoramente minuciosos, y Joseph Blotner no escapa a la norma. No en vano el libro se abre con un árbol genealógico complejísimo. Se cuenta la vida de Faulkner y también la de sus antepasados, herederos y colaterales, con lujo de datos. Pese a lo cual, el prefacio no ahorra esta desolación: "Pero me consuela saber que otros se han declarado también incapaces de exponer lo que busca el biógrafo y muchos lectores exigen: el meollo y el corazón mismo del genio del biografiado, revelado con toda claridad y en toda su extensión". Tal revelación —acaso huelgue decirlo— se encuentra sólo dentro de la obra. Quizá por eso Blotner asume doble tarea (para él y para el lector): contar la vida del artista y, simultáneamente, reflexionar sobre su arte, analizando su obra paso a paso.

El Sur de los Estados Unidos, derrotado en la Guerra de Secesión, curó sus heridas pero se esmeró en cultivar, hasta hoy mismo, las cicatrices. El rencor se fue convirtiendo en nostalgia, y ésta se refugió en los márgenes del Sueño Americano. Hay un

*Joseph Blotner: *Faulkner, una biografía*, Colección Letras/Destino. Dos tomos, 1994.

sueño propio del Sur, vertido por sus escritores bajo la forma de pesadillas. Carson McCullers, Tennessee Williams, Truman Capote, entre otros, han cultivado el "gótico sureño": elegantes mansiones neoclásicas, dilapidadas, al fondo de avenidas de cipreses enlutados por el musgo español; fantasmas de viejos coroneles esclavistas y de frágiles mujeres ociosas, que imponen a sus descendientes la disipación o el crimen; memorias de un esplendor ya muerto, ecos de batallas perdidas, lentas siestas propicias a las perversiones, bastardos y tarados escondidos en graneros o desvanes. De todo eso se alimentó el patriarca de la literatura del Sur, William Faulkner. De todo eso, y de genio.

Los Faulkner, grafía original del apellido en América, descendían quizá de alemanes, Folkner o Forkner. Así lo pretendía, al menos, William, quien recuperó una "u" andariega que de vez en cuando se ha entrometido, a lo largo de las generaciones, en actas de nacimiento y en lápidas funerarias. Afincados en el Sur, conocieron la prosperidad y la derrota, y de nuevo la prosperidad (algo menos que antes), después de la guerra, al abordar negocios con ferrocarriles y bancos. El legendario Viejo Coronel, bisabuelo del escritor, legó a sus descendientes el orgullo machista de contar siempre con primogénitos varones y la afición inmoderada a la bebida. Eso sí, soportada de pie, como cuadra a caballeros sureños.

Blotner detalla prolijamente los vaivenes familiares: nacimientos, muertes, alzas y bajas de fortuna. Murry Falkner, nieto del viejo Coronel, tuvo de su esposa, Maud Butler (tras una romántica fuga para casarse sin consentimiento paterno), cuatro varones. William, el mayor, nació el 25 de septiembre de 1897, en New Albany. Cuando los Falkner se mudaron a Oxford, capital del condado de Lafayette, los hijos ya eran tres. Esa ciudad se convertirá en la Jefferson creada por el escritor. A unos doce kilómetros de ella corre un río llamado, en el idioma de los indios chickasaw, Yockeney-Patafa. De allí provendrá la denominación del condado imaginario, Yoknapathawa, donde transcurren casi todas las historias escritas por William. Bill, para la familia. Historias que en realidad son una sola, contada y vuelta a contar desde distintos ángulos, con otros personajes pero girando siempre alrededor de lo mismo: el peso del destino, la marca indeleble del pasado familiar, la incesante tragedia de las buenas intenciones ahogadas por las circunstancias, por el alcohol y por un invencible sentimiento de decadencia.

Del macizo texto de Blotner se desprenden al menos tres líneas principales: Faulkner y las mujeres, Faulkner y la bebida, Faulkner y Hollywood. Habría una cuarta, menos subrayada, esquiva pero omnipresente: Faulkner y Hemingway.

Aunque podría suponerse que Bill fue *a ladies' man*, y él solía alardear de sus andanzas de cazador furtivo, tan sólo dos mujeres cuentan de veras en su vida: su madre, Maud Butler —Miss Maud, según el tratamiento de cortesía propio del Sur—, y su única hija sobreviviente, Jill, habida del matrimonio (también único) con una novia de la infancia, Estelle Oldham. Ni Estelle, previamente casada con otro y divorciada, ni la bella Meta Carpenter, ni Joan Williams, una muchacha muy joven por la que experimentó una pasión otoñal y que fue su inesperada colaboradora en *Réquiem por una reclusa*, contaron decisivamente en su vida. Las necesitó, tal vez, en diversas etapas, pero no les concedió la misma importancia que a su obra, su hija o su granja.

La relación con Hollywood es ya leyenda, reflejada en parte en un film extraordinario, *Barton Fink*. Nunca se adaptó Faulkner a los convencionalismos de la ciudad del cine. Pasó tempestuosamente por varios estudios, donde lo maltrataron como a todo individualista y, para colmo, genial. Pero ser escritor prestigioso no equivale a ser famoso. A lo largo de muchos años sus libros se vendieron mal, o nada. Cuando las liquidaciones de las editoriales mostraban la amarga verdad, Bill consentía en humillarse y regresaba a Hollywood, cada vez con menos salario, cada vez con la lengua más mordaz y suelta, lo que en nada contribuía a mejorar su situación. Se destaca en el libro el laborioso proceso de elaboración de *Tener o no tener*, relato original de Hemingway. Ambos colegas, considerados los dos más grandes escritores norteamericanos vivos, procuraban mantenerse lo más lejos posible el uno del otro; reinaba entre ellos lo que un amigo común definió como una dolorosa cortesía. Al encarar el guión del film de Howard Hawks que provocaría el encuentro amoroso de Humphrey Bogart y Lauren Bacall, Faulkner —llamado a último momento para intentar el salvataje de un libreto destartalado— debía modificar tramos de la historia y, peor aún (desde el punto de vista del autor), crear nuevos diálogos. Pesaba, además, un incidente previo, cuando Faulkner opinó, en una entrevista, que Hemingway no era un hombre de veras valiente. Intercambiaron cartas —dolorosamente corteses—, Bill se disculpó y Ernest puso punto final a la polémica con estas palabras: "Tú y yo juntos podríamos derrotar a Flaubert". El film se hizo y Hemingway no se mostró ofendido.

Estas páginas exhalan, todavía, los vahos del alcohol consumido por el escritor en sus sesenta y cinco años de vida. Las tres cuartas partes del segundo tomo repiten, no sin riesgo de monotonía, una seguidilla de colosales borracheras elegantemente soportadas en pie, seguidas de internaciones en clínicas, períodos de abstinencia y vuelta a empezar. La sospecha de la autodestrucción va insinuándose en el lector: Faulkner era casi siempre consciente de su ingreso en los "días sin huella". Y está, también, la insistencia en probarse como jinete con caballos demasiado briosos que invariablemente lo desmontan causándole fracturas múltiples: no ha terminado de reponerse de una caída cuando ya está rodando de nuevo por el suelo, o volando por encima de una cerca, o hundiéndose en el pozo que no acertó a ver. Porque tenía ya más de sesenta años y pretendía cabalgar como si tuviera veinte o treinta menos. Un testigo lo describe lanzándose, erguido sobre los estribos en toda su menguada estatura (un metro sesenta y cinco, bastante menos del promedio de sus compatriotas), con ojos entrecerrados y mandíbulas apretadas, en furioso galope hacia no sabía muy bien dónde. Adoraba la caza del zorro, vestir la clásica chaqueta roja, los breeches blancos, las botas negras con vueltas de color tostado, la gorrita de terciopelo o el sombrero de copa, y atravesar las colinas boscosas de Virginia como un *gentleman rider* traspapelado. Más de una vez se autodefinió como "un escocés exiliado en Mississippi".

Porque hay un Faulkner con ínfulas de dandy romántico, y un Faulkner aspirante a ser tan sólo un labriego de Mississippi. Y un estilista delicado, y un hombrecito tímido que prefiere hablar "de granjas y animales y sembrados, antes que de Joyce o el flujo de conciencia". Y un señor maduro, sarcástico y enemigo de la llamada vida social. Y un caballero sureño enamorado de la tradición anterior a la Guerra Civil, capaz de destinar una parte considerable de su Premio Nobel a una beca para jóvenes estudiantes negros. Como cualquier hombre, Faulkner es uno y varios, al mismo tiempo. Por suerte para nosotros, prevaleció el escritor.

El trabajo de Blotner es serio, documentado hasta la saciedad y animado por una evidente simpatía hacia su biografiado y un conocimiento minucioso de su obra. La traducción, de José Manuel Álvarez Flórez, suena a rigurosa y acertada. Con un desliz cuya comicidad impulsa irresistiblemente a contarlo. En el primer volumen, página 256, Faulkner conoce a Anita Loos, ya notoria como certera guionista y en trance de escribir su pasaporte a la fama y la riqueza, *Los caballeros las prefieren rubias*. Entre ambos se insinúa apenas un cortejo que no prospera: "A ella le gustaba [Faulkner] pero no de una forma romántica; además, estaba muy ocupada escribiendo un libro sobre un joven buscador de oro que estaba convencido de que los diamantes eran el mejor amigo de una chica". Pasemos por alto la sintaxis y cavilemos sobre lo que suena a incongruencia: ¿qué tiene que reflexionar un joven buscador de oro —de inmediato surge la imagen de un rudo minero— acerca de la amistad entre los diamantes y las chicas? El conocedor de literatura, si se quiere menor pero divertida y de calidad, entiende enseguida de qué se trata: Anita Loos está escribiendo *Los caballeros las prefieren rubias*, cuya protagonista, Lorelei Lee, sostiene precisamente aquel aserto. La confusión proviene de que, con seguridad, Blotner utiliza en el original la expresión *gold-digger*. Al pie de la letra significa, es cierto, buscador de oro. Figuradamente, es el término aplicado en los años veinte y treinta a las jovencitas alocadas —también denominadas *flappers*— que se lanzaban a atrapar millonarios, por lo general más que maduros. La Warner hizo por aquel entonces una serie de films musicales titulados, precisamente, *Gold-diggers of...* (1933, 34, 35...). Aquí se llamaban *Vampiresas de...* Eso le pasa a Álvarez Flórez por dedicarse a leer únicamente libros formales.

# Ernest Hemingway

Al aplicar a la obra de arte un criterio ético estricto, ideal (llámese ejemplaridad, conciencia social o cualquiera de esas cosas), los puritanos descubren con horror que todo gran artista es un gran mentiroso y un gran chismoso. Es decir, descubren en él, simplemente, un ser humano como cualquier otro. Sólo que aplica la mentira y el chisme, paradójicamente, a la construcción de una verdad. No de una realidad, que no es lo mismo. O, en todo caso (en el mejor de los casos), a construir una realidad "otra", que es *su* verdad. "No me den lo real, denme lo verdadero", suplicaba Proust. Y Oscar Wilde, cuándo no, definía genialmente: "Una obra de arte no es más que superficie y símbolo".

Dejemos a un lado la superficie, cambiante como las modas literarias, tan exigentes y frívolas como la alta costura o la decoración de interiores. Es por el lado del símbolo que conviene orientarse. Tal vez por allí encontremos una clave —apenas una— para develar, mínimamente, el secreto de Hemingway. Secreto que ha quebrantado más de una testa erudita y que, en resumidas cuentas, no es sino el de todo hombre, sea cual fuere su actividad o su ubicación en el mundo.

¿El Gran Macho Norteamericano, el John Wayne de la literatura, o un homosexual larvado, escondido bajo los bigotes y los músculos del boxeador aficionado, el copioso bebedor de whisky, el cantor de la gloria solar de la tauromaquia, el tumbador de mujeres, gozosamente entregadas —deja entrever la leyenda— desde el vamos? Quizás ambas cosas a la vez, y una multitud de otras, de otros Hemingway simultáneos que él mismo no supo, no quiso o no pudo unir al fin en una sólida afirmación personal. Imposibilidad que explicaría también, en parte, las desconcertantes oscilaciones de su don indudable de narrador, capaces de sumir en la desolación a los exégetas más empecinados.

Hasta su fin, un 2 de julio de 1961, produjo controversia. ¿Suicidio o accidente? Mary, su última esposa, se empeñó demasiado en apoyar la segunda hipótesis. La trayectoria oscilante —y no sólo por el whisky— del escritor en sus últimos años, sobre todo a partir de 1955, avalaría más bien la primera. En todo caso, la parábola creadora se había cerrado, de manera espléndida, con *El viejo y el mar*, de 1952, relato admirable en el que, desde el punto de vista simbólico, no es desdeñable imaginar una metáfora de la propia, prematura vejez.

En un magnífico documental de largometraje, *Marlene* (1985), de Maximilian Schell, éste le pregunta a una Dietrich ya octogenaria acerca de sus amores con Hemingway. Ella se escandaliza y lo reprende: "No necesitábamos del sexo para amarnos. Estábamos más allá del sexo". Declaración sorprendente para nosotros, hijos de Freud y nietos del judeo-cristianismo. Declaración con sonido de autenticidad: esa clase de amor existe, puede llegar también a la pasión, y es tan gratificante como la cama, o más.

Y bien, por más que nos resistamos a identificar creación artística con autobiografía del creador, entre ambos términos de la ecuación cuyo resultado es la obra de arte, alguna relación, aunque fuere la más flaca, existe. Hasta en los relatos de *Las mil y una noches* deben deslizarse, con seguridad, claves personales: sólo que ya nos resulta imposible identificarlas. ¿Cómo no las habría en los poemas atribuidos a Homero o en el fluir de catarata de las epopeyas hindúes?

No ha de ser casual que no pocos de los héroes de los relatos de Hemingway resulten, en realidad, antihéroes. Una serie inaugurada con *Adiós a las armas* (1929), cuyo protagonista queda impotente al estallar entre sus piernas una granada, durante la Gran Guerra. ¿Será azaroso que el escritor se transparente en el personaje, hasta el punto de una superposición perfecta? También Hemingway fue camillero en el frente italiano, también él sufrió una herida algo misteriosa, tan poco aclarada como la que simétricamente aquejó al adolescente Henry James durante la Guerra de Secesión, medio siglo antes. No ha de ser la única aproximación de estos dos artistas tan dispares. Si bien James nunca tuvo, al parecer, relaciones sexuales con mujeres, y Hemingway engendró varios hijos. Pero la procreación —lo saben muy bien los médicos y psicólogos, y lo rechazan "algunos heterosexuales aterrados" (como dicen con frase inmortal en el film *Víctor/Victoria*)— significa bien poco en la vida sexual de un individuo si no es asumida como la manifestación carnal de una idea, como una decisión espiritual encarnada.

Y la idea de sí mismo que Hemingway propone al mundo es puramente física. Tal vez sea un síntoma de los tiempos: parece desconfiar de la eficacia de la literatura (aunque sea su más devoto esclavo) y prefiere aparecer él mismo como la obra, como el fruto del esfuerzo consciente de creación de un arquetipo que termina en sus propios límites físicos. "Yo era un alfeñique y vean en lo que me he convertido" (de una publicidad de Charles Atlas, "el hombre más fuerte del mundo", famosa entre los años 20 y 40). O bien: a golpes se hacen los hombres.

¿Y los artistas, cómo se hacen? Porque hay un Hemingway artista, y de altísima calidad. Un escritor de raza, y de genio. Aunque a veces, comparado con sus contemporáneos Fitzgerald y Faulkner, y aun con Thomas Wolfe (el de *Del tiempo y el río*, nada que ver con el actual, el de *La hoguera de las vanidades*), el lector tiende a ubicar a Ernest en el estante de los cronistas que observan con agudeza y describen con precisión, y poco más. Agudeza, precisión: dones naturales que acaso fueron refinándose con la frecuentación, hacia 1923, de la formidable Gertrude Stein.

Otro de los enigmas que han desvelado a los críticos durante el último medio siglo. La prosa concisa, enérgica, exacta de Hemingway, ¿resulta de la inevitable constricción periodística a que lo obligaba su corresponsalía parisiense para las publicaciones de la cadena Hearst, o de sus casi diarias visitas al número 27 de la rue de Fleurus, santuario de la matrona que Picasso pintó con la maciza apariencia de un ídolo de piedra? Ambas cosas a la vez, probablemente. La filiación vía Stein es indiscutible, en cuanto se analizan textos de ambos hacia la misma época, los "rugientes años veinte". Pero Hemingway dista mucho de ser, como dijo Borges de Henry James, un solitario en las letras de su país. El padre evidente del autor de *Muerte en la tarde* es Mark Twain, atribución en que coincide la mayoría de los críticos. Sería injusto pasar por alto el linaje admirable que va de Nathaniel Hawthorne a Stephen Crane (*The Red Badge of Courage*), a Melville y al mismísimo James, a pesar de su prosa laberíntica y de su esnobismo de falso inglés traspapelado entre los pieles rojas. De James tiene también Hemingway la condición de chismoso.

Un volumen póstumo, *París era una fiesta* (1964), es un libro delicioso y una repulsiva recopilación de infamias. Sobre todo, respecto de la Stein, presentada tan sólo como la lesbiana sometida a los caprichos de su amante bigotuda, la famosa Alice B. Toklas. Y también respecto de Fitzgerald, acerca de quien el viril Ernest destaca únicamente las desdichas conyugales. No le iba mejor a Hemingway con sus mujeres. Tuvo tres y ninguna quedó demasiado satisfecha de la relación. Ni siquiera Mary, la última, que puso desde el vamos la cara oronda de viuda ilustre, rango al que, no dudaba, accedería más temprano que tarde si su marido seguía demoliéndose los riñones con el alcohol y desvariando en una borrachería de La Habana.

Sin embargo, Hemingway fue amigo del alma de Marlene Dietrich, una mujer nada vulgar, y de la bellísima Ava Gardner, y dedicó el mayor homenaje que un escritor puede rendir a otro, a una mujer, cuando, al recibir en 1954 el Premio Nobel, señaló en su discurso que en realidad lo merecía mucho más Isak Dinesen, es decir la danesa Karen Blixen, la de los *Cuentos góticos* y esa obra maestra que es *Out of Africa*. En realidad, "Papá" Ernest, desde el punto de vista de la convivencia diaria, parecía preferir a las mujeres antes fuera de la cama que dentro de ella. Remito, en fin, al lector, para no fatigarlo, a *El jardín del Edén*, una curiosa publicación póstuma (editada en 1986, fue comenzada cuarenta años antes y escrita a lo largo de tres lustros, sin alcanzar la redacción definitiva), la historia de un triángulo amoroso en la que el hombre —un joven escritor norteamericano de éxito, residente en Francia— es sujeto pasivo de los arrebatos y caprichos de dos lesbianas, o al menos dos bellas bisexuales.

La vida sexual de Hemingway, obvio es decirlo, no quita ni agrega nada a la gloria del escritor. Pero, sin duda, nos permite internarnos en el fascinante territorio, casi por completo desconocido, donde se gesta la obra de arte. Al comprender mejor la intimidad del creador y los posibles mecanismos de su creación, simultáneamente comprendemos algo más sobre nosotros mismos, sus lectores. Al fin de cuentas, la literatura y el arte todo no tienen otro propósito, aunque el autor no siempre sea consciente de ellos. Y si el hombre Hemingway compartió, como todos los artistas, nuestras flaquezas, dejó una herencia considerable y de la cual participamos hasta los remotos americanos del Sur.

Hay páginas de Bernardo Kordon, de Bernardo Verbitsky, de Adolfo Jasca, de David Viñas, hasta de Cortázar y de Abelardo Castillo, sin olvidar al olvidado Eduardo Mallea, que, aunque sea indirectamente, reflejan algo del estilo del escritor norteamericano. Ésa es la única, verdadera inmortalidad, la señal que distingue a un clásico.

## Nina Berberova

"Cada poeta coloca a la urgente luz de sus propósitos, de sus propios recursos lingüísticos y compositivos, los logros formales y sustantivos de sus predecesores", enuncia George Steiner. Cita ejemplos: *Retrato de una dama*, de Henry James, sería la visión crítica de éste sobre *Middlemarch*, "la imperfecta obra maestra de George Eliot"; *Anna Karenina*, la revisión por Tolstoi de *Madame Bovary*: "La amplitud y espontaneidad del abordaje tolstoiano y las ráfagas de desorden vital que soplan por los grandes bloques narrativos, suponen una crítica fundamental de esa deliberada y, a veces, asfixiante perfección de Flaubert".

Al adherir a la noción de Steiner, propongo a Nina Berveroba como la más devota y sagaz crítica de su compatriota, Anton Chéjov. Su legítima hija espiritual. *La acompañante* (sobre todo) y *El lacayo y la puta** podrían haber sido escritos por el Chéjov de *La muerte de un obispo*, por ejemplo, ese cuento que anticipa genialmente lo que casi un siglo después se consideraría de vanguardia, el final "abierto". Ternura y crueldad simultáneas, la síntesis de una atmósfera, de una conducta, mediante el hallazgo del exacto matiz expresivo, la no interferencia en el juicio ético del lector, la desarmante sencillez de la escritura, son rasgos que comparten Berberova y su mentor.

Se diferencian, claro, en los usos estilísticos: pese a su despojamiento, Chéjov no puede evitar, atenuado, el tributo a cierta retórica y cierta didáctica propias de su tiempo. Berberova, aunque sin duda aspira al clasicismo, es mucho más actual que

**La acompañante* y *El lacayo y la puta*, Nina Berberova, Editorial Seix Barral, 1993.

carradas de aspirantes a posmodernos. Si bien no la estamos juzgando en el idioma original (me resultaría imposible: mi Chéjov proviene también, casi todo, de versiones inglesas), las frases cortas, contundentes, sobriamente expresivas, operan con la percusión de una metralla en sordina: matan sin ruido y sin pausa.

*La acompañante* es la historia de una sombra, de alguien que existe sólo en función de otra persona: la pianista acompañante de una soprano famosa. El resentimiento marca a la narradora (la pianista) desde la cuna: hija ilegítima, su madre y ella sufren las calamidades que se abatieron sobre Rusia tras la Revolución de Octubre y la firma unilateral de la paz con los aliados, en 1917. La soprano, en cambio, amante de un funcionario corrupto del nuevo gobierno, vive en la opulencia. Un odio creciente, feroz, embarga a la acompañante; se alegra al descubrir el adulterio de su patrona, se propone delatarla, hundirla, destruir lo que, a sus ojos, la hace hermosa e invulnerable, como fuera del mundo de la necesidad. La sutileza de Berberova es la del bisturí: hay mucho más que esa simple trama folletinesca en la relación entre las dos mujeres. Con pulso firme, la autora va quitando las sucesivas capas de hipocresía y convencionalismos que rigen los intercambios en sociedad. Hasta entender que el odio de Sonetchka, la pianista, hacia María Nikolaievna Travin, la cantante, es una forma de amor. Ninguna concesión al lugar común: María Nikolaievna es de verdad una gran artista y una mujer bellísima, y Sonetchka es un compendio de fealdad y mediocridad sin atenuantes.

Berberova no celebra el triunfo sino el fracaso. Sus personajes son los marginados, los triturados por el trajín cotidiano, los fugitivos. Humillados y ofendidos. Y si alguno puede parecer feliz, no lo será por mucho tiempo. *El lacayo y la puta* es otra historia de decadencia, de lucha inútil contra la adversidad. Menos perfecta que *La acompañante,* comparte con ella la virtud de la economía. Y otra, fundamental: llegar al patetismo sin sentimentalidad. Cómo lograrlo es el secreto de Berberova. Quien atravesó varios infiernos (exiliada ella misma desde 1925 en París, reside hoy,* a los 90 años, en los Estados Unidos, donde desarrolló

*Este artículo fue publicado en 1994.

una carrera docente en Yale y en Princeton) sin perder, por lo visto, la curiosidad por la vida y el asombro ante los estratos superpuestos, contradictorios, que forman a una persona, un individuo. Lo que ella exalta es la individualidad, al margen de logros o artimañas.

*El lacayo...* (que en realidad es un camarero) contempla también a una mujer, desde otro ángulo. Tania es como un animalito, sensual, codiciosa y sin otro adorno en la cabeza que el sombrero. Se parece a algún personaje de Katherine Mansfield, y eso no es casual: por ahí andaba también el aura de Chéjov. A diferencia de Sonetchka, Tania es vista por Berberova con humor irónico, aunque pronto despeñado en tragedia. Exiliada en París (la autora conoce muy bien el paño), ya no tan joven como para aspirar a mantenida de lujo, el casual encuentro con un compatriota, ex oficial del zar convertido en mozo de un restaurante supuestamente gitano, pone en marcha la espiral inexorable del desastre. La descripción de ese proceso de sordidez creciente y creciente locura es magistral. Berberova destila, del dolor y de la amargura, esa forma suprema de compasión que es la belleza.

# Marguerite Yourcenar

Con asombro, con placer y también con una suerte de terror —porque vi en ese texto una imagen de lo que me gustaría escribir— leí, en la primavera de 1952, en el número 215-216 de la revista *Sur*, algo así como un poema en prosa donde hablaban los personajes de Miguel Ángel y el escultor mismo. Se titulaba *Sixtina* y lo firmaba una desconocida para mí, Marguerite Yourcenar. La impecable traductora era Aurora Bernárdez.

Existía por entonces en Buenos Aires una Oficina del Turismo Francés, en la cuadra hoy desaparecida de Santa Fe entre Cerrito y Carlos Pellegrini. No se trataba sólo de turismo. Allí tenía su despacho el agregado cultural de la Embajada de Francia, el inolvidable Robert Weibel-Richard. Podían consultarse diarios y revistas franceses, libros, catálogos, diccionarios. De vez en cuando hasta nos regalaban unos afiches maravillosos. Pasé un día por ahí, como solía hacerlo, y encontré en una revista literaria el comentario de un libro recién editado en Francia, obra de mi admirada e ignota (para mí) Yourcenar, cuyo tema me sedujo, *Memorias de Adriano*. Sobre la base del comentario, recuerdo haber escrito algo en *La Gaceta* de Tucumán, donde yo firmaba una columna de temas culturales; y por medio de otros amigos inolvidables, Jean Gattegno y Pierre Goldschmidt, de la librería Galatea, en Viamonte al 600, encargué el libro a Plon, en París.

*Adriano* me llegó meses después, y fue el deslumbramiento definitivo. Me atreví a escribirle a la autora, a la editorial, diciéndole de mi admiración. Pasó el tiempo, y en 1955, cuando mi primer viaje a Europa, busqué a Yourcenar en París, enterándome así de que ella vivía en los Estados Unidos. Regresé a Buenos Aires casi un año después (ya había aparecido la admirable traducción de *Adriano* por Cortázar, en la colección *Horizonte* de Sudamericana) y en casa me esperaba una carta de la escritora. La primera de una serie prolongada durante unos treinta años.

Decir que Marguerite Yourcenar y yo mantuvimos una correspondencia en ese lapso sería una verdad a medias y, de mi parte, una pretensión. Es cierto que nos escribimos; pero el historiador de la literatura no encontrará nada memorable en esas cartas que fueron, casi siempre, de circunstancia. Navidades, cumpleaños, la entrada de Marguerite en la Academia Francesa. Tan sólo en dos ocasiones, creo, la formalidad dejó paso a la amistad. Una de ellas cuando, viajera incansable, me comunicó que se iba a Kenya. Tuve entonces la audacia de proponerle un viaje a la Argentina, ofreciéndome como cicerone para mostrarle, sobre todo, el paisaje de mi país que más amo después de la llanura bonaerense: las provincias del norte y, en especial, la Quebrada de Humahuaca, que parecía digna de su curiosidad. Me contestó que sabía de la magnificencia de la Quebrada (no tengo duda de que así era) y que eventualmente le gustaría contornear el Estrecho de Magallanes. Un proyecto nunca concretado.

La otra ocasión es, para mí, mucho más importante, y conmovedora. Sucede antes de la carta de Humahuaca, cuando me confía —cosa insólita— el dolor que le ha causado la muerte de una persona muy querida ("una fiel compañía", dice; era, obviamente, Grace Frick, su pareja durante cuarenta años) en medio de atroces sufrimientos y la impotencia de no poder ayudarla. Le contesté que así como ella se consolaba, al comienzo de su exilio norteamericano, de la lejanía de Europa y de la ferocidad de la guerra, contemplando en la biblioteca de Hartford un grabado del Panteón de Roma por Piranesi, yo me consolaba en mis horas sombrías releyendo su *Adriano*. Le dije que alguien como ella, que había profundizado tanto en la andanza humana, en la vida y en la muerte, encontraría, sin duda, dentro de sí, la fuerza para superar el trance. Al tiempo recibí una postal, una reproducción de *Las Meninas* de Velázquez (gracias al libro de Josyane Savigneau, hoy sé que era su pintura favorita), con nada más que esta palabra al dorso, y su firma, tan personal: *Merci, Marguerite Yourcenar.* Con tinta violeta.

Las primeras cartas se me han traspapelado en alguna mudanza, pero recuerdo que a poco de escribirnos me pidió que le averiguara, en la editorial Poseidón —que estaba en la calle Perú al 900—, qué era de la liquidación de sus derechos de autor de *Alexis*, publicada años antes por ese sello en Buenos Aires. Pero Poseidón ya no existía y, dado mi limitado conocimiento por entonces del medio editorial y literario, no encontré quien me diera razón del paradero de su propietario. Hacia la misma época, en 1956, le pedí datos biográficos y una fotografía para escribir una nota en la revista *El Hogar*, dirigida por Vicente Barbieri. La nota se publicó y creo que debe de haber sido la primera aproximación de Yourcenar a lectores argentinos. La titulé *Por siempre Electra*: ella me había enviado y yo había traducido por mi cuenta, para un grupo de teatro leído que dirigía Héctor Bianciotti, su pieza teatral *Electra, o la caída de las máscaras.* Barbieri me observó, con erudición clásica, que en realidad yo repetía, sin saberlo, el título de un best-seller de la época, *Por siempre Ámbar* (los griegos habían descubierto que el ámbar, al ser frotado, produce electricidad...). Curiosos recovecos del destino: en 1988, Bianciotti me contaría, ya célebre como escritor francés, comiendo con él en un restaurante de París, la visita de Yourcenar a Borges moribundo en Ginebra, a la que él asistió.

Quiso también el destino que yo nunca conociera personalmente a esta amiga lejana, a la que me unían sus libros y las pocas líneas que intercambiábamos anualmente. En 1982, el Departamento de Estado norteamericano me invitó a una gira cultural por los Estados Unidos. Resolví aprovechar la ocasión para visitar a Yourcenar, por fin, y le pedí permiso. Me contestó con inusitado calor: hasta me daba su número de teléfono ("que no está en la guía", precisaba), se comprometía a reservarme alojamiento en una hostería a un kilómetro de su casa, y su joven amigo Jerry Wilson iría a esperarme al aeropuerto de Bangor, la capital del Maine. La guerra de las Malvinas se interpuso y no viajé, por razones que me apresuré a comunicar a Marguerite. Cuando, al año siguiente, el gobierno norteamericano renovó la invitación e intenté visitar a Yourcenar, su tono había cambiado, era menos cordial (al leer a Savigneau, entiendo por qué). "No estaré en Mount Desert Island para la fecha que usted me indica, pero búsqueme en Nueva York, a mediados de octubre". Sin otros datos. Llegué a Nueva York al final de la gira, hacia el 16 de octubre, llamé al teléfono de Petite Plaisance, nadie contestaba. Con la valiosa ayuda del Departamento de Estado, me puse en campaña para localizarla. Por fin, su ama de llaves, Mrs. Lunt, informó que Madame estaba en Nueva York, pero no sabía si en el Pierre, o en el Saint-Moritz. Ambos hoteles bordean el Central Park. Empecé por el Pierre, no estaba; corrí al Saint-Moritz; en efecto, la señora se había alojado allí, pero media hora antes había partido al aeropuerto rumbo a Holanda.

Tal vez fue mejor no conocerla personalmente en esa época turbulenta de su vida (Savigneau sostiene que se había enamorado locamente de Jerry, y que éste la maltrataba). Me quedan sus libros, me quedan sus cartas. Por medio de Bianciotti, Gallimard me pidió fotocopias, con destino a un volumen de correspondencia, en preparación.

# Marguerite Duras

Tentación irresistible de escribir como ella, a la manera de ella, de Marguerite Duras. A sacudones, a fragmentos, con temblores y retrocesos y reiteraciones. Confieso que la mayoría de los textos de Duras terminaban por irritarme: me daban la impresión de laberintos perversos (la perversidad, me dirán, está en la esencia de los laberintos) cuya salida, después de tantos recovecos diseñados con tanta inteligencia, consistía en una explosión. Una manera de terminar con la maraña de senderos entrecruzados: arrojar una bomba y que vuele todo. Entonces, sí, uno salía del laberinto pero éste había dejado de existir y lo único que se veía era la desolada llanura por la que corría un río triste.

Ahora, después de leer y releer (y sé que lo seguiré leyendo siempre, para siempre) *Escribir**, la comprendo mejor. No diré que comprendo todo, es imposible. Porque ella misma lo dice: ninguno de sus libros tiene un plan, su vida tampoco. Ella va segregando sus libros como la araña su tela, desde el vientre, pero sin el previo diseño platónico de la tela, que la araña lleva en sí desde que nace. La suya es una tela intrincada y deshilachada, asimétrica, con dibujos inesperados, con remiendos. Igual que la vida de su autora. Igual que la vida de todo ser humano. La belleza y la magnificencia de *Escribir* están en su propuesta de aventura: "Con frecuencia considero adecuados los libros de los demás; pero, también con frecuencia, como surgidos de un clasicismo exento de riesgo. Fatal sería sin duda la palabra. No

**Escribir*, Marguerite Duras, Tusquets Editores, 1994.

sé". Es decir, lo exactamente opuesto a la voluntad arquitectónica de la otra gran Marguerite de las letras francesas, la Yourcenar.

De dónde le viene a Duras esta voz terrible, quebrada, ronca de aullar contra las injusticias y las arbitrariedades de este mundo, densa de ternura cuando habla del Amor. Palabra que en ella debe leerse siempre con mayúscula. Y su ludicez, implacable. Voz y lucidez, una sola carne. Carne viva. Dolorosa, porque alberga una inteligencia. Reprocha a los libros, en general, que no sean libres. Es necesario que los libros, los de verdad, "se incrusten en el pensamiento y... hablen del duelo profundo de toda vida". Eco de Chéjov: un personaje femenino de *La gaviota* viste siempre de negro porque está "de luto por la vida".

Casi todos los escritores intentan definir por qué escriben, qué es la literatura para ellos. El resultado es tan diverso como escritores hay. Escribir es, para unos, trabajo insalubre, tortura indecible (Sabato). Para otros, tras la ruda tarea de corregir, decantar, reescribir y desechar, una felicidad de orgasmo, mental y también físico (Flaubert). Únicamente Duras se atreve a decirlo: "Porque un libro es lo desconocido, es la noche, es cerrado, eso es". Pero "un libro abierto también es la noche". "Para abordar la escritura hay que ser más fuerte que uno mismo, hay que ser más fuerte que lo que se escribe... No es sólo la escritura, lo escrito, también los gritos de las bestias de la noche, los de todos, los vuestros y los míos, los de los perros. Es la vulgaridad masificada, desesperante, de la sociedad".

"Hallarse en un agujero, en el fondo de un agujero, en una soledad casi total y descubrir que sólo la escritura te salvará". Para Duras, desde temprano la elección fue clara: o escribir o terminar borracha perdida. Hubo recaídas: internaciones en sanatorios para curas de desintoxicación. Nunca va a ningún lado sin su petaca de whisky.* Por si sobreviene la desesperación, aclara, de viaje o en su casa, por simple horror a la rutina cotidiana. Su casa es la literatura, y su signo visible en el mundo de las apariencias concretas es la construcción en piedra y argamasa, antigua granja reacondicionada, de 400 metros cuadrados de habitación, en medio de un parque con un estanque, situada en

*Este texto fue escrito un año antes de su muerte.

Neauphle-le-Château. "La casa, esta casa, se convirtió en la casa de la escritura. Mis libros salen de esta casa. También de esta luz, del jardín. De esta luz reflejada del estanque. He necesitado veinte años para escribir lo que acabo de decir".

Duras compró esa propiedad con los derechos de filmación de su novela casi autobiográfica (como toda su obra) *La digue sur le Pacifique*. La producción, colosal, fracasó en boletería. Para la autora fue la liberación. Por fin un lugar para ella sola con su hijo. Lejos de París, del ruido, de los inconvenientes de la fama. De sus varias contribuciones al cine, acaso la más famosa sea *Hiroshima mon amour*. Ella misma ha hecho cine, sobre guiones propios, con éxito de crítica, nunca de público. Y se explica: los films de Duras son la duplicación fiel en imágenes de sus textos. Morosos, contradictorios, aparentemente erráticos por momentos. Films "literarios", sin duda. ¿Y qué? ¿Por qué los que amamos la literatura no amaríamos los films que se leen como libros? Aquí mismo, en *Escribir*, hay un ejemplo. Es el guión de una película, *Le dialogue de Rome*, "producida por la RAI a petición de mi amiga Giovanella Zanoni". Ejemplo de diálogo cinematográfico de Duras. Una mujer y un hombre, cuyos nombres propios ignoramos, conversan en la terraza de un hotel romano, sobre Piazza Navona. Dice él: "Usted tiene como un miedo de lo visible de las cosas". Ella contesta: "Tengo miedo como de haber sido alcanzada por Roma". "¿Por su perfección?" "No, por sus crímenes". Ignoro quién interpretó el papel femenino, pero no es, no podría haber sido otra, al menos en el libreto, que la actriz favorita de la autora, la incomparable, bellísima y para siempre llorada Delphine Seyrig, la inolvidable Anne-Marie Stretter de *India Song*.

Curiosa la relación de Duras con los nombres de sus personajes. Se le imponen con la misma fuerza que su carnadura: deben llamarse así, indefectiblemente. Son ese nombre y no otro. Así sobrevino el de Lol Valérie Stein, y el de Yann Andrea Steiner; y, por supuesto, el de Anne-Marie Stretter, o Anna Maria Guardi. Otro nombre la intriga: lo busca, lo persigue, lo encuentra por fin, años después de lo ocurrido. Sucedió que un joven aviador inglés, tenía veinte años, cayó con su avión en el bosque de un villorrio llamado Vauville, cercano al balneario francés de Trouville, en el último día de la Segunda Guerra Mundial. El muchacho murió en la caída. Probablemente agonizó toda la noche en la carlinga, los vecinos encontraron el avión a la mañana siguiente, colgado de un árbol. Bajaron la máquina, la deshicieron para rescatar el cadáver, lo velaron con unción, como si lo hubieran conocido, y lo enterraron junto al cementerio local, no dentro de él, bajo una losa de granito gris sin ninguna inscripción, puesto que ignoraban el nombre del extranjero. Años después llegó un anciano inglés, quien dijo ser un antiguo profesor del muerto. Y declaró el nombre de éste: W. J. Cliffe. Así se consignó en la losa. Durante ocho años, el anciano visitó puntualmente la tumba, con un tributo floral. Después no volvió. Cuando los vecinos le contaron esta historia a Duras, a ella se le representó la muerte de su adorado hermano menor (con quien cometió incesto), Paulo, en una batalla contra japoneses, en la misma guerra. Entonces adoptó al muerto inglés, identificándolo con su hermano, que yace en una fosa común. Y le dedica algunas de las páginas más conmovedoras de *Escribir*. Y más bellas. "En efecto, la iglesia es muy hermosa, incluso encantadora. A su derecha hay un pequeño cementerio del siglo XIX, noble, lujoso, que recuerda al Père Lachaise, muy ornamentado, como una fiesta inmóvil, detenida, en el centro de los siglos".

El tema central de *Escribir* no es, en realidad, la escritura, sino la muerte. Contra la cual se alza la escritura, para asegurarnos, aunque resulte una mentira piadosa, una trascendencia más allá del polvo devuelto al polvo. Hasta la muerte de una mosca conmueve a Duras. Una mosca agoniza, presa en el cemento húmedo de la casilla en el fondo del jardín, en la propiedad de Neauphle. Marguerite se queda mirándola, largamente. Para "intentar ver de dónde surgía esa muerte. Del exterior o del espesor de la pared o del suelo. De qué noche llegaba, de la tierra o del cielo, de los bosques cercanos o de una nada aún innombrable, quizá muy próxima, quizá de mí, que intentaba seguir los recorridos de la mosca a punto de pasar a la eternidad". Porque también existe la eternidad para la mosca. Porque "la muerte de una mosca: es la muerte". Término fatal del tiempo, ese enemigo gracias al cual, sin embargo, maduramos y nos convertimos (no todos, no siempre: es una expresión de deseo, un anhelo; y no sabemos siquiera si la mosca también atraviesa etapas similares) en lo que debiéramos ser: una afirmación de la vida ante "ese eterno silencio de los espacios infinitos" que espantaba a Pascal.

Frente a la tumba del joven aviador inglés, la escritora reflexiona: "Veinte años. Digo su edad. Digo tenía veinte años. Tendrá veinte años durante toda la eternidad, ante lo eterno. Exista o no, lo Eterno será aquel niño". Un niño que permanece "clavado en esa edad terrible, atroz, la de los veinte años". Los vecinos de Vauville siguen rindiendo tributo al aviador muerto. " Quizá sea el nacimiento de un culto. ¿Dios sustituido? No, Dios es sustituido cada día. Nunca nos encontraremos carentes de Dios". No se trata de la creencia en un Dios determinado: "No soy creyente. Creo solamente en la existencia terrestre de Jesucristo".

*Escribir* resume así una experiencia de vida y hasta consejos prácticos para el arte de la escritura. Un arte, sí, porque "con frecuencia hay relatos y con muy poca frecuencia hay escritura". Pero —probabilidad inquietante— "debiera existir una escritura de lo no escrito". La que ella está buscando, sin duda. En camino, acaso, hacia ese gran silencio que lo dice todo: "En Trouville miré el mar hasta la nada".

Primera imagen sugerida por la noticia de su muerte*: la casa, el chalet agrandado de Neauphle-le-Château, sola, vacía, a oscuras. No volverá a encenderse la lámpara cuyo fulgor aniquiló a tantas generaciones de mariposas nocturnas. Debajo de esa luz ella escribía toda la noche, hasta la madrugada —hasta bien avanzada la mañana, a veces—, sentada a una mesa común, de campo: uno de esos bellos muebles franceses de campaña, en cuya rusticidad florecen las gracias de una artesanía de siglos.

Desde lo hondo del bosque vecino (ahí nomás, a pasos de su puerta), los pájaros y los pequeños animales han de extrañar también esa luz que entreveían al despertar, sobresaltados, en la noche.

"No hay un tiempo en que no escriba, yo escribo todo el tiempo, hasta cuando duermo". Marguerite Duras, fea, de aspecto sim-

*En marzo de 1996.

ple, acaso insignificante para el criterio mundano (¿pero quién podía resistir mucho tiempo esa mirada a la vez incisiva e implorante?), escribía, a mano, toda la noche. Y bebía hasta caerse al suelo, borracha perdida. Lúcida, despierta, velaba por el mundo. Con ansiedad, con pena, con rabia. Escribir, escribir sin pausa era el único modo que conocía de detener la ruina total. Palabras, palabras para conjurar el tiempo, para sobornarlo, obligándolo a tomar el camino más largo y sinuoso y lleno de obstáculos: para disuadirlo, por un instante, de su implacable tarea de roedor.

Ella sabe que únicamente el amor puede derrotar al tiempo. Pero el amor dura poco y el tiempo sigue fluyendo de nosotros hacia el agujero negro por donde se desagota el universo entero. Por eso hay que renovar el amor, amar siempre. Amar más al amor que a las personas en quienes pasajeramente se encarna. Las personas son transitorias, el amor es perdurable, siempre igual a sí mismo a través de los muchos rostros —y muchos cuerpos— que asume a lo largo de una vida: máscaras para la representación en el gran teatro del mundo. Ella perseguirá siempre, sin pausa, el rostro verdadero debajo de la máscara.

¿Existe otro escritor que grite tan alto y con menos énfasis el horror de la existencia humana? Céline, nos dicen; Beckett, Kafka (a su modo), Proust (al suyo). Pero sólo ella, Marguerite Duras, es esa herida abierta que no cesa de manar sangre y materias pútridas, de la descomposición del alma, que ella quiere eliminar para quedarse únicamente con el oro de la compasión.

Por eso puede describir, con clínica ferocidad, hasta con indiferencia científica, la obscenidad suprema de *El hombre sentado en el pasillo,* un texto breve frente al cual Sade y Genet son de jardín de infantes. Sin la mínima concesión a la vulgaridad, ni complacencia dolorosa: lo importante es la total abyección de la mujer, su dependencia de un ritual que la ofende, la humilla, la reduce a la pura animalidad, pero del que no puede, no quiere prescindir.

Pero, insinúa Duras, ¿es que puede de verdad sancionarse moralmente esa entrega a un goce físico que es simultáneamente un terrible dolor? ¿No es acaso el animal la criatura de pureza incontaminada por la mente? En sus relatos abundan los animales abandonados, maltratados, famélicos y, sin embargo, tan dignos como dioses en el exilio. Tanto más dignos, en la plena asunción de su miseria, que el hombre en la ufanía de su realeza imaginaria.

En realidad, como todos los grandes escritores, ella compone siempre el mismo libro. Por eso pueden sus personajes pasar de un relato a otro, con igual nombre o con otro (siempre se los reconoce debajo del disfraz). Tránsito particularmente notorio en el ciclo de la India. País donde estuvo sólo unas horas, como etapa en un viaje; pero alguien nacido en la antigua Indochina no necesita demasiada imaginación para pintar una India verosímil.

Duras es obsesiva. Una figura femenina, borroso recuerdo infantil (pero punzante), adquiere un nombre, Anne-Marie Stretter, y una carnadura concreta: será, para siempre, la bella, inolvidable, llorada, Delphine Seyrig, la actriz fetiche de los films "hindúes" de Duras: *La femme du Gange, India Song, Son nom de Venise dans Calcutta désert*. El modelo de Anne-Marie parece haber sido la mujer del administrador general en Vinh-Long, entonces colonia francesa, Elizabeth Stridter, a quien "probablemente" Marguerite niña vio una vez camino de un baile y nunca olvidó. Cómo habrá sido ese modesto baile de prefectura colonial, y cómo pudo imaginarlo Marguerite adulta muchos años después, cuando Anne-Marie aparece "con un vestido tubo de satén negro, una lluvia de estrás sobre los hombros, el cuerpo desnudo bajo el vestido". La intensidad de la seducción ha sido tal que esa mujer se convierte en el arquetipo de todas las mujeres capaces de seducir, junto a las cuales se sienten oscurecidas todas las otras, las vulgares, las comunes, las feas (¿Marguerite?) y las pobres, que en la India son miserables. Pero Anne-Marie protege a la mendiga que halla de parto en su jardín, si bien lo hace con la distraída benevolencia que emana de su belleza, su gracia "de pájaro muerto", la seguridad económica de su posición. Y hay otra mujer, Lol V. Stein, a través de quien vemos y juzgamos a Anne-Marie, su rival en amor; Lol es en realidad la máscara de la escritora misma.

Ambas mujeres reaparecerán a menudo en la obra de Duras. Entre otras razones, porque sus nombres la complacen, suenan para ella como una música muy personal. Y se trata, ante todo, de la música: "Si no existe música en los libros, no existen los libros". Todos sus personajes tienen nombres rotundos, cabales, acaso extraños, que los identifican tanto como un color de ojos o una cicatriz notoria. El lector advierte la delectación con que esos nombres son reiteradamente escandidos en el relato, y sabe que antes de ser personajes fueron nombres que resonaban musicalmente dentro de su creadora (o recreadora). Anne-Marie Stretter hasta tiene otro nombre, homenaje supremo de Duras a la eterna seductora: en un pasado italiano se llamó Anna-Maria Guardi (*Su nombre de Venecia en Calcuta desierta*).

Más explícita aún sobre el inagotable tema de las palabras, los nombres y la música, esta declaración de Duras en *India Song:* "Los nombres de las ciudades, los ríos, los estados, los mares de la India, tienen aquí, ante todo, un sentido musical". Y en otro texto: "Siam vuelve a menudo en lo que escribo. Frente a las tierras del embalse (...) estaba Siam. La palabra me encantaba. Yo creía que no había ninguna posibilidad de ir alguna vez a Siam. Pero la palabra estaba allí, luminosa".

El renombre mundial no le vino directamente de la literatura. No al menos en forma de libro. Le vino del cine, del guión —el texto, mejor dicho—, admirable, de *Hiroshima mon amour*, el film de Alain Resnais (1960). En el mismo año, Peter Brook había filmado una adaptación de *Moderato Cantabile;* pese al éxito y a reconocer la calidad del trabajo de Brook, gran director de actores, Duras no quedó satisfecha: "Lo hizo demasiado literal, naturalista", se quejó. Tal vez por eso se puso ella misma a dirigir sus relatos. En 1975, *India Song* (vista en la Argentina tan sólo en cineclubes y en funciones privadas) ganó el premio de la Asociación Francesa del Cine de Arte y Ensayo, en el Festival de Cannes. Al año siguiente, *Días enteros en los árboles,* adaptación de su propia narración, obtiene el premio Jean Cocteau.

La relación de Duras con el cine es intensa, pero siempre ambigua. Exige del medio la sumisión a su escritura. Descree rotundamente de la reiterada frase: "Una imagen vale más que mil palabras". Mentira, dice: "La imagen me obliga a aceptarla como la única representación legítima, usurpa mi imaginación. Cuando digo una frase, 'el niño de ojos grises', esto es mucho más vasto y sugerente que una imagen, sea cual fuere. En *India Song*, cuando ella dice: 'Oigan a los pescadores del Ganges', ninguna imagen puede reemplazar esa frase. Ninguna imagen puede reemplazar la frase 'ruidos de Calcuta'".

¿Por qué hace cine, entonces? "Para librarme a veces de la escritura, ese trabajo agotador. En *La femme du Gange* están comprimidos, masacrados, tres libros". Para ella, "el espectador contempla escritos pegados sobre imágenes". E *Hiroshima mon amour* sería "una novela escrita sobre película".

Con el teatro mantiene también una relación particular. Nunca había pensado en él, dice, hasta que Claude Martin le pidió una versión dramatizada de *Le Square*. Duras la hizo pero sintió de inmediato, en cuanto comenzaron los ensayos, que "la puesta en escena es una coerción". La primera obra que escribió directamente para la escena, *Los viaductos de Saine-et-Oise*, le confirma ese criterio. "En la representación teatral o cinematográfica, ¿quién habla? No creo que sea el autor, sino el director y el actor. Ellos captan el texto, lo traducen. O el autor lo reconoce, o es el espanto".

De ahí su notorio altercado con Jean-Jacques Annaud, realizador de una sobrevalorada versión cinematográfica de *El amante*, que ella misma encuentra vulgar, insípida y concesiva para con la producción comercial. Obsesiva, vuelve a contar la misma historia en *El amante de la China del Norte*. En 1984, *El amante* ganó el codiciado Premio Goncourt: fue la consagración definitiva y, en cierto modo, la despedida de quien dijo: "Un escritor se mata en cada línea de su vida, o bien no escribe".

Duras declaró a menudo su incapacidad de prescindir de compañía masculina, aun ocasional. Hubo un marido, Robert Antelme, y el padre de su hijo, Denys Mascolo. El número y la condición social y laboral de sus innumerables aventuras, alimentaron durante años el chismorreo propio de los medios artísticos e intelectuales. Asombró, por eso, la elección de quien sería el compañero estable de los últimos años: un homosexual confeso, mucho menor que ella, de origen griego, Yann Andrea. Ella, que empezó por condenar explícitamente la homosexualidad masculina, pasó luego a compadecerla, como una variante estéril del amor a sí mismo, a lo igual, y terminó por declarar: "Dios ha decidido que lo inexplicado de su creación serían dos cosas: la muerte y la homosexualidad. Esto no depende del psicoanálisis, son historias, pero de Dios". A su gran amigo homosexual, Roland

Barthes, tan sólo le reprochaba que se empeñase en aparecer tan respetable.

¿Cuál fue su relación con el joven y bello Yann? ¿Platónica, efectivamente sexual? Ni él ni ella lo aclararon jamás. Porque lo válido de esa relación es el sentimiento maternal. Eso fue Duras: una gran madre universal, capaz de todas las delicadezas de la ternura y de todas las furias de la cólera, la antiquísima diosa de la compasión reconocida por todas las religiones y que es, al mismo tiempo, la temible Kali, la destructora que, al destruir, deja el espacio libre para que opere el dios constructor.

"Cuando muera —escribió— no moriré a casi nada, puesto que lo esencial que me define habrá partido de mí".

# Ingmar Bergman

Se dice que sin la institución familiar no habría ficciones. De los griegos para acá, las pruebas abundan; si no bastara con la proporcionada por uno de los mayores artistas del siglo, Ingmar Bergman, cuya obra surge, según reiteradas declaraciones, de evocar el medio en que nació y se crió, de las tensas relaciones entre sus padres; del carácter del padre, un pastor protestante de cáscara amarga, y el de la madre, voluntariosa, inteligente y terca. No era fácil expresar los afectos en la familia Bergman: no lo es en la mayoría de las familias, en Suecia y en cualquier parte donde esa expresión asume la máscara de ciertas convenciones y ciertos prejuicios. De las carencias, de los rencores, de las nostalgias, de las preguntas sin respuesta (porque la gente se muere y los temas quedan para siempre inconclusos), se construye la personalidad adulta. En el caso de alguien sensible e imaginativo, se abre la puerta que da a la locura (mansa, a veces, difícil de advertir) o a la creación. ¡Depende de tantas cosas!

Ya en *Cuando huye el día* (o, en el original, *El rincón de las fresas salvajes*), el viejo profesor, en camino a la consagración académica y a la muerte, tenía la visión de sus padres jóvenes, sentados a orillas de un río, pescando. Es una imagen, nos dice Bergman en una de sus autobiografías, *Linterna mágica,* rescatada de sus propios recuerdos infantiles. Desde allí hasta su último film, *Fanny y Alexander,* esa infancia no ha cesado de alimentar una obra formidable por la hondura, el lirismo y la sinceridad.

Una sinceridad de viejo truchimán del espectáculo: él ama jugar con sus muñecos en un escenario, como cuando era chico en su teatro de juguete, y con nosotros en la platea. La ficción es el disfraz de una verdad que, desnuda, nos demolería. *Las mejores intenciones** es, nos dice Bergman, una crónica de vida familiar anterior a su nacimiento, basada sobre personas y hechos reales, "pero no es un proceso abierto ni encubierto a personas que ya no pueden hablar. Su vida en esta crónica es ilusoria, un simulacro, tal vez, pero, pese a ello, más clara que su vida real. Su verdad más íntima, en cambio, no podrá describirla nunca esta crónica. La crónica tiene su propia verdad sumamente accidentada. Las ganas de seguir escribiendo son la única explicación de la empresa. El juego mismo es el motor del juego".

Así se define una estética. Contra el trivial criterio de que la realidad supera a la ficción, Bergman dice que es cierto, pero que la ficción ordena y aclara los elementos dispersos, caóticos, proporcionados por la realidad, capaces de confundirnos, concentrándolos y poniéndolos bajo una luz distinta para que los analicemos y comprendamos mejor. Sin la pretensión (esto lo ha subrayado muchas veces) de dar una respuesta, sino tan sólo la de formular preguntas cada vez más filosas. El espectador de un film de Bergman no es el mismo al salir de la sala que al entrar; algo le ha sido revelado sobre sí mismo y sobre el mundo que lo rodea (y hostiga), y en eso consiste el arte dramático.

Desde el punto de vista de una estética formal, *Las mejores intenciones* es la propuesta de una narración que se sirve de las técnicas más diversas. Se lee como una novela y es, al mismo tiempo, un libreto teatral y un guión de cine o de televisión, con diálogos, acotaciones, descripciones de lugares, paisajes, edificios, ropas, joyas, muebles, utensilios, objetos, hasta con sus formas y colores minuciosamente anotados. Literatura visual, si se la quiere calificar así: gran literatura, por cierto, que demuestra el prejuicio de quienes suelen desdeñar un relato porque "parece un guión de cine". "Las palabras se yerguen incontestables y ojalá vivan su propia vida como una representación propia en la mente del lector", augura Bergman en el prefacio. No ha sido otro el propósito de la ficción escrita, desde el comienzo (Manuel Puig también podría haber dicho algo al respecto). Otra advertencia

**Las mejores intenciones*, Ingmar Bergman, Tusquets Editores, 1992.

del autor: "Este libro no se ha adaptado ni en una sola coma a la película". El lector-espectador reconocerá en varias de estas páginas, sin embargo, el germen de más de una secuencia del film de Billie August ("Como, sin el menor asomo de amargura, sabía que no iba a dirigir mi saga, fui más minucioso que de ordinario en mis descripciones, hasta en las de detalles bastante insignificantes, incluso en cosas que nunca podría registrar una cámara. Salvo, tal vez, como sugerencias a los actores").

Todo comienza con el álbum de fotografías de familia. ¿Quién no se ha sometido a ese ritual y no se ha preguntado quiénes fueron realmente esas personas que nos miran desde su eternidad provisional, cuánto hay en uno de ellas —facciones, gestos, temperamentos, manías— y cuánto de original, de nuevo? La exploración del álbum de los Akerblom (la familia de su madre), "con ayuda de una lupa gigantesca", pone a Bergman en su camino de Swann, rumbo al mundo de sus Guermantes. Así, "aprendí mucho de mí mismo". También el lector de este libro aprenderá mucho sobre sí mismo y sobre el misterio del amor, de los afectos que nos forman y deforman (con las mejores intenciones) desde la cuna. ¿Se llega alguna vez a perdonar enteramente a los padres? De la contestación a esta pregunta depende, dicen los psicoanalistas, nuestro grado de adultez.

# Truman Capote

Al casarse con Archibald Persons, en agosto de 1923, Lilli Mae Faulk no buscaba sino alejarse de su ciudad natal, Monroeville, poco más que un villorrio soñoliento del estado de Alabama. Tuvo motivos para sentirse muy pronto desilusionada: Arch no era sino un tarambana, un fanfarrón dispendioso, amigo de aparentar una solvencia inexistente. Hasta tuvieron que interrumpir su luna de miel por falta de dinero. Embarazada, Lilli Mae insistió en abortar: Arch se opuso y el 30 de septiembre de 1924 nació, en Nueva Orleáns (la mejor clínica de partos de la zona estaba allí), un hijo que debió sobrellevar el arduo nombre de Truman (homenaje a un viejo amigo) Streckfus (apellido de la familia empleadora de Arch) Persons.

Cómo Truman Streckfus Persons se transformó en Truman Capote es en sí una novela. Bien pronto Lilli Mae se cansó de jugar a las muñecas con su bebé y lo dejó en manos de sus primas, las tres solteronas Faulk, habitantes de un sombrío caserón victoriano en Alabama Avenue. Ella, que contaba apenas dieciocho años, no tardó en enredarse con toda clase de amantes; Arch, obligado a viajar mucho —venía a ser lo que hoy llamaríamos un promotor de turismo—, optó por preocuparse únicamente de que esos hombres mantuvieran a su mujer y a su hijo.

El pequeño Truman, hermoso como una ilustración de cuento edificante, crecía librado a su suerte en manos de las Faulk. De una de ellas, sobre todo, apodada Sook y que parecía (no lo era) retardada. La casa de los Faulk, los alrededores de Monroeville y la relación con esa mujer estrafalaria, errante por los bosques en busca de bayas y hongos mágicos, sabedora de antiguas leyendas terroríficas y de canciones populares, tejerán la urdimbre poética de la primera novela de Truman Capote, *Otras voces, otros ámbitos*. Así como Lilli Mae será, en su momento, la Holly Golightly de *Desayuno en Tiffany's*.

Truman se identificaba, mientras crecía (apenas; adulto era un gnomo) y no perdía detalle de todo lo que observaba con sus cándidos ojos celestes, con esa mujer bella y movediza, siempre envuelta en chales y oleadas de "Shalimar", que de vez en cuando lo visitaba y lo mimaba (no mucho), y que había transferido sus actividades a Nueva York. Donde Lilli Mae encontró por fin lo que buscaba. José García Capote, español criado en Cuba, hijo de un coronel, tenía un puesto importante, un considerable ingreso anual y, sin ser apuesto, resultaba atractivo por su tipo exótico y su temperamento apasionado. Tras complicadas batallas legales, que dejaron huella en un Truman ya de por sí sensible, muy inteligente y ansioso de afecto, Lillie Mae no sólo se divorció de Arch y se casó con Joe, entre 1931-1932, sino que logró hacer adoptar a su hijo por el nuevo marido: desde 1935, adiós Streckfus Persons; nació Truman García Capote. En tanto Lilli Mae se convirtió en Nina. Igual que Lullamae, que al transferirse del Sur a Manhattan se llamará Holly, la liviana muchacha para quien todos los pesares se disipan al contemplar las vidrieras esplendorosas, aunque por el momento inalcanzables, de la joyería Tiffany's. Holly no condena ninguna debilidad humana, porque no está exenta de ellas: el único pecado es la hipocresía.

Allí reside la diferencia fundamental con Nina. "Mi madre ha sido la única peor persona en mi vida", afirmó Truman, quien nunca disimuló el rechazo que, ya adulto, le inspiraba Nina. La cual, llegada a la cumbre de sus ambiciones materiales —pero sin salir nunca, como su hijo lo haría, de ambientes mediocres—, rechazó la homosexualidad de Truman con una saña que prueba dos cosas: se sentía amenazada por el qué dirán de sus amigos y vecinos y (como muchos otros padres) jamás se preguntó cuál había sido su parte en el problema. Y también como muchos otros padres, buscó en el machismo más obvio una solución que, por supuesto, dio el resultado contrario: para "hacerlo hombre" mandó a su hijo a una escuela militar, donde bien puede imaginarse el efecto causado por un muchachito hermoso, menudo y afeminado, en una concentración de vigorosos padrillos. Antes del año,

Nina Capote tuvo razones para reconsiderar su insensata decisión.

La educación de Truman, además de errática, poco pudo aportar a una aguda inteligencia natural y a un don casi sobrenatural para la literatura. Más específicamente, para las palabras. Durante su estada de once semanas de 1946 en Yaddo, un taller literario de Saratoga Springs, el Capote de veintidós años deslumbró, mezcla de Puck y Ariel, a dos *scholars* tan eruditos como suelen ser los universitarios norteamericanos, e íntimos amigos: Howard Doughty y Newton Arvin. El joven genio fue amante de ambos, que habían leído sus primeros cuentos publicados en *Harper's Bazaar* y *Mademoiselle* (dos revistas femeninas que en los años 40 hicieron más por la literatura de los Estados Unidos que muchas colegas con pretensiones académicas). Le escribe Doughty a Arvin: "¿Has tenido oportunidad de leer algún cuento de T. C.? El niño posee de verdad un talento espeluznante, casi da miedo. Parece no haber tenido otra educación que unas revistuchas y carece casi por completo de ideas, salvo sobre la práctica de su arte. Pero una voz mediúmnica habla a través de él con el más impecable de los acentos. Hace mucho que no leo a alguien con un talento tan específico para escribir, como el de un músico para la música."

Sería difícil encontrar definición más exacta del primer Capote, el que culminaría su insolente juventud con la publicación de *Otras voces, otros ámbitos*, en 1947, editada por Random House. Jamás hubo, hasta entonces por lo menos, libro más anunciado, esperado y promovido de antemano. Incluso la revista *Life* dedicó varias páginas, antes de que estuviera en las librerías, al inquietante personaje sureño, románticamente bello y perversamente ambiguo. Tal como lo fotografió Harold Halma para la sobrecubierta del libro, en una postura y con una expresión que escandalizó a los puritanos y a los no tanto, por su explícita sugestión de una sexualidad disponible: Truman siempre sostuvo que Halma lo había "sorprendido"; pero es difícil sorprender a alguien que tan sabiamente se recuesta en un diván y deja llover su flequillo dorado sobre ojos cargados de invitación.

Con la gloria literaria le llegó a Truman otra gloria, tal vez más afín a sus auténticas ambiciones: la mundana. Se convirtió en la mascota de la *café society* neoyorquina, que a su vez se convertiría, sobrepasadas las estrecheces de la inmediata posguerra, en el jet-set internacional. Allí reinó el muchachito precoz de Monroeville, a la cabeza de un tropel de "cisnes", como él las llamaba: Gloria Vanderbilt, Oona O'Neill, primero, y luego Barbara (Babe) Paley —la única, la suprema—, Gloria Guiness, Lee Radziwill... Delgadas hasta la transparencia, lujosas, aparentemente frágiles, astutas, altivas, riquísimas, distantes. Reflejos de lo que Nina Capote pudo ser, y de lo que en la propia naturaleza de Truman respondía a una característica (injustamente) considerada exclusiva de las mujeres: eso que con tanta exactitud en inglés se denomina *bitchy* (de *bitch*, perra y también prostituta), el chismorreo, la malignidad, la rivalidad por el macho. De que Capote era *bitchy* no tuvieron duda los que soportaron su filosa lengua y su perverso ingenio. Era, también, generoso, podía interesarse genuinamente por los problemas ajenos, y a su manera fue fiel a sus numerosos amantes. A uno de ellos, conocido tan sólo como Danny, llegó a sentarlo a la mesa de los Agnelli, en una comida de gala en Turín. Ubicado junto a la reina de Dinamarca, a una pregunta de ésta sobre si era su primer viaje a Europa, el palurdo contestó: "No, ya estuve antes, en Corea". Truman comentó luego: "¡Cómo me reí, hasta llorar!". ¿Crueldad o inconsciencia? Algo de las dos había en esa naturaleza compleja.

En noviembre de 1966, el esnobismo tuvo su coronación: el baile ofrecido por Capote en honor de la propietaria del *Washington Post*, Katherine Graham, en el Plaza Hotel de Nueva York. Hasta Tallulah Bankhead tuvo que rogar ser invitada, por favor. Al día siguiente, Gloria Guiness llamó, alterada, al anfitrión: "Truman, no te perdonaré nunca: me obligaste a ir a tu baile con dos de mis collares, el de rubíes y el de brillantes, y hoy no pude levantarme de la cama por el dolor del cuello". En estas fruslerías terminó disolviendo su vida el autor realmente magistral de *A sangre fría* (1966). No es casual la coincidencia entre la publicación de este libro y el famoso baile: ambos señalan la cumbre desde la que luego no queda más remedio que descender, cuando se han agotado las reservas interiores. Infinitas anécdotas jalonan el itinerario de una decadencia más moral que física, donde la homosexualidad ya no juega ningún papel sino secundario: se derrumba su carácter, tal vez porque las metas soñadas desde la infancia ya han sido alcanzadas y subsiste, vivo y punzante como siempre (como nunca), ese anhelo de amor absoluto que acaso únicamente aplacaría un Dios.

Pero ésta es pura especulación. Por encima de fragilidades bien humanas y del patético fracaso de su proyecto más ambicioso, *Answered Prayers* ("seré el nuevo Proust"), que le valió el exilio de su Olimpo mundano, se alza una formidable obra de creación poética, que en *A sangre fría* llega a la grandeza de la tragedia.

*Literatura y compañía*

# El Diablo y la literatura

Empresa vana sería intentar siquiera un catálogo de la presencia diabólica en la literatura occidental, tanto como en la oriental. Algún erudito ya se habrá ocupado, o se ocupará, computadora mediante. Baste declarar aquí que esa presencia es cuantiosa, abrumadora casi. Se entiende: equivale a la presencia del Mal en la vida cotidiana, desde el comienzo de los tiempos hasta hoy. Nietos del psicoanálisis, hijos de la tecnolatría, entendemos hoy que el Diablo es la parte oscura y feroz de nuestra propia naturaleza animal; no una criatura material; aunque de índole espiritual, empeñada en perturbarnos con el objetivo de estropear la Creación perfecta de un Dios bondadoso. Si al decir de Jesucristo (y lo mismo declaran muchos credos de Oriente), el Reino de los Cielos está dentro de nosotros, cabe suponer, con lógica aristotélico-tomista, que también lo está el Reino de las Tinieblas. Pero los dos últimos Papas de Roma y, sin duda, los cristianos practicantes y fervorosos, insisten en denunciar la realidad de Satanás como ente individual, de existencia concreta aunque invisible.

Querellas de teólogos, en fin. El Diablo, decíamos, ocupa considerable espacio en la literatura de todo el mundo. Está en casi todas las cosmogonías, en casi todas las tradiciones y explicaciones sobre el origen del universo y especialmente en la indagación acerca de la compleja, contradictoria naturaleza humana, campo de batalla de los impulsos opuestos, bien y mal. La literatura es descripción perpetua, infinita de ese combate. En Occidente culmina, hasta hoy al menos, en dos de los poemas mayores de la humanidad: *La Divina Comedia* y *El Paraíso perdido* (luego recuperado, en una segunda parte considerablemente menor) de Milton.

No es casual que de las tres etapas del poema dantesco, la del Infierno sea la que más golpeó la imaginación popular, la más perdurable en la memoria de las generaciones, y la más a menudo citada: el Diablo es el más diestro y sutil de los seductores. La invención genial de Dante, dentro de la genialidad total del poema, es entronizar a Satanás, en el último círculo, no en un mar de fuego, según la tradición judeocristiana ("donde su fuego nunca se apaga..."), sino en un mar glacial. La suprema negación del Bien, la Maldad absoluta y absolutamente privada de la Piedad divina, habita en el hielo: el Infierno es la eternidad del frío, la ausencia del calor de la compasión.

Cuatro siglos después, Milton emprende otro viaje más allá de las limitaciones sensoriales. A su modo, puesto que era ciego, sueña también, como Dante, sus visiones cósmicas, derivadas de la Biblia. Es el primer poeta que habla de la hermosura corporal de Luzbel, el lucífero, el lucero del alba: vencido por sus hermanos los arcángeles, deformado por las huellas del combate y del rayo divino, hundido en el pozo negro de la humillación eterna, el renegado no pierde la condición angélica y conserva rastros de una belleza sobrenatural, ambigua (por ser ángel), turbadora. Es el primer indicio del Diablo acosador sexual y hermafrodita que hostigará el imaginario erótico de las generaciones sucesivas. Las obras de Dante y de Milton son grandes poemas moralistas, donde el Bien y el Mal encuentran debida retribución encarnada en sus instrumentos humanos: no cabe ninguna ambigüedad al respecto, ni hay duda sobre lo justo de ese proceder.

Si el siglo XVII declara una fe en la existencia del Diablo tan acendrada como la fe en Dios, al incinerar a miles de personas acusándolas de brujería, su literatura, fuera de Milton, no se ocupa del tema sino en forma de panfletos esencialmente políticos: es el tiempo de las guerras de religión. Desde el punto de vista literario, estético, nada importante le sucede al Diablo hasta fines del siglo XVIII. Los filósofos iluministas, los enciclopedistas, descreen unánimemente de semejante engendro de la fantasía oriental. ¿Una criatura espiritual que actúa sobre la naturaleza e inclina la voluntad humana al Mal? Semejante invención no puede sino proceder de las alucinaciones de fanáticos orientales, extraviada su razón en el desierto de piedra que es Judea, o en el excesivo oxígeno de las cumbres del Himalaya. Nada que hacer en los salones donde chisporrotea la inteligencia de los europeos cultos: la Razón (con mayúscula esta vez) pondrá en vereda los desórdenes humanos y hasta la naturaleza misma, estrictamente recortada en jardines de simétrica elegancia. Los demonios reprimidos preparan su retorno vengador: mientras declina el Siglo de las Luces, Sade proclama la perduración, bajo las pelucas y los perfumes, de los impulsos más instintivos y bestiales del hombre, Choderlos de Laclos desnuda a una sociedad hipócrita y Goya, el gran profeta de los siglos que vendrán, advierte sobre los monstruos engendrados por el sueño de la razón.

Son las primeras rachas del vendaval romántico. ¿Cómo no iba a impresionar a esta "nueva sensibilidad" tumultuosa, al borde de la histeria, la figura del bello ángel transgresor y castigado? El símbolo ético se muda en símbolo estético: "La mayor astucia del Diablo es hacernos creer que no existe" (¿lo dijo Chesterton?: no estoy seguro). Satanás, multiplicado en las apariencias de sus innumerables mensajeros (la Caída no modificó la estricta jerarquía de la corte celestial convertida en infernal), rigurosamente catalogados por los demonólogos del XVII, y duplicado en la pareja íncubo-súcubo, se dedica a habitar plácidamente el territorio de la ficción. Lo invade, lo ocupa casi íntegro. Será el Mefistófeles de Goethe, será Drácula, será la mujer fatal que el cine llevará al paroxismo. Hasta la concepción sociopolítico-económica de Marx proviene de una mentalidad romántica. La herencia romántica no ha cesado de operar en nuestra mente, la llevamos en los genes y tan sólo hoy, dos siglos después de su aparición, comenzamos —dolorosamente, nostálgicamente— a desprendernos de ella. No se sabe (nunca se sabe) si para bien.

La concepción clásica de la belleza como armonía de proporciones, exactitud y mesura expresivas, énfasis en la elevación moral (hasta en la arquitectura y la plástica), es desechada por anacrónica. Romanticismo es transgresión, ¿y quién más transgresor que el Diablo? Los románticos exaltarán la hermosura de lo horrible, de lo macabro, de lo patético. El genio de Baudelaire, síntesis suprema de ese tiempo, insiste en las osamentas, los sepulcros y, cada vez menos veladas, las licencias sexuales. Que no son clínicas como en su admirado Sade, ni alegres como en los escritores licenciosos del Renacimiento, sino siempre cargadas de culpa (aunque pretenda ignorarla) y a un paso del espasmo agónico. Este último es asumido concretamente por su contraparte americana, Edgar Allan Poe, para quien sexo y mortaja se equivalen. Y ambos amplían esa equivalencia, más explícito el francés, a la intervención diabólica: *La carne, la muerte y el Diablo*, título de su obra capital, son, para el erudito italiano Mario Praz, los ingredientes básicos de la literatura romántica, inseparables entre sí.

Remito al libro de Praz para la más documentada reseña de la ingente producción romántica en la que el Diablo representa el papel principal o es el motor de las ficciones. En la literatura española, Bécquer y Espronceda hacen acopio suficiente de torreones, tempestades, monasterios en ruinas, mausoleos, heroínas tísicas, héroes perseguidos por maldiciones ancestrales. Se sobreentiende que no es éste el lugar para tratar de la literatura referida al Demonio desde el punto de vista canónico, o teológico. Aquí se trata únicamente de la imaginación, máscara obvia de las inquietudes y las obsesiones humanas. Baste recordar la confesión de Baudelaire: "He cultivado mi histeria con gozo y terror". Y Poe, en *El gato negro*: "Y luego vino, para guiarme a una caída final e irrevocable, el espíritu de perversidad". Con estas dos frases estamos ya en el territorio de los simbolistas y los decadentes, donde diabolismo y desenfreno sexual son uno. Y lo mismo ocurre, conviene observarlo, en la predicación religiosa, sobre todo en la cristiana: la insistencia en la sexualidad como única transgresión inaceptable, hasta en el lecho conyugal, propone a un Demonio unilateral, con amplia franquicia para actuar en todos los demás terrenos (sería menos condenable, al parecer, la usura que la masturbación, por ejemplo).

Con Stendhal, con Balzac —que vive en época romántica pero se anticipa a su tiempo—, con Flaubert, con Zola, hasta cierto punto con George Eliot y Thomas Hardy en Inglaterra, el sexo va ocupando su lugar en la sociedad positivista y cientificista del XIX. Al contrario de simbolistas y decadentes, esos escritores lo tratan no como a una emanación sulfurosa de imaginaciones en exceso caldeadas por una libido acaso reprimida en la vida real, sino como una realidad fisiológica y social que cuenta en la compleja trama de las relaciones humanas. La tendencia desemboca en dos líneas paralelas que anuncian la modernidad y desgarran el velo de la hipocresía encubridora del Deseo. Henry James y Marcel Proust, tan parecidos y tan distintos, enfocan el Mal desde una óptica similar —la sociedad toda, a partir de las clases altas y hasta el lumpen más sórdido, como una muestra de agua procedente de una charca, o de un pantano, puesta en la platina del microscopio y observada por un científico poeta— pero con ánimo muy distinto. Nadie ha definido mejor al escéptico y puritano James (en sus novelas hay un solo beso de pasión, en *Retrato de una dama*) que Borges en su prólogo a *La humillación de los Northmore*: "Un benévolo y resignado habitante del Infierno". Mientras que en Proust, en cambio, alienta siempre la esperanza de la redención: por el Arte (con mayúscula), sí, pero redención al fin. Tal vez por eso Proust nunca habla explícitamente del Diablo, lo muestra en acción sobre las conductas. En tanto James lo revela, mediante sutiles huellas, en la más misteriosa y perversa de sus novelas, *Otra vuelta de tuerca*.

# Pintura y literatura

Los primeros críticos de arte fueron filósofos. Aristóteles, Diderot, entre otros. El conocimiento, todo conocimiento, formó parte hasta el siglo XVIII del dominio de la filosofía. Luego, la acumulación y la variedad impusieron las especialidades. La crítica de arte fue cultivada sobre todo por los escritores. ¿No eran éstos, acaso, los especialistas en descripciones? La profesión de crítico de arte, como la entendemos hoy, sobreviene bastante adelantada la centuria siguiente. Hasta ese momento, el escritor reemplazaba, sencillamente, al personaje por el cuadro. Con suerte, si las sensibilidades de ambos artistas se comunicaban, el resultado era feliz. Esto no ha cambiado: el mejor crítico sigue siendo el artista que se equivale al otro artista, al que está juzgando.

Fue en el gran bazar del romanticismo (del que, nos guste o no, seguimos siendo herederos) donde los escritores imaginaron ser capaces de traducir en palabras las sensaciones, las vibraciones comunicadas por la pintura a quien la contempla. Hazaña improbable: el color y la forma son los vehículos de la expresión plástica. Es una vía directa, donde la palabra aparece más bien como un estorbo. Salvo en casos excepcionales. Como Baudelaire, padre indiscutido de toda la moderna crítica de arte. Su genio le permite resumir en una cuarteta el efecto causado por el maravilloso retrato de la bailarina española Lola de Valencia, que pintó Manet. Con el atrevimiento de su línea final, alusiva a la desnudez total de Lola debajo de sus faldas multicolores: *Le charme inattendu d'un bijou rose et noir*, entrevisto en el vaivén frenético de la danza. Abundan también en Baudelaire las referencias a Goya, pintor que naturalmente lo atraía con sus esperpentos, sus brujas, sus monstruos, sus desastres de la guerra, sus caprichos;

la presencia constante de la Muerte y el Sexo en medio del festín de la vida.

Tiempo antes, otro francés, Henri Beyle, más conocido como Stendhal, rubricaba su apasionamiento con Italia (pidió figurar en su lápida como italiano) mediante descripciones prolijas de los Correggio que veía en Parma. Aunque Stendhal carece de una virtud esencial en la evocación literaria de las artes plásticas: la capacidad de transmitir verbalmente los valores táctiles. Su prosa jurídica carece de la formidable plasticidad de un Baudelaire. O, en castellano, de Valle-Inclán, Rubén Darío, Carpentier. Una escritura sensual, en resumen.

Diferenciemos dos vertientes en la relación del escritor con la pintura. Está el caso de la crítica, el comentario, la reflexión. Eminentes críticos de arte han sido también escritores eminentes: Hippolyte Taine, Emile Male, Elie Faure, André Malraux, en el dominio francés; Heinrich Wölflin, Ernst Gombrich, Nikolaus Pevsner, Rudolf Witkower, en el sajón; Eugenio D'Ors, Camón Aznar, Gaya Nuño, Gómez Moreno, Alejandro Cirici-Pellicer, en el español; Benedetto Croce, Lionello Venturi, Giulio-Carlo Argan, en Italia. Sin olvidar a los grandes precursores: Johann Joachim Winkelmann, responsable del gusto neoclásico en el siglo XVIII, cuya prédica lanzó a los nobles ingleses en pos de estatuas griegas y romanas como botín de sus "grand tours" continentales; Walter Pater, el refinado estilista de la lengua inglesa, que perfeccionaría el bagaje cultural de sus compatriotas incitándolos, con sus ensayos decadentes sobre *El Renacimiento*, a considerar a La Gioconda de Leonardo como el ápice de la civilización y de la perfidia. Ningún esteta británico, y mucho menos si era irlandés (querido Oscar Wilde), olvidaría jamás la descripción de Mona Lisa entonada por Pater con la unción de un sacerdote pagano. Los simbolistas franceses serían bautizados en el culto de esa mujer fatal, "más antigua que las rocas de basalto en que se asienta". Mientras, desde otra orilla, John Ruskin y William Morris, admirables prosistas ambos (Ruskin sería traducido al francés por Proust, nada menos —o por su madre, según los chismosos—), exhortaban a retornar a las virtudes medievales.

La otra vertiente se da cuando el escritor se sirve de una obra de arte como instancia decisiva en la trama de su narración. Edgar Poe es el modelo platónico, con sus retratos de muertas que insisten, desde sus efigies pintadas, en ser amadas como si aún viviesen. Oscar Wilde da al tema otra vuelta de tuerca en *El retrato de Dorian Gray*, donde la pintura es el repositorio de las infamias que dejan incólume al modelo, hasta que llega la hora de ajustar cuentas. Otro norteamericano del siglo pasado, Nathaniel Hawthorne, cuelga en una sala de la ruinosa *House of the Seven Gables* la efigie del juez Pyncheon, sañudo perseguidor de brujas, cuyo celo fanático provocará su muerte y la ruina de la familia: un aura maligna desprendida de su imagen envuelve a los descendientes. Rudyard Kipling, en *The Light that Failed*, aborda el melodrama: la amante vengativa de un pintor, cuando éste queda ciego, destruye su obra maestra, que es el retrato de ella. En el decenio del 40, Vera Caspary infunde a la efigie pintada de *Laura* (novela llevada al cine por Otto Preminger), adorable mujer a la que se da por muerta, un hechizo capaz de enamorar al detective encargado de investigar el crimen.

Henry James tuvo sus ínfulas de crítico de pintura, aunque rara vez alude a ella en sus relatos. Todo lo contrario de Proust: alguien se encargó de comprobar que en su obra *En busca del tiempo perdido* se cita a 250 pintores reales y a varios ficticios. No sólo eso. Toda la arquitectura imponente de la *Recherche* se sostiene, además de la famosa magdalena ensopada en una tisana, en un diminuto fragmento pictórico, el *petit pan de mur jaune*, el pedacito de pared amarilla, contemplado por el autor y por su personaje, el novelista Bergotte, en un cuadro del holandés Vermeer, la *Vista de Delft*, habitualmente exhibido en el museo Mauritshuis de La Haya. Está a la derecha del espectador; un techo amarillo situado a la izquierda de la entrada de la ciudad, guardada por dos torres, e iluminado por un rayo de sol que se abre camino entre las nubes eternamente tendidas sobre Holanda. Proust lo vio por primera vez en La Haya, en octubre de 1902, en compañía de Bertrand de Fénelon. En mayo de 1921 volvió a verlo, esta vez en París, cuando se hizo en el Jeu de Paume una exposición de maestros holandeses. Sufrió entonces un vahído. Jean-Louis Vaudoyer, que lo acompañaba, debió conducirlo del brazo ante el cuadro. Fue la última salida de Proust, recluido desde entonces en su dormitorio para terminar *En busca...* y su vida. Simbólicamente, hace morir a uno de sus personajes, el novelista Bergotte, frente a la *Vista de Delft*. ¿Qué veía Marcel en ese mínimo trozo de pintura amarilla? La respuesta la da él mismo, simple y aterradora: la felicidad, ese instante de atención perfecta, tan similar al orgasmo, y que tan sólo el arte puede dispensar a quienes hacen de él una mística.

Por aquellos mismos años, en París, el poeta Guillaume Apollinaire presentaba en sociedad a los pintores cubistas y al patriarca *naïf*, el Aduanero Rousseau. Hay entre poetas y pintores una afinidad que Alberto Girri cultivó con fervor. En espléndidas ediciones, muy cuidadas, compartió sus reflexiones sobre el arte de escribir (y de vivir) con sus grandes amigos: Luis Seoane en *Bestiario*, Raúl Alonso en *Borradores* y Marcelo Bonevardi en *Amatoria*. Críticos de arte y autores de libros sobre la obra pictórica de grandes artistas argentinos fueron el novelista Manuel Mujica Lainez y los poetas Córdova Iturburu y González Carbalho; también poetas, lo son hoy Rómulo Brughetti y Rafael Squirru. Mujica Lainez escribió un *Canto a Buenos Aires*, ilustrado por su amigo Héctor Basaldúa, con estrecha correspondencia de verso e imagen.

Para terminar. En su último libro de cuentos, *Deshoras* (1983), Julio Cortázar imagina a la protagonista de *Fin de etapa* devorada, literalmente, por un cuadro expuesto en un ignoto museo de provincia. Vale la pena atender esta descripción: "Y luego había el silencio, no sólo porque Diana parecía ser la única presencia en el pequeño museo sino porque de las pinturas emanaba una soledad que la oscura silueta masculina no hacía más que ahondar. 'Hay algo en la luz', pensó Diana, 'esa luz que entra como una materia sólida y aplasta las cosas'. Pero también el color estaba lleno de silencio, los fondos profundamente negros, la brutalidad de los contrastes que daba a las sombras una calidad de paños fúnebres, de lentas colgaduras de catafalco".

## Pintura y cine

Son relaciones peligrosas; acaso, hasta incestuosas. La consanguinidad de cine y pintura está dada por antepasados comunes: la imagen y, en el comienzo de todo, la luz. Como la fotografía medio siglo antes, el cinematógrafo, al llegar a la adolescencia, se sintió obligado a rendir vasallaje a la pintura. Encuadre y composición de escenas, al replicar cuadros prestigiosos, otorgaban legitimidad en una cultura respetuosa de la arqueología: basta recordar el modelo insuperable del eclecticismo arquitectónico, la Ópera de París. El libro de Áurea Ortiz y María Jesús Piqueras* postula que esa dependencia no ha concluido y probablemente siga perdurando, aunque el cine haya encontrado hace mucho sus medios específicos de expresión. Eric Rohmer lo definió, en 1990: "Toda organización de formas en el interior de una superficie plana, delimitada, deriva del arte pictórico".

Con tímidas aproximaciones al ensayo, las autoras confeccionan un catálogo exhaustivo de pruebas verificadoras de la sentencia de Rohmer. Desde los iniciales *films d'art* de la época muda, hasta la policromía chata y chillona del "Dick Tracy" de Warren Beatty (1990; algo más que un obvio retoño de la historieta: el intento de dibujar y colorear un *comic* que se va haciendo ante el espectador-lector, procedimiento perfeccionado en *Mask*), se analizan centenares de films tributarios del arte de la pintura. Las entradas posibles, como en un diccionario, son múltiples: films que intentan (y a veces consiguen) recrear la atmósfera de un pintor, o de una época (*La kermesse heroica*, de

**La pintura en el cine,* Ortiz y Piqueras, Editorial Paidós, 1995.

Jacques Feyder, 1936, para las naturalezas muertas y los interiores flamencos); films sobre la vida y obra de un artista (*Rembrandt* de Alexander Korda, 1936; *Lust for Life* de Minnelli, acerca de Van Gogh, 1956; *Moulin Rouge* de John Huston, sobre Toulouse-Lautrec, 1952); films donde una pintura es clave de la intriga (*Laura* de Otto Preminger, 1944; *La mujer del cuadro* de Fritz Lang, del mismo año); films donde las pinturas, desde el decorado, comentan tácitamente la acción (*La edad de la inocencia* de Scorsese, 1994; este análisis es particularmente agudo); films que citan pinturas famosas (*Zoo* de Greenaway, 1985, con resonancias de Vermeer y de Velázquez); documentales sobre la producción y/o el modo de producir de un pintor (*El misterio Picasso* de Clouzot, 1955; *A Bigger Splash*, acerca de David Hockney, dirigido por Jack Hazan, 1975). Etcétera.

Vermeer y Georges de la Tour, maestros sublimes de la luz, serían, según el libro, los pintores de mayor influencia sobre la gente de cine. Reflexión: *Un día de campo*, de Jean Renoir, comenzado en 1936, interrumpido y nunca terminado a causa de la Segunda Guerra, y compaginado después con los restos, consigue, en blanco y negro, recrear con mayor verosimilitud el mundo de los impresionistas que, del mismo director y en 1955, *French Cancan*, en color. El destino de los films en colores es melancólico: como suele comprobarse en las proyecciones por cable, inevitablemente se degradan y viran hacia dominantes inesperadas, por lo general un turbio verde-violáceo, que traicionan la intención del realizador. La única solución es tirar nuevas copias a partir del negativo original, pero ni siquiera esto asegura fidelidad. Y hoy en día existe otra forma de traición aún peor, la funesta "colorización" del blanco y negro, tumba de cualquier inquietud por crear una atmósfera determinada.

El tema es fascinante, y vastísimo. Por ejemplo, acerca de *El gabinete del doctor Caligari* (Robert Wiene, 1926) y su estrecha relación con la pintura expresionista alemana, se nos informa que "la subordinación al modelo pictórico expresionista es bien patente al mostrar en los encuadres los elementos cuya expresividad es de tipo gráfico-lineal. Sería el momento de mayor intrusión de la pintura, con un modelo concreto, en lo fílmico, desde el instante en que lo pictórico aparece como protagonista al tratar la tela de la pantalla como la tela de un cuadro". Esa homologación de ambas "telas" bidimensionales en procura de la ilusión tridimensional es uno de los más atractivos rubros de este libro, al pasar revista a los procedimientos adoptados en tal sentido a través del tiempo.

Un capítulo excepcional es dedicado a Eric Rohmer y *La marquesa de O...* (1976), cuyas imágenes vendrían a ser la representación de una representación. "Para llevar a la pantalla esta obra escrita en un tono extremadamente frío, casi de informe policial, Rohmer realiza una operación singular: intenta reproducir el modo de representación de la época... En el modo en que la marquesa se mueve o se sienta, reconocemos a los personajes de los cuadros de David... En la forma en que el padre manifiesta el dolor o la ira (para nosotros casi cómica), estamos viendo los cuadros de Greuze o de Fussli... Ahora no nos movemos como se movían en 1830, nuestros gestos no son los mismos y no tenemos modo de verificar cómo lo hacían, sólo podemos representar lo que nos transmiten los cuadros". En el repertorio de la "Filmografía esencial" figura con justicia *Los duelistas* (si bien no tratado en extenso en el texto) admirable film de Ridley Scott, empeñado también en recrear la fría, austera elegancia de la visión neoclásica, en contraste con las pasiones que animan a los personajes.

Fascina el minucioso análisis del uso de las pinturas decimonónicas en *La edad de la inocencia* de Scorsese. Donde, desde un segundo o tercer plano, dentro de la escenografía, los cuadros comentan, a su manera, la acción principal. "En la casa de los Beaufort, en la escena del baile, la cámara, siguiendo el recorrido de Newland hasta llegar al salón de baile, en un virtuoso plano-secuencia, se entretiene en mostrar los cuadros que decoran las habitaciones: pintura académica europea y americana, con escenas mitológicas o literarias o retratos, hasta detenerse, la cámara y la narradora, destacando el atrevimiento que supone su ubicación dentro de la casa, en el gran desnudo de *La llegada de la primavera* de Bouguereau, que preside la entrada al salón. Es decir, al academicismo lógico e históricamente correcto del ambiente se añade un elemento provocador". Procedimiento similar al utilizado por Visconti en *Il gattopardo,* cuando la mirada del príncipe de Salina, tras abarcar la magnificencia del salón de baile, asciende a los historiados techos barrocos del palacio Gangi.

Las autoras logran una síntesis eficaz entre la información (indispensable para cualquier cinéfilo) y la reflexión, y proporcionan una guía muy útil con los numerosos apéndices. Donde el único tropiezo para el lector argentino está en los títulos distintos con que un mismo film se presenta aquí y en España (por qué no puede ser uno solo, y fiel al original, es un misterio insondable: cuando uno se entera de que el film biográfico de Minnelli sobre Van Gogh, *Lust for Life —Sed de vivir*, en la Argentina—, en España se llamó *El loco del pelo rojo*, las únicas alternativas son reírse o indignarse). Y es precisamente Van Gogh quien sugiere un posible asunto futuro para las responsables de *La pintura en el cine:* el espectador que se acerque lo suficiente a un cuadro de Van Gogh como para sumergirse y abstraerse en él, percibirá que no se trata en absoluto de una materia inerte. Las características pinceladas en forma de comas se ponen a girar concéntricamente con una vida propia impresionante. La pintura tiene su propio movimiento, su dinamismo intrínseco. Porque hay algo que el cine jamás podrá recrear por más que se empeñe, hasta en un documental tan "real" como *El misterio Picasso* de Clouzot (por algo se eligió calificarlo así): los valores plásticos. "Esto es algo irreductible a la imagen fotográfica o cinematográfica. La cita pictórica se agota en la referencia iconográfica, que puede incluir la luz y el color, pero nunca reproducir la técnica pictórica. En la recreación de la pintura figurativa de Goya, de Delacroix, o de Watteau, no aparece aquello que los hace diferentes entre sí y respecto a todos los pintores: está el tema pero no la pincelada, está la figuración pero no la pintura". En resumen: la partida suele ser muy disputada pero el pintor gana siempre.

# Mercado y literatura

Hace tiempo, en ocasión de discernirse un conocido premio literario, la casa editorial aprovechó la reunión para entregar distinciones a sus autores con más libros vendidos en el año. Aunque el premio recompensa específicamente a una obra de ficción, ni un solo escritor del género figuró entre los agraciados por el favor de los lectores. El mayor volumen de ventas correspondió a una horoscopera china y a los responsables de varios títulos referidos a política, economía y, si mal no recuerdo, a figuras de la farándula.

"La ficción no vende en la Argentina", aseguran los popes de la religión más difundida, hoy por hoy, en Occidente, cuyo dios se llama Marketing. O mercado, para decirlo con una palabra vulgar. La advocación es lo de menos, porque el dios es antiquísimo, su culto nació con el hombre y, probablemente, morirá con él. Ley de oferta y demanda, solía decirse. Marketing suena más elegante, con ese dejo cosmopolita de las palabras extranjeras. El mercado, entonces. Lugar donde los mercaderes despliegan sus mercancías y tientan a los posibles compradores con rebajas de precios, con puestos llamativos, con premios, con atracciones varias.

Ése es el mercado en su encarnación más visible e inmediata, corpórea: un lugar físico donde vendedor y comprador, reconociéndose mutuamente, entablan una lucha —que puede ser hasta divertida— de aspiraciones opuestas. El *shopping-center* es la versión contemporánea de aquella vieja costumbre del reclamo, el deslumbramiento y el regateo. En el final del siglo XX, el *shopping* se ha despersonalizado, por supuesto: cada vez más abandona la escala humana, se vuelve un gigantesco palacio de fantasía (al modo de las colosales y demasiado ornamentadas salas de cine en los años 20 y 30) y propone la circulación veloz, la transacción impersonal. Los sociólogos hablan de un "no lugar", a semejanza de los aeropuertos.

Paralelamente, el concepto de mercado se volvió abstracto. Ya no es ni siquiera un lugar físico, es un recinto mental, donde el titilar de las computadoras se supone que contabiliza, mide y calcula, con precisión absoluta, las alternativas de nuestros humores, nuestras fobias, nuestros prejuicios y nuestras preferencias. Preferencias cada día, también, más imaginarias, puesto que serán determinadas por lo que muestre la imagen del televisor, o enuncie la estadística, comunicada (y a menudo exagerada) por los medios.

Lejos de mí la pretensión de pontificar sobre la deshumanización, el maquinismo, el destino de los humanistas, la degradación del planeta o el apocalipsis. Ya hay suficientes profetas ocupándose de esas cosas. Pero no deja de inquietarme el pensamiento de que las expresiones más hondamente individuales, más viscerales de la especie, sean sometidas a las supuestas leyes de una supuesta ciencia, casi —o ya sin casi— una religión cuyos apóstoles recorren el mundo conminándonos a unirnos al nuevo credo o morir.

Aplicar criterios de mercado a los productos culturales (obsérvese que no reniego de llamarlos "productos") me parece, ante todo, injusto. Luego, insensato. Y por fin, suicida.

¿Qué actividad humana no se tiñe de interés comercial? Todas, prácticamente. Negarlo sería absurdo. Pero hasta un niño entiende que no es lo mismo fabricar y vender latas de sardinas, o camisetas, que libros o películas. Estos últimos son productos en situación ambigua: se los confecciona para ubicarlos en el mercado, qué duda cabe, pero sus alcances van mucho más allá de la mera transacción comercial. Llevan en sí, en los mejores casos, el soplo de algo que no es mensurable por las computadoras, ni por la estadística, ni por el todopoderoso dios Marketing. Llevan en sí algo del componente humano que suele llamarse alma; o espíritu, si se prefiere; o mente, sea ésta lo que fuere, una parte concreta y material del cerebro o una emanación de la actividad de ese órgano. Pues hasta los materialistas más acérrimos convienen en que esa cosa enigmática que se llama pensamiento es capaz de transformar la vida del hombre, mejorándola o empeorándola, otorgándole un sentido o despojándolo de él.

¿Y qué sería de la actividad del pensar si no existiera esa otra facultad, hasta ahora igualmente enigmática e inubicable, la imaginación? Hostigada por "el eterno silencio de los espacios infinitos" (Pascal), la imaginación propicia los medios para aventurarse por el cosmos, investiga las causas de las enfermedades y los medios para combatirlas, explora lo hondo del mar y lo empinado de las más altas cimas, fragua hipótesis sobre el origen de la vida y la existencia de dioses. Y narra, se narra a sí misma, la aventura, la andanza sobre la Tierra de esta extraña, imprevisible especie de mono pensante que somos.

La imaginación crea monstruos, sin duda, y los descarta. Como niños perdidos en una casa vacía y desvencijada, vamos contándonos historias para consolarnos y tranquilizarnos. A cada paso en la insondable tiniebla, las palabras, temerosamente desgranadas en la intimidad de cada uno, nos acompañan, nos alientan. A veces, también, nos paralizan de terror. ¿Y qué son los juegos infantiles, las ceremonias del cortejo amoroso, hasta el acto sexual mismo, las guerras y las incesantes reconstrucciones de lo que ellas han destruido a través de los tiempos, sino puestas en escena de ficciones que, a fuerza de creer en ellas, terminan por ingresar en el mundo concreto? Desde siempre hubo contadores de historias, y oyentes para escucharlas.

Ni los eruditos más sesudos, ni los historiadores más eminentes, ni —hoy en día— sociólogos, psicólogos o semiólogos logran darnos noción más cabal de nuestra situación en el mundo, que las ficciones de los escritores. Por ejemplo, sabemos mucho más sobre las condiciones de vida en el siglo XIX por los textos de Balzac, Dickens, Tolstoi o Pérez Galdós, que por muchos volúmenes de memorias, correspondencias o archivos institucionales. Y aun los memorialistas minuciosos, los hurgadores de datos fidedignos, los protagonistas de los hechos mismos que a veces se proponen narrar con apasionada exactitud, recurren sin más a la imaginación para recrear personajes, caracteres, épocas, acontecimientos. Gibbon escribió la más apasionante historia de la decadencia y caída del imperio romano, y Sarmiento contó como nadie la situación de la Argentina en los primeros decenios del siglo pasado, sobre todo porque eran grandes escritores, antes que cultores del método científico o cronistas escrupulosos. No deja de divertirme, y asombrarme, el hecho de que los lectores prefieran creer en las ficciones que les cuentan los políticos y los economistas (peor aún: los comentaristas especializados en esos temas), antes que en los textos literarios.

La adoración del Mercado provoca otro fenómeno inquietante: la proliferación del mismo relato, contado por plumas diversas pero tan parecidas que leer hoy una novela (de preferencia, de autor joven, sin que —espero— esto suene a resentimiento de viejo) ahorra el esfuerzo de leer otras dos o tres. Como dijo no recuerdo quién, convengo en que me cuenten, pues se trata del tiempo en que estoy viviendo, las andanzas de seres que deambulan por ahí, sin destino ni objeto, de "disco" en "disco", de cama en cama y de jeringazo en jeringazo; seres que se aburren extraordinariamente, y que al miedo a la muerte sólo saben oponer el desdén y el hedonismo, ni siquiera gozoso sino encarado como una obligación penosa. Pero deben contármelo de manera tal que yo, lector, no me aburra también, sino que lo encuentre apasionante.

Por mucho que el Marketing se oponga, seguirá escribiéndose ficción y algún día se publicará y alguien la leerá. Porque la necesidad de ficción es imperiosa —inevitable, diría yo—, ya que sólo ella es intermediaria entre el individuo y su raíz mítica. Toda sociedad, aun la que se considere absolutamente pragmática, materialista o, si se prefiere, realista; toda sociedad, digo, actúa, opera en el mundo a partir de los mitos fundacionales que le han otorgado carácter, especificidad, un peso y una conducta. La mayoría de la gente, no asistida por el demonio poético, ignora, o hace como que ignora esa raíz original. Pues bien, la literatura de ficción se la revela, la comunica —para bien o para mal, para aceptación o para espantado rechazo— con la fuente primera; le informa sobre su relación con lo sagrado y con lo divino. Con el espíritu, en fin, del que no puede prescindir sino para naufragar en la nada.

En los admirables *Diarios* de John Cheever, encuentro, entre muchas otras igualmente valiosas, esta reflexión que hago mía: "Ninguno de nosotros recuerda claramente los años de principio de siglo, cuando las artes excelsas de la pintura, la escultura y la música se volvieron caóticas, se perdieron en un área de la metafísica que no podían aprovechar debido a su falta de visión e inteligencia, hasta el punto de ceder sus responsabilidades espirituales. Así le quedó a la literatura, y sólo a ella, la responsabilidad de llevar adelante el diálogo, vital para la vida del planeta, que nosotros y nuestra especie desarrollamos entre nosotros y con nuestros paisajes, nuestros océanos y nuestros dioses".

# Big Bang Boom

Como el del Universo, el origen del Boom se pierde en conjeturas y teorías. Las diversas mitologías coinciden en que allá por la mitad de los años sesenta, un fulgurante estallido de genialidad colocó a los escritores de América latina en la vanguardia de las letras occidentales. El fenómeno aventó fronteras, derribó prejuicios. De París a Nueva York, de Roma a Berlín (Oeste, por entonces), los críticos coincidieron en que algo sorprendente, increíble hasta ese momento, estaba sucediendo en la senda de la Cruz del Sur. Escritores que escribían en castellano, lengua sin duda ilustre (¿cómo desconocer el Quijote?) pero carente del prestigio internacional del inglés y el francés, demostraban, del otro lado del Atlántico, más imaginación, frescura y poesía que sus previsibles colegas europeos. Ni qué hablar de los españoles, sometidos a un régimen represivo: Camilo José Cela se erguía, solitario, en un panorama de humoristas y costumbristas menores (no sabíamos nada de Mercè Rodoreda). Ni siquiera los estadounidenses, modelos hasta ese momento de desparpajo e invención, salían indemnes del cotejo. Frente a la economía de Hemingway, a la sordidez de la novela negra, a la atmósfera pantanosa de las tragedias sureñas de Faulkner y hasta al brillo estilístico de Capote, los latinoamericanos proponían el misterio lujurioso y barroco de un mundo exótico, casi primitivo aún, proclive al disparate surrealista, donde los ensalmos del brujo de la tribu funcionaban todavía. Se lo llamó realismo mágico.

Así como detrás del Big Bang se sospecha la presencia (o la ausencia) de un Dios, detrás del Boom parece esconderse —no del todo— la mano de una diosa. Una diosa catalana, de la que, como conviene a una deidad, se sabe muy poco. ¿Fue Carmen

Balcells la inventora del Boom? Muchos indicios conducen hasta ella. Un movimiento estético de tal magnitud y de tan puntual coincidencia cronológica no es fruto de la casualidad. A partir de talentos indiscutibles (de lo contrario, la tendencia no habría prosperado), un finísimo olfato para lo que hoy se llama *marketing* y una dosis considerable de audacia, la legendaria agente literaria encauzó la corriente. Supo discernir el genio verbal del colombiano Gabriel García Márquez y lo ungió, con justicia, jefe de fila. Puso a su lado al mexicano Carlos Fuentes *(La muerte de Artemio Cruz)* y al peruano Mario Vargas Llosa (*La ciudad y los perros*). Escritores notables todos ellos. Pero todo escritor por notable que sea necesita, en el mundo del mercado y la competencia, promoción y difusión. Y ser señalado, en algún momento, por un colega prestigioso (el caso de Borges, propuesto a la admiración de los franceses y, por ende, del mundo por Roger Caillois), sin cuya generosidad el mayor de los talentos puede pasar inadvertido.

Balcells organizó las cosas en grande y con eficiencia. El lanzamiento simultáneo de *Cien años de soledad*, de García Márquez, en las principales urbes de habla hispana, fue un éxito arrollador. Como en aquel despuntar del 12 de octubre de 1492, un Nuevo Mundo se ofrecía a los ojos deslumbrados de los lectores. Hubo mucho de justicia en el redescubrimiento, al margen del cálculo comercial inevitablemente unido a la ambivalencia de la industria del libro. Y hubo riesgos, y confusiones, como en toda conquista territorial. Pareció necesario que cada país latinoamericano tuviese por lo menos un representante en el Boom. De Cuba, aunque exiliado en Gran Bretaña, Guillermo Cabrera Infante (*Tres tristes tigres*), y aunque radicado en París, Severo Sarduy (*De dónde son los cantantes*). De Chile, José Donoso. Del Paraguay, otro exiliado, Augusto Roa Bastos. Se hicieron inclusiones arbitrarias, de escritores de otras generaciones y ya reconocidos, como Juan Carlos Onetti por el Uruguay, los cubanos José Lezama Lima y Alejo Carpentier, el mexicano Juan Rulfo. Hasta se pretendió insertar a Julio Cortázar en el esquema. Lo concreto es que, sin duda, estos autores se beneficiaron también del Boom, con un incremento de traducciones y el prestigio que ahora deparaba la pertenencia a estas tierras calientes.

Una consecuencia perversa del Boom (seguramente no deseada) fue el convencimiento del lector no especializado de que la literatura latinoamericana empezaba ahí. El venezolano Rómulo Gallegos, el mexicano Mariano Azuela, el peruano Ciro Alegría, el uruguayo Enrique Amorim, el guatemalteco Miguel Ángel Asturias, por citar unos pocos nombres al vuelo... como si no hubieran existido o pertenecieran a una remota prehistoria. Se olvidó también que no había transcurrido todavía un siglo de un fenómeno similar en el campo de la poesía, cuando el nicaragüense Rubén Darío encabezó la renovación en el uso lírico del idioma conocida como Modernismo, oponiéndose a la pomposa, vana retórica de la mayoría de los vates españoles.

En la Argentina, el Boom repercutió con vigor. Preparado el terreno para el lanzamiento de *Cien años de soledad* (operativo en el cual me tocó participar como adelantado, con un reportaje —el primero en este país— que por encargo de *Primera Plana* le hice en México a García Márquez, a mediados del 66), la recepción del libro fue entusiasta; frenética, diría. Todos leíamos, comentábamos y discutíamos a "Gabo", a Vargas Llosa, a Fuentes y compañía. Nos ufanábamos de la hermandad de lengua, de aspiraciones y de recuerdos. También para nosotros, empeñados en encontrar un tono nacional, las renovadas letras del continente tenían el encanto de lo exótico. Nos afirmábamos en Borges, Cortázar, Bioy, Silvina Ocampo; muchos en Arlt. Viñas, Guido, Bullrich, Sáenz, entre otros, con entonaciones muy diversas, nos reclamaban para una empresa propia de exploración y conquista. Carecíamos, por cierto, de color tropical, lo cual nos jugaba en contra frente a la exigencia de realismo mágico reclamado por agentes y editores extranjeros. Pero cuando García Márquez conoció a Buenos Aires, la calificó de inmediato como la ciudad más surrealista del mundo. Y Sarduy, al año siguiente, le descubrió, en las plazas, los monumentos y las diagonales, y en las ochavas del Barrio Norte (que nosotros ni miramos), la misma enigmática melancolía de las pinturas metafísicas de De Chirico.

A casi treinta años del estallido, el Boom aparece hoy con proporciones más ajustadas a la realidad. "La mafia", como en broma denominaba García Márquez al grupo de tres o cuatro figuras fundadoras convocadas por la astuta Madrina (no Hada, por cierto) de esta familia, Carmen Balcells, sigue vigente pero ya no unida: cada uno —"Gabo", Vargas Llosa, Fuentes y, si se quiere, Cabrera Infante— trabaja por su cuenta y en lo suyo. Lo positivo fue reubicar a Latinoamérica en el mapa de la literatura mundial. Lo negativo, hasta cierto punto, el abuso del realismo mágico, llevado casi a lo paródico por ese último estertor del movimiento, la increíble Isabel Allende, otro engendro de la taumaturga catalana. Pero esta vez no le salió bien: la materia prima no tiene la misma calidad.

# La vuelta del realismo

La discusión es eterna, durará lo que el hombre. El concepto de realismo refiere de inmediato al de realidad, y ahí empiezan los problemas. Abruma imaginar tan sólo el catálogo de definiciones de la realidad acumuladas a lo largo de veintitantos siglos de cultura occidental, más, si se quiere, las concepciones orientales. En un esbozo muy simple y primario, es evidente que todos anhelamos reproducir, re-presentar el mundo en que vivimos; para comprobarlo, basta ver lo que hacen los chicos cuando por primera vez se les da papel y lápiz. Es también evidente que todos no vemos el mundo de la misma manera. La ambigüedad acecha desde el comienzo cualquier pretensión de reproducir exactamente las apariencias concretas de las cosas. Hasta las artes y las técnicas visuales más minuciosamente ceñidas al modelo considerado real, concreto, la fotografía, el cine, la televisión, incluyendo refinamientos como el láser y el holograma, en algún momento declaran su carácter ficticio, artificial. Siempre se elige un punto de vista, siempre se desecha algo. El colmo llega cuando esas técnicas, en su incesante exigencia de progreso, traspasan las capacidades humanas de percepción. Esto se observa, por ejemplo, en el campo de los sonidos: los mecanismos de captación y reproducción son ya tan sutiles que ingresan, para un oído normal (si es que alguno queda, después de tanto fragoroso decibel), en el silencio. Otro tanto amenaza ocurrir con el espectro de colores abarcado por la televisión hiperdefinida. Cuanto más se pretende lograr el realismo absoluto, la reproducción fidedigna de lo que llamamos realidad, más se ingresa en una zona que la mente positivista acusaría de irreal.

Si esto pasa con disciplinas estrechamente ligadas a los datos inmediatos de los sentidos, qué no pasará con un arte de evocación como la literatura. Es también una re-presentación, un símbolo, cuya ilusión de realidad (su realidad propia) no es creada fuera del espectador, impuesta a éste desde afuera, sino que debe recrearse, a través de la palabra, dentro del lector. No basta con la perfección formal del texto, con la precisión de los términos, con la claridad expresiva: el escritor de ficción (de él —o ella— hablamos) debe ser dueño de un vigoroso poder de evocación. También llamado a veces imaginación objetiva. Aunque hay, básicamente, dos tipos o clases de autores de ficción: los que parten de imágenes y los que parten de ideas. La división no es tajante, lo más común es el híbrido de ambos, pero desde ya el primero aventaja al segundo en la creación de una realidad convincente. Entiéndase: la capacidad de convencer al lector de la realidad de lo que está leyendo, dentro de la convención aceptada por el lector. Si la convención es testimonial, basada sobre la supuesta buena fe del autor que garantiza la verdad de lo narrado, estamos en el terreno de la novela tradicional (preferiría denominarla burguesa) a la manera del siglo XIX. El gran siglo de la novela burguesa, pretendidamente realista: Stendhal, Balzac, Dickens, Hugo, Tolstoi, Flaubert, Zola, Pérez Galdós, Leopoldo Alas, Giovanni Verga, Theodor Fontane; acaso también —con reservas— Henry James. Marcel Proust recibirá esta herencia y la orientará hacia el territorio de la narración contemporánea, donde lo esperarán Italo Svevo y James Joyce. Unos y otros, a la sombra del gran padre de todos: Miguel de Cervantes.

Todos ellos pretenden aspirar al realismo, hasta culminar en la exacerbación naturalista de Zola, de lejos superado en talento por Maupassant. Un somero análisis permite poner en duda aquella pretensión. La colosal empresa balzaciana, pintar un fresco completo de la época desde el trono hasta los cobijos de la miseria extrema, se logra merced a una poderosa fantasía. A partir de datos concretos, periodísticos si se quiere. Pero también *Las mil y una noches* parte de datos concretos: los navíos cargados de mercaderías preciosas en el puerto de Bassora, los alcázares de los califas, las tiendas en el desierto y las callecitas laberínticas del bazar, las abluciones en el patio de la mezquita, las zalemas destinadas a los viajeros y a los huéspedes, el lenguaje de la calle y el de los poetas, la alcoba de la sultana y el jergón del mendigo.

Todo es auténtico, todo está allí, las ropas y los alimentos, las joyas y las basuras, la picardía y el horror, el santo y el criminal. Nadie parecería dispuesto, sin embargo, a sostener el impecable realismo —tan real— de estos relatos árabes "de fantasía". La fantasía está en cómo se presentan los hechos: es verdad que frotando una vieja lámpara no aparecerá un genio, pero también es verdad que apretando una tecla resuelvo en segundos la ecuación que antes me exigía horas, o me comunico instantáneamente con las antípodas pulsando un botón. ¿No le habría parecido esto irreal, fantástico, inconcebible a Simbad el Marino?

Balzac cuenta las Mil y Una Noches de Francia en tiempos del rey burgués, Luis Felipe, sin preocuparse demasiado de la exactitud minuciosa de los detalles porque lo importante para él es la naturaleza humana. Flaubert, en cambio, es el maníaco del detalle: no sólo busca la palabra justa, busca también el dato preciso. En el lapso relativamente breve que separa a ambos escritores, la ciencia adquirió los prestigios de una religión. La descripción de la muerte de Emma Bovary, suicida por veneno, es de un rigor clínico escalofriante, como lo será, años después, la exhumación del cadáver de la Dama de las Camelias, en las primeras páginas de la novela de Alejandro Dumas, hijo. El escritor debía documentarse sobre cada una de sus descripciones, sin dejar nada librado a la imaginación. Claro que hay un año luz de distancia entre la intención ética y dramática de Flaubert, en busca del contraste entre la vida imaginaria de su heroína y el sórdido entorno que termina por devorarla, y la intención puramente didáctica y un poco pedante de Dumas, hijo. La distancia se mide por el talento respectivo: lo circunstancial es en Flaubert el telescopio hacia una visión cósmica del hombre; en Dumas, el anteojo de teatro para describir la vida "light" de París en el Segundo Imperio. La crítica francesa destacó siempre a *Madame Bovary* como la primera novela moderna, por el vigor de su descripción realista. Pasa por alto la primera novela auténticamente moderna, que es *Don Quijote de la Mancha.*

De los extremos a que puede llevar el culto de lo real convertido en fetiche, ilustran las polémicas desatadas al publicar Flaubert su *Salambó,* por él mismo calificada de "novela arqueológica", en 1862. El pope máximo de la crítica literaria de aquel tiempo, Sainte-Beuve, aun reconociendo los méritos del libro, lo descalificó en tres de sus famosos artículos de *Le Moniteur*, las "Charlas del lunes", por falta de rigor arqueológico, precisamente. Flaubert, vikingo impetuoso, tuvo la elegancia de no contestarle públicamente sino en una carta personal donde, entre otras cosas notables, le dice: "Quise fijar un espejismo aplicando a la antigüedad los procedimientos de la novela moderna, e intenté ser sencillo... Digo sencillo, y no sobrio". Las objeciones del crítico nos resultan hoy casi ridículas, si no cómicas. Si había o no en Cartago un acueducto; si el templo de la diosa Tanit, o Astarté, es literariamente reconstruido tal como era; si la heroína, Salambó, no se parece demasiado a Emma Bovary (contesta Flaubert —y esto es importante—: "No estoy seguro de su realidad, ¿pero quién de nosotros pudo conocerla?"); si la habitación de Salambó es una "chinoiserie" exquisita ("no he puesto un detalle que no esté en la Biblia o que no se encuentre aún hoy en Oriente; usted me repite que la Biblia no es una guía para Cartago, y yo le contesto que los hebreos estaban más cerca de los cartagineses que de los chinos"). Etcétera. Para concluir: "Creo haber hecho algo que se parece a Cartago".

Dos acotaciones de Flaubert merecen tenerse en cuenta para la polémica del realismo: no está seguro de la "realidad" de su heroína, y cree haber hecho algo que "se parece" a un original ausente (en este caso). Pero es más significativa esta conclusión: "Si en mi novela no hay armonía, entonces estoy equivocado. Pero si la hay, todo se mantiene en pie". Flaubert era considerado y se consideraba a sí mismo un realista, pero ante todo aspiraba a ser un artista, esto es, un re-creador del mundo.

Paul Claudel, que detestaba a mucha gente (y era bien correspondido), detestaba a Stendhal, "ese frío simulador", y a sus libros. Le reprochaba su egoísmo epicúreo y la sequedad —deliberada— de un estilo que, según una frase famosa que tal vez Stendhal nunca dijo, aspiraba a la claridad y sencillez del Código Civil. Aspiración no vana sino errada: la claridad y la sencillez de los códigos son ficticias, disfraces de los vericuetos donde se enganchan las interpretaciones posibles y las improbables, para beneficio de leguleyos. También es ficticio el "realismo" de este autor, a quien le es atribuido como derivado de su proclamación del "pequeño suceso verdadero" (cuyo eco lejano será el "pequeño muro amarillo" de Proust). Como observa con agudeza Gaetan Picon, para Stendhal la "verdad" del pequeño suceso es subjetiva, no objetiva.

Y es que en la sola selección de los datos proporcionados al lector comienza a contradecirse y desfigurarse el concepto de realismo. El lugar común de que "la realidad supera a la ficción", olvida añadir que la llamada realidad es una masa caótica de estímulos disparados contra los sentidos y contra la mente pensante (en el mejor de los casos). La esencia del arte consiste en aislar un grupo de esos estímulos recortándolos de la confusión general e iluminándolos con la reflexión. Interpretándolos, en una palabra. Es pueril suponer que la reproducción minuciosa de un proceso externo basta para tomar conciencia de sus significados más profundos. El italiano Gramsci y el húngaro Lukács consagraron sus vidas a promover esa conciencia, intentado establecer una preceptiva del realismo literario (entre otros rubros) a partir de la teoría marxista. Por descontado que la querella del realismo no se agota en aquella reproducción fiel de algo que ya existe (en el teatro, las piezas en que la familia discute sentada a la mesa y frente a una sopera humeante), sino que va mucho más adentro, hasta el corazón del hombre, proponiéndole aceptar o no el mundo concreto como único ámbito de su lucha por ser de veras humano. Pero es justamente la llamada realidad, la que propone otros caminos de conocimiento y de realización. Puesto que la esencia de lo real es su infinita capacidad de transformación incesante, toda pretensión de cristalizar ese proceso es abolida, bajo pena de anularlo. En este fin de siglo tan convulsionado políticamente, se está produciendo un fenómeno inédito, de consecuencias imprevisibles: la desaparición de los límites entre numerosas disciplinas, su interpenetración, tanto científicas como artísticas y técnicas. Frente a esta realidad que fue soñada por los humanistas y que va entrando en el mundo, como la flor de Coleridge evocada por Borges, no es improbable que el realismo decimonónico ingrese definitivamente en el museo.

## Los *castrati*

La edad barroca (de fines del siglo XVI a primeros decenios del XVIII, aproximadamente) persiguió, con angustia creciente, un inasible absoluto, una plenitud sensual, intelectual y espiritual que desafía —y derrota— a la condición humana. Su ideal fue la fiesta, concretada en espectáculos, cortejos y procesiones de esplendor inigualado en la historia, antes y después. También, en las artes más representativas de la época: la arquitectura, la música y la pintura al fresco. Celebratorias, todas ellas, de los fastos de las casas reales y nobiliarias, y de la gloria celestial prometida por el catolicismo romano.

Edificios, partituras y ornamentaciones aspiran a trascender los límites físicos, no sólo como propuesta de elevación espiritual sino también con la decisión terminante de alcanzarla concretamente, de materializarla, aquí y ahora. En acto y no en potencia, diría un teólogo. La piedra, los sonidos y los pigmentos se envían mutuas resonancias, en un anhelo de suprema celebración mundana de lo que está más allá del mundo cotidiano de las apariencias. La piedra será doblegada, se alzará en columnatas majestuosas (la plaza de San Pedro, de Bernini), en atrios, escalinatas y fuentes de traza fantástica y de dimensiones colosales (es el tiempo de Piranesi, cuyos grabados evocan la antigüedad romana a escala imaginaria); se la plegará en cornisas, guirnaldas, máscaras y ornamentaciones profusas, alegóricas de una grandeza sobrehumana. En techos y muros de palacios y templos, el espacio tradicional vacilará, será abolido, y se abrirán perspectivas grandiosas (Tiépolo), escalonadas en sucesivas mesetas: óculos, balaustradas, balcones, ventanales, arcos, obeliscos, plataformas —todo pintado, trucos del pincel (*trompe-l'oeil*, o trampantojo), volúmenes inexistentes, de engañosa solidez— que, al prolongar verticalmente la arquitectura de las paredes, arrastran el ojo del observador, vertiginosamente, hacia cielos sin cesar escamoteados. Infinito ficticio el de esta pintura cuyas dos dimensiones pretenden ser tres. No menos angustioso que los razonamientos contemporáneos de Hume, de Berkeley, o del opositor de ambos, Leibniz, en busca de una verdad que satisfaga por igual a la mente y a los sentidos.

Pero la música, la más abstracta de las artes, sí puede erigir una construcción ideal, partícipe simultánea de corporeidad (el sonido brota de objetos materiales, madera, bronce, crin o pelo de animal, piel tensada sobre la circunferencia del tambor) y de espiritualidad. ¿Y qué instrumento podrá abrir, en la trama laberíntica de las partituras barrocas, aquellas mismas perspectivas hacia un Cielo anhelado? La voz humana, por supuesto. Ninguna voz más pura y en cierto modo abstracta, asexuada, que la de los niños. Las voces blancas. Ni siquiera la mujer alcanza el timbre cristalino de la voz infantil, su celestial candor. Sólo que a cierta edad los muchachos mudan la voz: en la pubertad, el descenso de la laringe (formación de la nuez de Adán) se acompaña de un descenso de una octava en el registro. Hay un medio, cruento, de preservar la belleza del sonido, añadiéndole la ventaja del desarrollo viril de la caja torácica: la castración.

Las culturas más antiguas —hindúes, chinos, árabes; en Roma, los sacerdotes de Cibeles— la practicaron con fines sobre todo religiosos, o para castigar al enemigo vencido en la guerra e impedirle la procreación, o para asegurarse ciertos servicios, como los eunucos del harén. Si bien San Mateo propone en su Evangelio (XIX, 12) la castración como medio para llegar al Cielo, la Iglesia Católica la reprobó hasta cierto momento, cuando se pensó que únicamente las voces privilegiadas de los castrados eran dignas de entonar, en las aulas pontificias, las alabanzas al Creador. Cómo se produjo este cambio de criterio, sigue siendo un enigma histórico. Se cree que la costumbre procedía de Bizancio, donde los eunucos (privados del aparato genital íntegro) cantaban en las basílicas imperiales. En España, país tradicionalmente machista, introducidos por la cultura mozárabe, hacia el siglo XII algunos eunucos alcanzaron, con su asombrosa voz, lugares destacados en la liturgia católica. A fines del XVI, el papa Sixto V (reinó entre 1585 y 1590) ordena al nuncio en España enviarle cantores castrados de las iglesias españolas, para la Capilla Pontificia en Roma. Los españoles disfrutaron del privilegio de ser los únicos "sopranistas" admitidos en el coro de la Capilla Sixtina, hasta que en 1599, Clemente VIII, "subyugado por la belleza de sus voces", incorporó a los primeros dos italianos, Folignati y Rosini. El escándalo desatado por los españoles fue memorable, pero inútil. Desde entonces, la inmensa mayoría de los castrados provendría de Italia.

Así, "para mayor gloria de Dios", la Iglesia Católica asumió, respecto de la castración, una actitud ambigua que se prolongaría asombrosamente hasta comienzos de nuestro siglo. La rechazaba en teoría, pero la fomentaba en la práctica. Hay razones para explicar la arrasadora oleada de *castrati* que durante doscientos ochenta años se volcó sobre Europa, hacia los cuatro puntos cardinales: únicamente los franceses fueron reacios a admitirlos, y criticaron duramente la costumbre. Eran tiempos durísimos para quienes no habían nacido en cuna noble o burguesa. Abundaban en el sur de Italia las familias con numerosa prole y en un estado muy cercano a la miseria, si no directamente miserable. Sacarse de encima un hijo, o dos, confiarlos al cuidado de la Santa Madre Iglesia y verlos prosperar en el centro mismo del Papado, aliviaba por un lado el presupuesto familiar y, por el otro, prometía ventajas materiales y prebendas para toda la parentela. Bien pronto la naturaleza humana convirtió lo que inicialmente se propuso, bien que por vías torcidas, como un holocausto al arte, expresión de lo divino, en un negocio.

Los afamados conservatorios musicales de Nápoles, regenteados por órdenes religiosas, se colmaron de pequeños alumnos castrados; y la vecina ciudad de Norcia, cuyos carniceros eran célebres por la destreza en emascular cerdos y asnos, literalmente en el centro de operaciones. Si bien los eminentes cirujanos de Bolonia se acreditaron también en esta especialidad. Las víctimas eran elegidas por los maestros de música del pueblo, o de la ciudad, y prácticamente vendidos por sus padres. La única condición exigida por el Vaticano era la aceptación por escrito de la criatura, cuya edad oscilaba entre los siete y los diez años.

Poco a poco los *castrati* de mejor voz (se calcula que tan sólo uno de entre diez chicos sometidos al vejamen llegaba a sobresalir) advirtieron que el teatro ofrecía ventajas superiores al coro religioso, aunque fuese el de la Sixtina. Los favoreció una antigua bula papal que prohibía la actuación de mujeres en los teatros de los Estados Pontificios, basándose en el anatema de San Pablo: "...que las mujeres callen en las reuniones...". Como en tiempos de Shakespeare en la Inglaterra isabelina, ¿quiénes interpretarían —y cantarían— mejor los papeles femeninos que adolescentes "con voces de ángeles"?

La edad barroca gustaba del disfraz y la impostura. Ya se habló de los fingimientos pictóricos. Habría que hablar también de la domesticación de la naturaleza, consumada en jardines tan artificiosos y elegantes como una fuga musical. El teatro de la época prodigaba transformaciones casi mágicas en escena, mediante una tramoya sin cesar perfeccionada: subían y bajaban los dioses entre nubes y centellas, la isla de Circe se convertía en el salón de un palacio, los bosques en catedrales, las catedrales en abismos oceánicos. En su *Historia de los castrati**, el musicólogo Patrick Barbier postula: "Después de todo, el vestirse de otro sexo era la esencia misma de la fiesta barroca". En el cantante *castrato* se perfecciona esa voluntad de disfraz perpetuo. Es un monstruo, pero su monstruosidad se pone al servicio de la belleza: la estética lo justifica todo.

Contra lo que cabría, convencionalmente, suponer, no abundaba la homosexualidad entre los *castrati*. Todo lo contrario. Eran sin duda conscientes de la turbación que causaban en ambos sexos, pero —estériles, no impotentes— preferían sin vueltas el femenino. Las mujeres caían rendidas en sus lechos, fascinadas por la curiosa mezcla de apostura viril (solían ser muy hermosos, de jóvenes), dulzura vocal y capacidad de acrobacias canoras sobrehumanas. Cercana la madurez, los *castrati*, en quienes la operación había provocado otras alteraciones físicas (ausencia de vello, excepto en la zona pubiana; extremidades anormalmente largas), engordaban en las mismas áreas que las mujeres de cierta edad, pechos y caderas, convirtiéndose en presa codiciada por los caricaturistas. Tan sólo Farinelli, el hermoso Farinelli, fue dis-

**Historia de los castrati*, Patrick Barbier, Javier Vergara Editores, 1990.

pensado de los ultrajes del tiempo: hasta la vejez conservó el porte gallardo y el rostro agraciado de un muchacho.

La imaginación es visual, no auditiva. Hoy no podemos concebir siquiera cómo sonaron esas voces prodigiosas. Las descripciones de testigos y cronistas de la época contienen palabras pero no sonidos. Queda la constancia de increíbles proezas vocales, de las que dan pálida idea las acrobacias de nuestras sopranos de coloratura. Lily Pons rivalizaba, en los años 30 y 40 de este siglo, con el trinar de la flauta. Los *castrati* rivalizaban con la flauta y con la trompeta, a elección. Farinelli podía sostener una nota altísima durante más de un minuto, sin respirar. Exaltados por el fervor del público, arrastrados por la belleza de la música y la fascinación narcisista de sus propias capacidades, seguros de seducir, los *castrati* competían en virtuosismo, llevando las fiorituras y los adornos, la ornamentación —llamada *virtuosità spiccata*— y los trinos a un paroxismo delirante. Cascadas, surtidores de gorjeos brotaban de sus gargantas privilegiadas, más allá de las exigencias dramáticas de los personajes y hasta de la partitura misma. El *castrato* Luca Fabris murió en escena, en Venecia, empeñado en alcanzar el Fa sobreagudo exigido por su maestro, Galuppi.

Compositores y directores de orquesta terminaron por resignarse y dejarlos hacer a su capricho. Los *castrati* imponían sus consignas de vestimenta y comportamiento en escena, tuvieran o no que ver con la acción. Llevaban en sus portafolios las arias denominadas "de baúl" (porque formaban parte del equipaje, en los incesantes desplazamientos por toda Europa, de Madrid a Moscú, de Estocolmo a Nápoles, de Praga a Lisboa, festejados y pagados a precio de oro, a más de espléndidos regalos) y las introducían dentro de cualquier ópera, vinieran o no al caso. Se paseaban por el escenario como por su casa, saludando a los conocidos de la sala, burlándose de los otros cantantes, entrando y saliendo *a piacere*. Sus admiradores prescindían de esos detalles: iban a ver y oír a su ídolo, el resto carecía de importancia. Apunta Barbier: "Una indecible sensualidad se desprendía de su juego escénico y de sus voces asexuadas, estremecía a los hombres y pasmaba a las mujeres; creaba, en una palabra, ese instante de vértigo que recompensaba parcialmente a los cantantes por lo que habían sufrido".

Y compara esa turbadora ambigüedad sexual con la que hoy exudan ídolos como Michael Jackson, David Bowie, Prince, Madonna. El sacrificio impuesto por la codicia paterna a una edad en la que era difícil si no imposible rebelarse, parece haber pesado toda la vida sobre estos hombres heridos en lo más íntimo. Despreciaron y odiaron a los responsables de su condición. Un anciano se presentó un día ante el célebre Loreto Vittori, le dijo que era su padre (el cantante no lo reconoció, había dejado de verlo muy niño) y le pidió ayuda. "Te devolveré lo que te debo", le aseguró Vittori, y le tendió una bolsa vacía.

Viajeros sempiternos, los *castrati* se retiraban, ancianos y riquísimos, a fastuosos palacios en los que rumiaban sus agravios: menos el recuerdo del esplendor cortesano y los éxtasis del arte y el amor, que la nostalgia de afectos familiares capaces de enjugar los inevitables achaques. Uno de ellos, Balatri, famoso también por el buen humor y el ingenio, escribió sus memorias. Acota Barbier: "Pero detrás de sus bromas se oculta una profunda angustia y un sentimiento de inutilidad y de soledad que conmueven al lector".

Hacia 1750, el gusto empezó a cambiar. Europa, sumida en las muy bellas pero un tanto asfixiantes efusiones del rococó —última etapa, vegetal y profusa, del barroco—, miró hacia la próspera Inglaterra, donde la ropa era más sencilla, los jardines osaban despeinarse y recuperar la traza original de la vegetación, los edificios eran más sobrios y la vida, en general, más simplificada que en Versalles y sus retoños, las mínimas y pomposas cortes centroeuropeas. La moda fue (como hoy en día) lo "natural". Gluck rescata para la ópera la expresión "simple y natural" de los sentimientos. Los *castrati* más sagaces advirtieron los síntomas y se adaptaron. Para uno de ellos, Guadagni, escribió Gluck el protagonista de su *Orfeo y Eurídice*. Mozart, que había escrito óperas para *castrati* (*Mitrídate, re del Ponto, Ascanio in Alba*), remitió ahora las fiorituras de la Reina de la Noche a una soprano coloratura.

Los *castrati* fueron puestos en órbita en la Capilla Sixtina y allí mismo cerraron su ciclo histórico. No fue sino en 1902, cuando el papa León XIII ordenó terminar con la bárbara costumbre y reemplazarlos definitivamente por niños normales y, eventualmente, contratenores. Pero se les permitió permanecer en el coro hasta jubilarse. El último de ellos, Alessandro Moreschi (murió en 1922), en aquel mismo año de 1902 grabó una canción de Paolo Tosti, *Ideale*. Cascada ya la voz, imperfecta la técnica de grabación, el testimonio es impresionante. Viene de un tiempo mucho más remoto, de un tiempo para nosotros casi inconcebible: cuando la cara sombría de la reluciente medalla barroca (cárceles de Piranesi, pinturas y esculturas de mártires y torturados, de minucioso realismo) se propuso inscribir en la carne misma de algunas víctimas propicias, su voluntad de ficción. Jamás el esteticismo fue tan lejos.

# Goya

*Tres retratos*

La marquesa de Solana salió a las cinco, rumbo al taller de Goya, que pintaba su retrato. Llegó, se plantó frente al aragonés y lo desafió a que la hiciera inmortal, a que enviase al futuro su cara en extremo española, la expresión fiera y burlona, la crencha oscura coronada por un moño de confitería de raso rosa, el abanico en la mano enguantada, los pies finos calzados en negro y plata, el empaque de una actitud sosegada pero altiva. Goya aceptó el desafío y, una vez lograda la fisonomía, sumergió sus pinceles en la sustancia con que se traman las galaxias. El vestido es de tul negro, de un negro transparente por debajo de cuya trama finísima centellean el rosa, el verde pálido, el marfil, el plateado. Casi ni se los ve, se los adivina, se los intuye, vienen de un fondo insondable, de una luz que siempre está más allá. Desde la cabeza hasta la cintura, con un remanso en los hombros, cae la cascada de un velo de gasa gris, que no es el mismo gris de los guantes, ni de los zapatos. El espectador puede perder la mirada en ese gris del velo sin llegar jamás a descifrarlo del todo, como esas fotografías coloreadas de nubes cósmicas que encierran miríadas de estrellas cambiantes a cada segundo, de límites imprecisos. Nadie pintó jamás grises semejantes, aunque es evidente la herencia de Velázquez (el fondo neutro, de verde subterráneo, penumbroso) y el legado que recibirán, entre otros, Manet y Whistler. Para quien escribe estas líneas, es el retrato más bello que existe, sin desdeñar a Durero, a Holbein, a Leonardo (Ginevra de Benci, o Cecilia Gallerani, más que Mona Lisa), a Velázquez, a Van Dyck, a Ingres. Merece una visita de homenaje: está en el Louvre, en el ala que hospeda a la colección Beistegui.

Esta otra marquesa, la de Pontejos, espera en cambio a Goya en el jardín de su palacio. Para posar se ha vestido a la última moda de París, interpretada por una costurera de Logroño. De seda gris plateado, muy ceñida la bata; la falda, una montgolfiera de la que cuelgan lazos y flores, hasta la altura de las rodillas, donde de pronto se entuba y cae hasta los tobillos como un chaparrón de tul también gris. Los pies en posición de danza, con escarpines rojos y negros. Un lazo rosa le ciñe la cintura, un clavel se marchita en su mano derecha y un cuzco agresivo le muestra los dientes a Goya. Sobre la aureola de pelo rubio, empolvado, de la marquesa, una capelina de paja desafía la ley de gravedad y parece incitar a la montgolfiera de la falda a emprender juntas el vuelo, marquesa incluida. Únicamente un pintor genial pudo transformar semejante adefesio (aunque la retratada parece —¿lo sería realmente?— muy bella) en una obra de arte de puro encanto, un juego de grises irisados que la convierten en una perla donde se refleja la luz del siglo XVIII. Está en la National Gallery de Washington.

Don Manuel Osorio Manrique de Zúñiga, señor de Ginés. Muchos nombres para un niñito de unos cinco años, vestido de terciopelo rojo con gran cuello de encaje blanco, a la cintura lazo de raso blanco y encaje, zapatos de seda blanca con moños, retratado sobre fondo neutro. Con el aire más inocente del mundo mira al espectador mientras juega con un pájaro de pico corvo, atado a un hilo por una pata. El pájaro lleva un mensaje en el pico. En el suelo, a la derecha, una jaula con otros pájaros más pequeños. Pero los verdaderos protagonistas son los tres gatos pintados a la izquierda, en penumbra, uno de ellos a punto de desvanecerse en la sombra; sólo se ven relucir los ojos, como si fuera el de Cheshire *avant la lettre*. Feroces gatos goyescos, los mismos que acompañan a las brujas en los aquelarres de los Caprichos y que aquí forman el cortejo del menudo príncipe. Con ojos fluorescentes, las bestias codician al pájaro, a don Manuel y a nosotros, los espectadores. No se conoce un retrato infantil más alarmante, más ominoso, más cargado de premoniciones funestas para quien lo contemple. Porque el enigma es éste: ¿no será acaso el niño quien dirige el juego y sojuzga y manda a los gatos? En el Metropolitan de Nueva York.

*El pintor*

Goya rococó. Goya impresionista. Goya expresionista. Goya premoderno, moderno, posmoderno. Goya padre de Picasso, abuelo de Bacon, ¿bisabuelo de quién? (No importa, ya aparecerá alguien.) Goya palurdo aragonés iletrado, ducho en faltas de ortografía, compañero de juerga de chulos y majas, eructando cebolla y ajo en el banquete de la duquesa de Alba. Goya que pinta con feroz sarcasmo al rey Carlos IV y su familia. Goya cortesano en busca de los favores de la aristocracia, a la que retrata entre reflejos de perla y árboles prestados por Watteau. Goya pintor de cámara de tres soberanos sucesivos, enemistados entre sí y que juegan torpemente a las sillas musicales: Carlos IV, José Bonaparte, Fernando VII; los tres lo condecoran, lo miman, lo recompensan. Goya súbitamente ensordecido, averiado, triste, furioso. Goya de las ferias populares, del Entierro de la Sardina, de las meriendas a orillas del Manzanares (a lo lejos, en perspectiva, el Palacio de Oriente, más vasto que toda Madrid, aldea arrugada de tejas a los pies de la mole borbónica). Goya de los aquelarres, de los espectros, de los monstruos, de los frailes apóstatas, de los soldados empalados, de las mujeres violadas. Visionario y testigo de los Caprichos, los Disparates, los Desastres de la guerra. ¿Cuál de ellos fue Goya? Todos.

La misma pregunta e idéntica respuesta desde hace más de dos siglos. ¿Cómo se puede pintar, en *El 2 de mayo de 1810*, esa grupa de caballo blanco que en medio de la violencia y el grito reluce con tersura de seda, de nácar, con todos los colores del espectro tiernamente diluidos en una bruma de reflejos? Es la misma piel de *La maja desnuda*, del Cristo en la cruz, casi femenino, que nadie confundiría con el de Velázquez o los de El Greco. Y al lado, la desolación de *Los fusilamientos del 3 de mayo*, la luz cruda de una linterna depositada en el suelo, reflejándose en los ojos alucinados del hombre de chaqueta amarilla que alza un brazo como para emitir una proclama o conjurar a un Dios ausente. En nuestro Museo Nacional de Bellas Artes, el misterioso gigante, tal vez símbolo de la guerra, cuya silueta espanta a una multitud que huye, envuelto, sin embargo, en el resplandor rosado y verde pálido de un cielo del siglo XVIII, tratado con delicadeza de decorador áulico. Ninguna contradicción: algunos artistas, los más grandes, pueden ser, como el Shakespeare de Borges, simultáneamente todos los hombres, con todas sus virtudes y todos sus defectos. Ya Elie Faure se preguntaba, en el informe sobre Goya de su *Historia del arte:* "¿Es (Goya) Shakespeare cuando sigue a las brujas al aquelarre, o ve pasar, sobre el fondo de cielos nocturnos, alas membranosas y fantasmas ensangrentados?".

Ubicado por el destino en la frontera entre dos épocas igualmente intensas, el final sangriento del sueño iluminista del siglo XVIII y el comienzo sangriento (vía Napoleón) del sueño maquinista del XIX, Goya abarca ambas, aunque al despedirse, a los 82 años (Fuendetodos 1746-Burdeos 1828), resulta evidente que ya ha elegido ser un hombre siempre actual, rigurosamente contemporáneo y sin ninguna nostalgia.

Sensible, pero no sentimental: imposible imaginarlo romántico, por más que los románticos se empeñaron en reclutarlo. Basta ver el ojo izquierdo, reducido a un punto renegrido por la caída entre desdeñosa y astuta del párpado, con que nos mira bajo el ala de la galera desde el frontispicio de la serie de los Caprichos, para comprender que ese ojo no ha de detenerse ante nada en busca de la lucidez: puede haber ternura, compasión, rara vez lágrimas de flaqueza, acaso en la edad avanzada. Visión intrépida: el mundo es así porque el hombre es así, pero la materia, la sustancia de nuestra carne, la misma de las flores y las estrellas, según la luz puede trasmutarse en poesía. Poesía feroz, a menudo; humor que no se hace ilusiones, hoy llamado humor negro. ¿Dónde encontraremos un testimonio de la crueldad del mundo tan atroz como en el *Perro enterrado en la arena*, dónde volveremos a ver esa última luz de astro moribundo en los ojos de un ser vivo condenado a la más cruel agonía? En Baudelaire, en Kafka, en Beckett. Goya, nuestro contemporáneo: "mi semejante, mi hermano". Traidor, como todos: pero nunca a sí mismo. Él sabía muy bien lo que estaba defendiendo cuando se plegaba a los caprichos de los poderosos; y cuando se sintió demasiado viejo para seguir jugando y, nuevamente amenazado, optó por alejarse de una tierra a la que nunca abandonó.

Los Caprichos. El miércoles 6 de febrero de 1799 (ya había pasado el furor de la Revolución Francesa, Napoleón incitaba a sus soldados a devolver con altivez la mirada irónica de la Esfinge con sus cuarenta siglos de experiencia a cuestas, España imaginaba ser todavía una potencia mundial con su vasto imperio de Indias) había tres grados de temperatura en Madrid, el sol había salido a las 7 y 59 minutos de la mañana y prometía ponerse a las 9 y un minuto de la tarde. El *Diario de Madrid* consignaba esos datos, recordaba la fiesta de Santa Dorotea virgen e informaba a sus lectores que podían adquirir en la calle del Desengaño N° 1, tienda de perfumes y licores, una colección de 80 estampas "de asuntos caprichosos", inventadas y grabadas al aguafuerte por Don Francisco Goya, al precio de 320 reales. Don Francisco vivía justo a la vuelta, en la calle de Valverde N° 15.

En el texto del aviso, Goya se preocupa de aclarar que se trata meramente de fantasías personales, no copiadas de otro ni de la naturaleza, donde tales engendros no existen; y que "en ninguna de las composiciones que forman esta colección se ha propuesto el autor... ridiculizar los defectos propios a uno u otro individuo: que sería en verdad estrechar demasiado los límites al talento y equivocar los medios de que se valen las artes de imitación para producir obras perfectas". Aquí hay varios puntos interesantes. Primero, explicitar minuciosamente el carácter individual, personal de las estampas, una fabricación subjetiva pero que se propone "la censura de los errores y vicios humanos" mediante la gráfica, tal como lo hacen con sus medios propios la poesía y "la elocuencia". Luego, advertir con idéntico cuidado que no se alude, en modo alguno, a personajes verdaderos. Figuran otras explicaciones por el estilo, tendientes, es obvio, a alejar las sospechas de la Inquisición, todavía poderosísima en la España del Siglo de las Luces como auxiliar del poder político en la persecución de liberales, o sea, insurgentes. Tanto temía Goya a "la Santa" (así la nombra en su correspondencia), y con razón, que terminó por donar al rey, astutamente, las colecciones y las planchas de los Caprichos con destino a la Calcografía Real, donde permanecen hasta hoy: en 1937 se hizo una nueva tirada, como también se hicieron, en años más recientes, de los Disparates, los Desastres y la Tauromaquia.

Acaso la estampa más enigmática, la que más ha provocado ensayos de interpretación y polémicas, sea la número 43, originalmente destinada a portada de la colección y reemplazada a último momento por el autorretrato del artista: *El sueño de la ra-*

*zón produce monstruos*. ¿Qué quiere decir esta frase? Un hombre, sentado en una silla, duerme, doblado el tronco, con la cabeza apoyada en una mesa cubierta con una carpeta. Detrás de él, en la penumbra, vuelan murciélagos y lechuzas. Estas últimas son las que más se acercan al durmiente, entre curiosas y amenazadoras, una de ellas casi en actitud de picotearle el hombro. Detrás de la silla vela la sombra de un gato de ojos relucientes. Otro gato, a los pies del hombre, alza la cabeza como alarmado, alerta. Algunos la interpretan como alegoría de los extravíos a que conduce la pretensión de codificar todas las acciones humanas mediante patrones estrictamente racionales: la burocracia sería un monstruo así engendrado; es necesario dejar una puerta abierta al deseo, a la improvisación, a lo inesperado, porque si no la mente se pudre, corrompida por la soberbia. Otros, que el sueño de la razón, agotada por sus esfuerzos para ordenar el caos, hace bajar la guardia a la civilización y los monstruos anidados en el corazón del hombre aprovechan para dominar el mundo. Otros, que Goya evoca su propia desolación ante el fracaso del Iluminismo, patente en los excesos de la Revolución Francesa, y prevé el sombrío porvenir. El lapicero y el manojo de papeles sobre el que reclina el durmiente la cabeza, serían los emblemas de su condición de pensador, de intelectual, de pretendido ordenador de la sociedad.

Ninguna de estas teorías es del todo satisfactoria. Lo único evidente que se desprende de la estampa es el temor a la catástrofe a cuya culminación asistiríamos en nuestro tiempo. No dormirse, porque el barniz de civilización es demasiado tenue y se quiebra fácilmente: la tribu y la caverna no han quedado tan atrás como imaginamos, encandilados por el progreso técnico.

Hace ya muchos años que Ortega y Gasset previno contra la leyenda de un Goya iletrado (en su imprescindible ensayo sobre los Caprichos, *Trasmundo de Goya*, Edith Helman escribe: "La verdad es que la ortografía de Goya no era tan fantástica para su época, en la que muchas personas todavía confundían la be con la ve, a con ha, y el fenómeno no llamaba la atención a nadie".) Sus amigos íntimos eran los hombres más ilustrados de entonces: Leandro Fernández de Moratín, dramaturgo, excelente traductor de Shakespeare y de Molière; Gaspar Melchor de Jovellanos, ilustre estadista, legislador, polígrafo. Y varios más de la misma calidad, casi todos los cuales sufrieron prisión y debieron exiliarse bajo el régimen absolutista de Fernando VII. Como se exilió Goya, finalmente, ansioso de un poco de paz en sus últimos años.

Pero se engaña quien imagina a un Goya semejante al Rembrandt postrero, imaginado a su vez por los románticos. Sordo, enfermo, cansado, habitada su memoria por las imágenes de horror que había contemplado y la corrupción y el despeñarse en el absurdo del mundo en que le tocó vivir, Goya irradia en sus ochenta y pico de años una vitalidad sólo comparable a la de su compatriota Picasso a la misma altura. Basta contemplar su última pintura, *La lechera de Burdeos*, para saberlo. Una muchacha fresca, sonriente, como salida del pincel jocundo de Frans Hals: una imagen de afirmación de vida, de optimismo a pesar de todo. Los colores alegres restallan como una explosión de fuegos artificiales. Quien se despide así de la vida es porque la ha amado apasionadamente, como supo amar a las mujeres. En *A toda crítica*, Robert Hughes entrega la que quizá sea hasta hoy la más reciente mirada crítica sobre el aragonés. "Nos habla con una urgencia que ningún artista de nuestro tiempo puede conseguir... Puede usted hacer un protomoderno de Goya... pero no podrá usted convertir a Goya en un proto-posmoderno. Jamás fue tan trivial como para llegar a eso. Es la integridad de su ficción, su incansable ahínco, su deseo por conocer y decir la verdad, lo que nuestro arte ha perdido." Yo me permitiría corregir en algo a Hughes y proponer que no todo se perdió, gracias al único heredero de Goya que puedo reconocer en este declinar del siglo: el inglés Francis Bacon.

# Jules Verne y H. G. Wells

Profecía, videncia, utopía. Aunque en distintos planos de la actividad mental, son parientes cercanas. Participan del don visionario del hombre a quien, a partir del Siglo de las Luces, se le enseñó a desconfiar de esa capacidad por estimársela ajena a la esfera de lo "natural". Si los animales poseen, sin duda, un instinto anticipador de las catástrofes y de la muerte, ¿por qué negárselo al cerebro humano, proclamado como el más perfecto? Profecía y videncia parecerían imponerse al sujeto, mientras que la utopía es una construcción imaginaria deliberada, una prospectiva voluntaria rara vez coincidente con aquéllas. Profecía y videncia suelen ser dolorosas; la utopía es casi siempre alegre y confiada, como toda concepción voluntarista.

La literatura, terreno privilegiado de la imaginación, ofrece generoso albergue a los tres géneros emparentados. Al modo del actor que al revivir los sufrimientos de Edipo siente una extrema felicidad, el escritor es feliz aunque describa un futuro aterrador, porque está ejerciendo su don creador. Eso sí: para resultar convincente, partirá de hechos concretos, comprobados y, en lo posible, cotidianos, y derivará de allí hacia lo ignoto, lo insólito, lo improbable. Que, al asentarse sobre algo conocido, aparecerá como probable.

No fue otro el procedimiento del más famoso anticipador literario de todos los tiempos, Jules Verne (1828-1905). Los estudiosos de su obra saben ahora que, por ejemplo, el equipo respiratorio mediante el cual los tripulantes del "Nautilus" (en *Veinte mil leguas de viaje submarino*, 1868) pueden trabajar bajo el agua, deriva de avisos publicitarios impresos en los periódicos de fines del siglo XIX y de catálogos donde se ofrecían ya artefactos, aunque primitivos, muy parecidos a los usados por los acuanautas de cien años después. Verne estaba suscripto a las más importantes publicaciones científicas y se carteaba con inventores e investigadores de todo el mundo. De ahí la abrumadora minucia de sus descripciones de máquinas y aparatos de toda índole. Descripciones que evidentemente le encantaban, lo mismo que a sus lectores, hijos cariñosos de la era industrial.

Lo que no implica desconocer el asombroso don visionario que lo asistía. Algunos eruditos hasta hablan, en relación con su obra, de fenómenos parapsicológicos, de comunicaciones mediúmnicas, de reencarnaciones. Se ha llegado a analizar el simbolismo de su tumba, desde el punto de vista esotérico: se ve allí a un adolescente desnudo que sale del sarcófago, tras haber descartado con violencia su cubierta, y alza al cielo una cabeza altiva y un brazo tendido a lo alto. ¿Imagen de resurrección, de la perennidad de la vida? Lo concreto es que sus páginas mejores son aquellas en las que se abandona a un lirismo desenfrenado —contrapartida de su obsesión cientificista y racionalista—, como en *El rayo verde*, donde los enamorados que en vano han perseguido por todos los mares del mundo ese matiz único, emitido por el Sol poniente en cierto lugar y en determinadas condiciones atmosféricas, cuando el fenómeno por fin se produce no pueden verlo porque están besándose apasionadamente. O en *El castillo de los Cárpatos*, donde el anticipo de la televisión —un sistema de espejos combinado con un gramófono— importa menos que el retorno ilusorio de una cantante muerta.

Asombra la precisión con que Verne determina el lugar de lanzamiento de su cohete a la Luna (exactamente en Cabo Cañaveral, un siglo antes del viaje del Apolo XI) y el procedimiento utilizado. O su visión precursora del fax y de los embotellamientos del tránsito en *París en el siglo XXI*, texto recientemente recuperado, que el editor habitual de Verne rechazó en su tiempo por considerarlo demasiado imaginativo.

En los primeros decenios de este siglo, el inglés Herbert G. Wells, nacido en 1866, de cuya muerte se conmemorará el cincuentenario este año*, fue celebrado como el heredero de

*Texto publicado en 1996.

Verne. También él imaginó el viaje a la Luna (*Los primeros hombres en la Luna*, 1901) —igualmente anticipado, bien que como fantasía poética, por Luciano de Samosata en el siglo II y por Cyrano de Bergerac en el XVII—, las guerras de las galaxias (*The War of the Worlds*, 1898), la sociedad mecanizada y glacial de un futuro no demasiado lejano (*The Shape of Things to Come*, 1933). Pero la diferencia es grande entre el escritor inglés y su antecesor francés. Verne es optimista: como casi toda su generación, está convencido de que ciencia y técnica, unidas, liberarán por fin al hombre de las necesidades y los miedos que lo hacen feroz y autodestructivo, y lo volverán definitivamente humano. Todas sus novelas tienen final feliz, sus personajes principales son nobles y desinteresados; y si alguno de ellos aparece desprovisto de compasión, como el capitán Nemo en *Veinte mil leguas...*, lo es porque se siente muy desdichado.

Wells, en cambio, es pesimista. A su pesar, porque en sus ensayos sociopolíticos (hoy ilegibles) proclama su convicción de que el humanismo triunfará. Pero no se le escapa que la Primera Guerra Mundial terminó con un mundo y que el caótico período siguiente (que no ha concluido y en el que vivimos) parece un mal sueño del racionalismo trastornado. En la trastienda de las fantasías de Wells siempre acecha una amenaza. Ciencia y técnica pretenden controlar la Naturaleza, pero no consiguen dominar el lado oscuro del corazón. Los selenitas de *Los primeros hombres en la Luna* son espantosos, criaturas gelatinosas con cabezotas calvas como huevos ("El selenita se aplastó como un huevo", rezaba el epígrafe de una ilustración particularmente repulsiva, en una vieja edición española), malignas, crueles. El método para poner en marcha el vehículo que lleva al protagonista a la Luna depende de una sustancia inventada por Wells, llamada "cavorita", bastante menos verosímil que las complejas maquinarias de Verne.

A veces, no se sabe bien si el inglés practica un humor sarcástico. Los invasores marcianos de *La guerra de los mundos* son insectos gigantescos, repugnantes mamboretás de dimensiones colosales. Invencibles mientras operan en el campo, mueren al entrar en las ciudades porque carecen de sistema inmunológico adecuado para rechazar las bacterias que la humanidad ha aprendido a soportar. La explicación admite hoy, ante la realidad atroz del sida, una lectura menos displicente, con seguridad, que la de 1900.

En general, los temas de Wells son más interesantes que su desarrollo literario. El escritor, que murió famoso y rico, disfrutó también de la rara felicidad de no ser traicionado por el cine: *El hombre invisible, La guerra de los mundos, Lo que vendrá*, fueron excelentes films. Estimado en su tiempo como profeta, Wells propugnó cambios en la religión cristiana, en la distribución de la riqueza, en la administración pública, en los sistemas de gobierno, en la educación. Ninguna de estas utopías lo sobrevivió y sus ficciones, con alguna injusticia, perduran en la pantalla antes que en las bibliotecas.

Otro inglés, George Orwell (Eric Blair, 1903-1950), previó, un año antes de su muerte, el aspecto que el Occidente cristiano ofrecería treinta y cuatro años después, en *1984*. Es un vasto campo de concentración, el reinado absoluto del Hermano Grande, una visión de las doctrinas totalitarias —fascismo, comunismo, tanto da— llevadas a sus consecuencias últimas. No se cumplió su profecía en el tiempo fijado, pero nada presagia que no se cumpla en el futuro.

En nuestros días, son Arthur Clarke y Ray Bradbury los representantes más autorizados de esta clase de escritores. No pertenecen por entero al rubro de la ciencia ficción, o fantaciencia. Mucho más que Wells, aparecen como los herederos legítimos de Verne. Como él, parten de datos científicos concretos, reales: no inventan máquinas estrafalarias, ni mundos oníricos (aunque puedan sugerir la pesadilla), ni monstruos asquerosos. Prefieren expandir, con lógica implacable, las consecuencias de la técnica contemporánea. Clarke (*2001, Odisea del espacio*) propone la computadora que ha adquirido autonomía de acción, la famosa Hal, capaz de sentimientos más bien malignos. Hal es destruida, sin embargo, y una nota optimista llega al final, cuando el protagonista presencia la eterna rotación de la muerte y la vida, según la ortodoxia hinduista. Bradbury anticipa, en uno de sus relatos, la presencia fantasmática, pero real —la realidad virtual—, de los personajes de una telenovela en el living de los espectadores. La computación, el láser y el holograma ya lo han conseguido, en algunos espectáculos teatrales. Poco antes de morir, sir Laurence Olivier se paseó por un escenario londinense y dijo sus parlamentos sin estar allí, en absoluto. También esto lo soñó Papá Verne, para su diva inmortal de *El castillo de los Cárpatos.*

# D'Annunzio y Pirandello

Difícil concebir dos hombres más distintos, dos personalidades más tajantemente opuestas. El irresponsable y el demasiado responsable. El gozador epicúreo sin ataduras morales de ninguna especie, y el hombre para quien cada paso en la vida implica una cavilación, un arduo proceso interior que lo lleva a desmenuzar su conducta y la de los otros, en incesante cuestionamiento ético. Gabriele D'Annunzio (1863-1938) y Luigi Pirandello (1867-1936), dos de los más célebres escritores italianos de los primeros decenios del siglo, vivieron y publicaron en la Italia de Benito Mussolini y ambos fueron, en una visión superficial, mimados por el régimen. La historia enseña que, en un primer movimiento, las dictaduras halagan a los intelectuales porque necesitan de su prestigio, sobre todo en el plano internacional; el segundo movimiento es de furia contra los que rechazan el halago, y el tercero, el encumbramiento de no pocos mediocres encantados de ocupar el sitio de los opositores.

Los personajes notorios de la política, de las finanzas, del espectáculo se vinculan de distintas maneras con los gobiernos, legítimos o no. En general, desarrollan estrategias de dominio o de supervivencia, según sus intereses, y no faltan ocasiones en que lo beneficioso es estar en la oposición. Los hombres de la cultura y los artistas pueden eventualmente adherir también a las mismas estrategias, pero por lo general su situación es la más inestable y frágil de todas, ya que rara vez representan un poder concreto, material, o una amenaza inmediata. Pero si son prestigiosos y populares, su influencia sobre la sociedad puede ser mucha y hasta decisiva. De ahí el juego ambiguo entablado entre el poder y el artista; y si se trata de un escritor, o de un pensador (ambas cosas suelen no coincidir), los riesgos respectivos son calibrados desde perspectivas por completo ajenas al ciudadano común, al hombre de la calle.

El apogeo de la fama de D'Annunzio es un poco anterior a la Primera Guerra Mundial, con epicentro en París, hacia 1910. Se lo exalta como supremo amante, el macho cabrío (prudentemente perfumado, depilado y vestido por los mejores sastres) del dandismo decadente, el orfebre de las palabras más lujosas y extravagantes. Sus incontables camisas, zapatos, amantes, caballos, galgos y corbatas, alimentan la prensa del corazón, las crónicas mundanas. Las mujeres más bellas de Europa ruedan, literalmente, a sus pies. El dannunzianismo es una epidemia acaso difícil de entender ahora, cuando los héroes sexuales son Mick Jagger y Mickey Rourke. El "divino" Gabriele, de estatura mediana, calvo y sin ningún rasgo llamativo, se convierte en el modelo del seductor, el latin lover del modernismo. Le copian la ropa, las actitudes, hasta la florida y rebuscada caligrafía (enérgica, eso sí), que será heredada entre nosotros por Enrique Larreta y Manucho Mujica Lainez.

Ante el estallido de la Primera Guerra, Narciso se ciñe la coraza de Marte. Gabriele abandona los halagos de París, la inquietante ambigüedad de *El martirio de San Sebastián* con música de Debussy, y vuelve en 1915 a su patria convertido en condotiero, en hombre de armas. Es verdad que desde 1888, cuando publicó *La armada de Italia*, un aliento heroico inflama su verso. Las llama "poesías de gloria". En 1892, *Odas navales*; en 1911-12, *Canciones de la gesta latina*, incluidas luego en el libro cuarto de los *Laudi*; en aquel mismo año clave de 1915, *Por la Italia grande*. El prodigioso dominio del idioma y de la música verbal exalta a los lectores con visiones de un imperio resucitado, de muertes heroicas, de tierras redimidas. El Superhombre de Nietzsche reemplaza al dandy, al esteta, al decadente. Muchas explicaciones se han urdido: la más insidiosa, la de un íntimo amigo que, al enterarse de la aparición de Gabriele en las trincheras, comentó: "Mejor el rugido del cañón que el rugido de los acreedores".

Podría establecerse un paralelo al menos curioso entre la transformación bélica de D'Annunzio y un desarrollo similar, más de medio siglo después, en el japonés Yukio Mishima, a partir casi de los mismos o parecidos datos biográficos. Pero allí donde Mishima fracasa, D'Annunzio triunfa. No sólo ejecuta arriesgadas incursiones aéreas (el aeroplano lo enloquece, igual que los automóviles cada día más veloces), la más famosa sobre Viena, cuando arroja volantes con una singular amenaza de "sentencia irrevocable" para los entonces llamados imperios centrales, sino que al terminar la guerra decide por su cuenta y con un ejército propio de mercenarios encendidos por su retórica patriótica, ocupar la ciudad de Fiume (hoy Rijeka), en la antigua Dalmacia, al norte de la ex Yugoslavia, reivindicada por Italia y descuidada —en opinión de Gabriele— por los negociadores de la paz en Versalles. El 12 de septiembre de 1919, a las 11.45, el ahora teniente coronel entra, monóculo en órbita (izquierda: perdió el ojo derecho en la guerra) y al frente de 2.500 soldados en Fiume. Desconcierto, escándalo en Versalles y en el Parlamento italiano. ¿Cómo disuadir a un héroe que es, al mismo tiempo, el más famoso poeta de la patria? Por las armas, no hay otro remedio: el 24 de diciembre de 1920, el ejército dannunziano es diezmado por las tropas italianas al mando del general Enrico Caviglia. El 18 de enero de 1921, el poeta guerrero abandona Fiume. Arriba a Venecia en su automóvil, seguido de camiones con cajas, muebles y libros. Sabe que ha llegado el ocaso: necesita un refugio que sea a la vez el santuario de sus dos glorias, la literaria y la castrense, y el tablado para la incesante puesta en escena que es su vida. La que le queda.

El gobierno fascista se lo apropia y lo trata con espléndida largueza. D'Annunzio elige una residencia magnífica aunque sombría, Villa Cargnacco, en Gardone, sobre el lago de Garda: la mansión de la familia Thode, de origen austríaco, incautada por el Estado durante la guerra. Su precio es una fortuna para la época y Gabriele, como siempre, gasta pero no paga: 380.000 liras, que le facilitará el Banco de Italia y que les tocará a sus herederos devolver. La bautiza Il Vittoriale, con ayuda del arquitecto Maroni la remodela, implanta en el parque la proa de un acorazado, el avión con el que sobrevoló Viena, un anfiteatro, un mástil. Por dentro, el bazar, el delirio de un Dorian Gray mediterráneo, auténticas obras de arte y chucherías, calcos de estatuas famosas (les pone collares de oro a los cautivos de Miguel Ángel), divanes, almohadones y *chinoiseries* por doquier.

Recibe a personas célebres, admiradores, turistas. Mussolini lo visita de vez en cuando hasta que se aburre y no va más. El gobierno le disminuye abruptamente los víveres. *Sunset Boulevard* a la italiana. Le quedan la leyenda, las medallas, las coronas de laureles metálicos que se herrumbran, el despotismo de la pianista Luisa Báccara que hace de dueña de casa y lo maltrata. Fantoche de un régimen que sin duda preferiría verlo embalsamado y sacarlo del sarcófago cuando vienen las visitas. Y el supremo escarnio: su obra maestra, el poema antológico, el rescatado por la posteridad, no tiene nada que ver con las pasiones tempestuosas ni con la sensualidad exacerbada de sus novelas, ni con el imperio, la sangre, la latinidad y las visiones de heroísmo retórico. Es un portento de música, ritmo y hondo lirismo *La lluvia en el pinar*, evocación de un amor vivido y perdido en un paraje cercano a Ravena.

Hará unos veinte años, Indro Montanelli dedicó un artículo luminoso, creo que en *Il Corriere della Sera*, reproducido por *The New York Times* (donde lo leí, en inglés), a esclarecer la ubicación de Pirandello frente al fascismo. No tenía carácter apologético, era el enfoque serio y documentado de una vida difícil, dura. La fortuna familiar se extravió en una errónea inversión en el comercio del azufre; a los pocos años de matrimonio y tras darle numerosos hijos, la mujer de Pirandello, joven aún, enloqueció de infundados celos y trastornó con terribles escenas a la familia, hasta la internación en un manicomio. Pobre, genial, munido de varios diplomas universitarios en letras y en filosofía, a cargo de una prole considerable, el escritor se desdobla en catedrático. "Mi padre —recordará Fausto, el hijo pintor notable—, escribía sólo los domingos, de ocho de la mañana a una de la tarde. Era el único tiempo que podía dedicar a su obra; el resto de la semana iba de un aula a otra, de un instituto a otro, sin parar, sola forma de mantenernos y educarnos decorosamente, y cumpliendo además muchas de las tareas propias de la madre, ausente de nuestro hogar."

Es el desmentido del tradicional desdén que algunos triunfadores otorgan al "artista de domingo". Pensemos, decía Montanelli, en la tragedia cotidiana de este hombre escrupuloso y digno hasta la minucia, seguro de su talento y consciente, a la vez, de desperdigarlo en una tarea para la que tenía vocación pero que de todos modos le impedía concentrarse adecuadamente en su labor creadora, la justificación de su vida.

Reconocido sobre todo como novelista por *El difunto Matías Pascal*, su teatro desconcertaba e incomodaba, hasta que con *Seis personajes en busca de autor* le llegó la fama mundial, en 1921. Desde entonces, ya encaminados sus hijos y ligado afectivamente a la gran actriz Marta Abba, pudo dedicarse enteramente al teatro no sólo como escritor sino también como director y empresario de compañía, con la que hizo frecuentes giras por el mundo.

El mayor halago que le brindó el fascismo fue designarlo senador del Reino, una distinción que aceptó encantado por considerarla justa compensación de sus años oscuros. ¿Fue consciente de lo que significaba su adhesión al régimen y de qué manera éste lo utilizaba para legitimarse y desviar la atención internacional de casos como el de Benedetto Croce, aislado en un exilio interior, el de Antonio Gramsci en la cárcel, y otros intelectuales condenados dentro de Italia a vegetar en regiones inhóspitas (Carlo Levi, *Cristo se detuvo en Eboli*), o que optaron por dispersarse en la emigración? Difícil saberlo. No hubo, al parecer, un Pirandello político. Para un escritor cuya entera obra gira en torno de la imposibilidad de conocer a nadie ni a nada, a quien almas y conductas y acontecimientos resultan *per se* sospechosos de fraude, de enmascaramiento, de incertidumbre total, el juego del poder debía de resultarle tan ambiguo e impenetrable como el corazón de los poderosos, que al fin y al cabo son hombres como los demás.

Su poderosa inteligencia, su aguda sensibilidad, no pudieron ignorar las circunstancias de su tiempo, lo que pasaba alrededor de él en Europa y en el mundo. Prefirió tal vez englobar esas circunstancias dentro de una visión escéptica de la naturaleza humana. En 1934 recibió el Premio Nobel de Literatura, culminación de un destino que lo había obligado a esforzarse al límite para defender y afirmar su genio. La muerte, en 1936, le ahorró los peligros y las humillaciones de la guerra que pondría fin a la aventura de Mussolini, aunque no a los ecos del fascismo en el espacio y en el tiempo, hasta hoy.

# Gertrude y Alice

Una rosa es una rosa es una rosa es una rosa. Gertrude es Alice es Gertrude es Alice es Gertrude... Hasta el infinito. ¿Quién fue primero, quién fue el genio, quién fue? Imposible separarlas. Gertrude ponía el nombre, el humor insólito, la apariencia bonachona de muñeca rusa, o de rotundo tabernero alemán. Sin bigotes. Los bigotes los ponía Alice, menuda, morena, una laucha de dibujo animado, envuelta siempre en atuendos inverosímiles. La una era el centro de atención, monumental como una sibila de Miguel Ángel, como la pintó Picasso, sólida, maciza (el Stonehenge de la literatura la definió uno de sus ahijados de guerra), entronizada en el salón legendario de la rue de Fleurus, emitiendo los oráculos, discerniendo premios y castigos, anunciando al mundo quién —cuál de los pintores y los escritores que la rodeaban y la asediaban— era el nuevo portador de la antorcha. La otra, la sombra, la inadvertida, la sigilosa: el filtro implacable de quienes aspiraban a visitar a la sibila; la secretaria, la dactilógrafa, la cocinera, la amanuense indispensable. Y la amante, la confidente, la niñera de alguien —Gertrude— que, como Peter Pan, se negó para siempre a abandonar la infancia.

La inglesa Diana Souhami procura condensar, en poco más de trescientas páginas*, los vericuetos de unas vidas y una época que han dado material a bibliotecas enteras. No sólo se trata de Gertrude y Alice: es el nacimiento y desarrollo del arte moderno, con sus infinitos "ismos" y sus alocadas vanguardias, y es el eje

**Gertrude y Alice*, Diana Souhami, Tusquets Editores, 1993.

maestro de la cultura occidental en la primera mitad del siglo XX, París-Nueva York, con dos guerras mundiales incluidas. Gertrude Stein, nacida en Allegheny (Pensilvania) el 3 de febrero de 1874, vástago de sendas familias de comerciantes judíos alemanes emigrados a los Estados Unidos, aparece como la descubridora, entre muchos otros, de Picasso y de Hemingway. Musa y mecenas, junto con su hermano Leo, de los artistas que modificaron la visión, el pensamiento y la vida de Occidente antes de la primera guerra y entre ésta y la siguiente. *"Everybody who was anybody"* (todo aquel que era alguien), según la frase que Leo le escribió desde París y que la decidió a trasladarse a Francia, pasó alguna vez, o varias —dependiendo del humor de Alice—, por el salón famoso de 27 rue de Fleurus. Una precisión catastral para la historia.

Alice Babette Toklas nació el 30 de abril de 1877 en San Francisco, de una familia de judíos polacos, acomodada y culta. Si Gertrude disfrutó de la libertad concedida a la menor de cinco hermanos y de las tendencias trashumantes de sus padres (viajaban a menudo a Europa y, dentro de ella, de una ciudad a otra), Alice fue educada como correspondía a la única hija mujer de gente de clase y de fortuna, con refinamiento y prohibiciones. Los Toklas también viajaban: si Gertrude podía recordar a un áureo emperador Francisco José ante quien, a los seis años, hizo una reverencia en el Prater vienés, Alice vio pasar desde un balcón parisiense de la rue de Rivoli, a los ocho, el cortejo fúnebre de Victor Hugo.

Ambas supieron desde la pubertad, confusamente, de su desinterés —o su temor— por los hombres. Gertrude lo asumió con la bonachona sensatez de siempre. Para estar cerca de su hermano favorito, Leo, se matriculó en Radcliffe, un anexo femenino de Harvard, en 1903 (el mismo año en que Alice ingresaba a la Washington University para estudiar música), y siguió los cursos de filosofía y metafísica con George Santayana, y de psicología con William James. De ahí pasó a la Johns Hopkins Medical School, recientemente fundada en Baltimore, para especializarse en trastornos nerviosos de las mujeres. Allí conoció a su primer amor, una tal May Bookstaver, amante a su vez de una gran amiga de Gertrude, Mabel Haynes. La situación triangular la angustió. "A medida que avanzaba la relación —escribe Souhami—, fue sintiéndose atrapada en una inmoralidad 'oscura'. Abrigaba la esperanza de encontrar un día 'una moral que pueda resistir el desgaste y el desgarro de un deseo auténtico'. Ese día llegó en 1907, cuando conoció a Alice."

En busca de una solución a las tensiones en Baltimore y en respuesta al reclamo de Leo, que la llamaba desde Europa, Gertrude dejó los Estados Unidos. En París, Leo se había instalado en 27 rue de Fleurus con el propósito de hacerse un taller para pintar. Nunca pintó, pero Gertrude empezó a escribir. En sus trabajos prácticos con William James había observado el proceso de la escritura automática. Se sentaba a la larga mesa florentina del living, a la luz del gas y abrigada por una estufa de hierro. "Escribía en cuadernos de ejercicios para niños, o en trozos sueltos de papel, con letras diminutas, por lo general con lápiz."

Existen sobre la vida y la obra de Gertrude, libros más abarcadores e informativos que el de Souhami. Pocos, sin embargo, más perspicaces en el análisis de su escritura a través del tiempo, y que hayan logrado sintetizar ese proceso con mayor felicidad. En aquellos años iniciales del siglo, el proyecto de la Stein suena a delirio: despojar al texto de connotaciones psicológicas y descriptivas, abandonar todo intento de belleza estética, lírica, convencional (por entonces, convencional se decía "clásico"), y apoyarse sólo en el peso específico o la resonancia musical de las palabras dentro del discurso, sin atender a la estructura tradicionalmente garantizada por la gramática, la sintaxis, la prosodia. El resultado se parece mucho, en primera lectura, al balbuceo infantil. Y de tal se acusó a Gertrude, así como de demencia e intención deliberada de escandalizar al público. No fue su hermano Leo el menos tenaz y sañudo de sus enemigos, transcurrido un período más o menos idílico en la rue de Fleurus y tras el compartido entusiasmo por las pinturas de Picasso y de Matisse, que los Stein, no ricos pero sí en buena situación y con el cambio del dólar a favor, adquirieron en cantidad. Con su lógica desarmante, Gertrude opinaba que "París estaba en el siglo XIX y era el lugar adecuado para aquellos de nosotros que íbamos a crear el arte y la literatura del siglo XX con naturalidad".

La entrada de Alice influyó, sin duda, en la decisión de Leo de pasarse al bando contrario. La casa de los Stein se había convertido, gracias al indudable encanto y la aguda inteligencia de

Gertrude (conversadora admirable, según testigos), en un centro de peregrinación no sólo para los artistas de vanguardia sino también para los norteamericanos que llegaban en hordas a París, deseosos de conocer el santuario de "la sibila de Montparnasse", como se la llamaría poco después, y de alternar con sus *protegés*. El heraldo adecuado para la llegada de Alice B. Toklas fue nada menos que el terremoto de San Francisco, en la madrugada del 18 de abril de 1906. Sobreviviente, y harta de atender a su padre viudo y a su hermano menor, para quienes era poco más que una sirvienta de lujo, la muchacha aprovechó la remezón y se fue a Europa con una amiga, Harriet Levy, conocida de los Stein. Se imponía la visita a la rue de Fleurus, adonde se encaminaron en una bellísima tarde de septiembre de 1907: no hay otoños más bellos que los de París. Y así empezó a escribirse una historia narrada por Souhami con destreza y humor.

Es una historia de amor. Con los altibajos, las contradicciones y las alegrías de toda relación de pareja, del sexo que fuere. La menuda, ratonil, furtiva Alice, dominaba a la apacible, maciza Gertrude. Se le volvió imprescindible. Despejó el camino para que la Stein se volcara a su obra, dispensándola de las cargas domésticas, de trámites burocráticos y de visitas indeseables. Fue, en este sentido, arbitraria y hasta despótica. Celosa al extremo de apoderarse del manuscrito de una inocente primera novela de su amiga, *Things As They Are*, oblicuamente referida a la relación con May Bookstaver, y esconderlo durante medio siglo, hasta cinco años después de la muerte de Gertrude, para entregarlo a regañadientes a los editores y sólo para cumplir su propia promesa de publicar la obra íntegra de aquélla. La relación discurre por varios domicilios (rue de Fleurus, la casa de campo en Bilignin, otra posterior en Belley, otro departamento al que debieron mudarse, en rue Christine), dos automóviles sometidos a indecibles sevicias, "Auntie" y "Godiva", y por lo menos tres perros amados, el chihuahua Pepé y dos caniches blancos, Basket y Basket II. Personajes, amigos y enemigos, visitantes de la sibila, hay para colmar enciclopedias: los ya nombrados y, entre muchos otros, Eliot y Cocteau, Edith Sitwell y George Gershwin, Pound ("es un pregonero de aldea —explica Gertrude, furiosa porque su compatriota le rompió uno de los dos silloncitos tapizados por Alice con tela diseñada por Picasso—, lo que está muy bien si uno es una aldea, pero si no, no"), Pierre Balmain, Marie Laurencin, Sherwood Anderson, Apollinaire, Sylvia Beach (dueña de la famosa librería *Shakespeare & Co.* y primera editora de *Ulises*) y su amiga, Adrienne Monnier; Djuna Barnes, Natalie Barney, la duquesa de Clermont-Tonnerre, Mercedes de Acosta, Paul Bowles, Cecil Beaton... Con Joyce las relaciones también fueron tirantes. En su calmo egoísmo, en su certeza de ser genial ("¿Qué hace un genio? Se sienta y piensa"), Gertrude difícilmente admitía la notoriedad de otros escritores. Sobre todo porque ella tenía prestigio, pero sus libros no se vendían. Resultaban incomprensibles. La mayoría de los críticos, en ambos continentes, se enfurecían o, lo más común, se burlaban. Los editores reconocían su talento pero temían no encontrar lectores. Lo que era verdad. Hasta que en 1933 llegaron la fama y la fortuna, entre las cubiertas de un libro, paradójicamente, "escrito para comer", según Gertrude: *La autobiografía de Alice B. Toklas*. Que es, en realidad, la biografía de su autora, bajo la apariencia inocente de haber sido redactada por su secretaria.

Souhami describe con vivacidad el repentino, formidable éxito. Comprensible: es el primer libro de Gertrude escrito en lenguaje "normal", con la puntuación en el sitio acostumbrado, elegancia de estilo, observaciones ricas en ironías y sorprendentes paradojas. Stein para uso de multitudes ("por primera vez al escribir sentí algo exterior a mí mientras escribía, hasta ahora nunca había tenido nada salvo lo que estaba dentro de mí mientras escribía"). Los minimalistas, Carver a la cabeza (y cuánto le deben a Gertrude falta estimarlo todavía), nos han acostumbrado a los párrafos escuetos, a la síntesis expresiva, a la condensación de muchos significados en una prosa con nervio pero sin desbordes. Sesenta años después de su publicación, *La autobiografía...* es un clásico de veras, tan lleno de encanto, misterio y humor como cuando apareció, con el sello de Harcourt Brace. La revista *Atlantic Monthly* ya había publicado antes el texto por entregas. La Literary Guild vendió la opción para que apareciera en un Club del Libro.

La primera tirada, de 5.400 ejemplares, se agotó el 22 de agosto de 1933, nueve días después de su publicación. En los dos años siguientes se hicieron cuatro reediciones. Gertrude y Alice gozaron del dinero que llegó con el éxito. En el año siguiente a la publicación de la *Autobiografía*, Gertrude recibió 4.500 dólares de Harcourt Brace, 1.000 dólares de *Atlantic Monthly* y 3.000 de la Literary Guild. El feliz editor y los amigos norteamericanos insistieron en que las dos amigas visitaran los Estados Unidos. Fue una gira triunfal, por teatros y universidades de todo el país, sobre todo después del éxito de la ópera de Virgil Thomson *Four Saints in Three Acts*, sobre libreto de Gertrude. Duró casi un año y el entusiasmo de la gente no declinó nunca. El ingenio y la frescura de Gertrude alimentaban a los diarios, a la radio. Cosechó una pequeña fortuna con presentaciones personales, escribió innumerables notas para distintos medios y fue contratada por otros para el futuro.

De vuelta en Europa, Gertrude se negó a escuchar los rumores de guerra inminente. Cuando ésta sobrevino, las tomó de sorpresa, en el campo. Se disponían a huir de la invasión nazi, como la mayoría de los franceses, pero las colas frente al consulado americano en Lyon las disuadieron. Cómo dos ancianas judías estadounidenses sobrevivieron en pleno territorio ocupado por los alemanes es una historia aparte que habla de la solidaridad de la aldea de Bilignin hacia estas mujeres cuya conducta en la Primera Guerra les valió el reconocimiento del gobierno francés. Fue durante este período sombrío cuando se hicieron amigas del entonces muy joven Pierre Balmain, el célebre modista, quien desde entonces diseñó y cosió las ropas de la pareja (a Alice le encantaban los trapos, cuanto más fantásticos mejor: siempre se la describe con aspecto de gitana). Conmueve el relato de cuando llegaron las tropas norteamericanas de la liberación y ellas corrieron a recibirlas y se hicieron amigas de oficiales y soldados.

Más conmueve el relato de los últimos años de Alice. Gertrude murió de cáncer el 27 de julio de 1946, dejándole a Alice en su testamento la valiosísima colección de cuadros (su famoso retrato por Picasso lo donó al Metropolitan Museum de Nueva York) y algunos bienes menores. El otro beneficiario era su sobrino Allan Stein. Alice, que había consagrado su vida a la obra y la gloria de su amiga, se encontró perdida. Aunque terminó por reencontrar su propia voz y publicó un famoso libro de cocina (era una cocinera admirable, coleccionista de recetas de todo el mundo), nunca se repuso de la pérdida. Hostigada por la codiciosa mujer de

Allan Stein, que aspiraba a quedarse con los cuadros y por fin lo consiguió, casi ciega, casi paralítica, Alice encontró alivio en la promesa católica de la resurrección. Había sido bautizada de niña, con aprobación de su madre, en San Francisco. Se volvió devota: un sacerdote amigo le dijo que sin duda Gertrude la esperaba en el Cielo. Con esa esperanza murió, dos meses antes de cumplir los noventa. A su pedido, fue sepultada en la misma fosa de su amiga, en el Père Lachaise. Su lápida no se ve, está al dorso de la de Gertrude. En la muerte como en la vida. Un rosal entrelaza sus ramas sobre la piedra con letras doradas. Paradoja: esa misma religión considera abominable y escandalosa la relación que unió a estas dos mujeres. ¿Pero quién podría, en justicia, ante el relato de sus vidas y vicisitudes compartidas, soslayar la palabra Amor con mayúscula?

# Pesadillas

Cada lector tiene sus propios fantasmas, sus —por así decirlo, pidiéndolos en préstamo al idioma inglés— esqueletos en el armario. No aquellos inconfesables secretos de familia a que alude la frase original sino, literalmente, los espectros renacidos en las pesadillas, los tejedores minuciosos y maliciosos del espanto nocturno, los guardianes del reino oscuro donde la razón depone sus privilegios y es perseguida, hostigada por imágenes que la contradicen, la niegan y usurpan su trono, tan frágil. Indefensos, enredados en las telarañas del sueño, somos víctimas propicias de esas presencias, virtuales pero de un realismo exagerado; un hiperrelismo, diríamos. Pocas personas desconocen, supongo, el infinito alivio del despertar tras una noche de sueños agitados, al comprobar que no era más que eso, larvas engendradas a veces por una digestión pesada, otras por preocupaciones, por indeclinables recuerdos de miedos infantiles, por imágenes terribles presenciadas al azar de un accidente, una agonía, una distracción. Y, evidentemente, por lecturas, acaso reemplazadas hoy por las pavorosas pesadillas tecnológicas que proponen, efectos especiales mediante, el cine y la televisión.

Depende, con seguridad, de la imaginación de cada uno. Las pesadillas propuestas por la ficción compiten con las desplegadas, día tras día, en diarios, revistas y noticieros al registrar, con vívidos colores, las atrocidades cometidas por el hombre contra el hombre en los múltiples escenarios de guerras y atentados. Esos registros de la carnicería perpetua que llamamos Historia, no sugieren sino excepcionalmente otra cosa que aquello que están mostrando. Mueven a espanto, a compasión, pero se atienen a sus propios límites de dato concreto y terminan por anestesiar nuestra sensibilidad. A fuerza de ver cotidianamente miembros seccionados, cadáveres insepultos, manchas de sangre esparcidas sobre la tierra o que empapan jirones de ropas, rostros macilentos o deshechos de criaturas inocentes, el espíritu segrega sus defensas como medio de asegurar un resto de cordura y de fe en la vida.

Por eso, la forma más sutil de instilar el horror sigue siendo a través de la literatura. Al no presentar una imagen concreta, al sugerir la suprema ambigüedad del "puede ser", al poner en juego esa llave maestra de toda actividad humana, la imaginación, implanta la incertidumbre, madre del terror. Que lo diga, si no, ese gran escritor con mayúscula, Stephen King. Confieso mi imposibilidad de terminar la lectura de *Cementerio de animales*, de King. No pude soportarlo. Más aún: me desprendí del libro, lo desterré de mi casa, aplicándole el rigor de un índex personal que nunca practiqué contra ningún otro, por ninguna razón. Es que, justamente, la más delirante irracionalidad se apoderó de mi imaginación. Tal vez porque quiero tanto a los animales, tal vez porque, como mucha gente, siento que los territorios de ultratumba no deben ser visitados antes de tiempo.

Ocurre que precisamente la exploración de esos territorios es, al mismo tiempo, la mayor tentación a la que sucumbe mi curiosidad (que reconozco infantil) por lo prohibido. Se trata, lo sabemos todos, de experimentar el delicioso escalofrío del horror sabiéndose bien seguro en la habitación familiar, repantigado en la butaca, o ya a un paso del sueño, en la cama confortable. Algo similar a lo del espectador de cine, sabedor de que ese espanto que lo angustia "no es verdad", que se encenderán las luces de la sala y volverá sano y salvo a su casa. Sí: pero debe volver a su casa y, si es de noche, si no vive en pleno centro, atravesar calles a menudo solitarias o mal iluminadas, entrar en una habitación donde, aunque haya dejado una lámpara encendida, otras sombras lo aguardan en los rincones. También sucede así con el lector nocturno: puede cerrar el libro, puede refugiarse en el pensamiento tranquilizador de que es sólo una ficción. Pero deberá apagar el velador y será entonces cuando los espectros elijan asediarlo: la oscuridad de la pieza se confunde paulatinamente con la cámara negra, engañosamente afelpada, donde transcurren los sueños más atroces.

Cada uno puede redactar su catálogo personal de lecturas suscitadoras de sueños inquietos, o de ningún sueño, porque cerrar los párpados implica riesgos tanto más terribles cuanto más innominados. En el mío figura, ante todo, un cuento de Conan Doyle, de la serie de Sherlock Holmes, aparentemente inocuo pero que pobló de terrores las noches de verano de mi infancia, en el caserón de la estancia familiar, en Pergamino.

Estaban allí muchos volúmenes de la inolvidable, bien nutrida Biblioteca de La Nación, de comienzos de siglo, varios de ellos dedicados a las andanzas de Holmes. El relato se llamaba, en esa traducción, *La banda atigrada*. Quien dormía en una determinada habitación, rigurosamente cerradas puertas y ventanas, amanecía muerto. ¿Por dónde, cómo ingresaba la muerte en ese lugar inviolable? Bajo la figura de una serpiente venenosa que se deslizaba por el cordón de la campanilla de un timbre al lado de la cama. Y bien, en la pieza que me estaba destinada durante las vacaciones había, sobre la cama, un agujero propicio, por donde una víbora (me inculcaban el miedo a las víboras, pero las de la hora de la siesta, cuando los chicos obedientes no salen al campo) podía perfectamente escurrirse y llegar hasta mí por los vericuetos del dosel desde el cual se derramaba el mosquitero.

Pasados no muchos años, otro Sherlock Holmes me perturbó de modo tal que hasta hoy no puedo leerlo sin estremecerme y mirar en torno y a mis espaldas, por las dudas: *El mastín de los Baskerville*. Lo releo a menudo, por el solo placer perverso (acaso infantil, también) de sentir miedo. Tras somero análisis, creo que la atracción se debe, sobre todo, a la magistral descripción del páramo de Dartmoor. Y, por descontado, al no menos magistral uso del suspenso, el delicado equilibrio entre los datos manejados por un racionalista absoluto, como Holmes, y el temblor lejano, pero cada vez más próximo, de lo sobrenatural, la leyenda del mastín vengador.

En orden cronológico —y mencionando, de paso, que las admirables narraciones extraordinarias de Edgar Poe nunca me aterrorizaron gran cosa, salvo, quizá, *La caída de la casa Usher*— atravieso muchos años y llego a esa maravilla, ese portento literario, *Otra vuelta de tuerca*, de Henry James. Lo he leído muchas veces, en inglés y en la traducción, insuperable, de José Bianco, quien, al agregar al título un adjetivo (el original es *The Turn of the Screw*), le agrega también una dimensión suplementaria de misterio. No conozco, en toda la literatura que he frecuentado, escena más espeluznante que aquella en que la institutriz cree ver, en la otra orilla del lago, el espectro doliente de su antecesora, miss Jessell. La evocación visual es tan fuerte, tan táctil (si se me permite esa traslación de un sentido a otro), que el terror me paraliza, quedo sin aliento, e insomne. Por lo demás, al jugar perversamente con el candor infantil y con las probables alucinaciones de una histérica, con lo que parece ser de una manera y bien podría ser todo lo contrario; y, sobre todo, con la posibilidad de que lo sobrenatural nos rodee y nos hostigue, si intentamos develarlo, el texto de James ejemplifica a la perfección los dos temas de este análisis: imaginación y ambigüedad.

*Last but not least*: acaso un poco obvio, pero poderosamente sugestivo, otro libro que siempre me quitará el sueño, *Drácula*, de Bram Stoker. Folletín, sí, y para colmo de linaje gótico. De un vigor narrativo (quitada la hojarasca retórica propia de la época, 1896) extraordinario, lleno de peripecias, creo que su vigencia obedece a su raíz mítica. Una de las obsesiones perdurables de la especie: ¿estarán los muertos realmente muertos?; ¿tendrían la capacidad de volver de su oscuro reino para apoderarse, a través de nuestros cuerpos, también de nuestras almas? Los mitos del dios que exige sacrificios sangrientos se combinan aquí con el sentimiento de culpa que acompaña al ejercicio de la sexualidad, vista, a la luz de las doctrinas espiritualistas, como una forma más o menos sublimada de canibalismo. Complejo nudo psicológico, que ha merecido la exégesis de ilustres tratadistas y que seguirá perturbando nuestros sueños. Aun en la era de *Blade Runner*, *Robocop* y otros androides de pesadilla.

# *Índice*

Prólogo ........ 9

PRETÉRITO ANTERIOR ........ 13
Voltaire ........ 15
Diderot ........ 22
Henry James ........ 26
Robert Louis Stevenson ........ 30
Oscar Wilde ........ 33
Marcel Schwob ........ 37

PRESENTE PERPETUO ........ 41
Silvina Ocampo ........ 43
Pepe Bianco ........ 46
Manucho Mujica Lainez ........ 49
Juan Rodolfo Wilcock ........ 55
Alberto Greco ........ 60
Manuel Puig ........ 62

PASIONES RECOBRADAS ........ 67
Gustave Flaubert ........ 69
Colette ........ 75
Alma Mahler ........ 83
Virginia Woolf ........ 91
Isak Dinesen ........ 98
Jean Cocteau ........ 104

Vaslav Nijinsky ..... 111
Ernst Jünger ..... 114
Lampedusa ..... 119
Faulkner ..... 124
Ernest Hemingway ..... 129
Nina Berberova ..... 134
Marguerite Yourcenar ..... 137
Marguerite Duras ..... 141
Ingmar Bergman ..... 151
Truman Capote ..... 154

LITERATURA Y COMPAÑÍA ..... 159
El Diablo y la literatura ..... 161
Pintura y literatura ..... 166
Pintura y cine ..... 170
Mercado y literatura ..... 174
Big Bang Boom ..... 179
La vuelta del realismo ..... 183
Los *castrati* ..... 188
Goya ..... 195
Jules Verne y H. G. Wells ..... 202
D'Annunzio y Pirandello ..... 207
Gertrude y Alice ..... 212
Pesadillas ..... 219

Composición de originales
*Gea XXI*
Esta edición de 4.000 ejemplares
se terminó de imprimir en
Indugraf S.A.,
Sánchez de Loria 2251, Bs. As.,
en el mes de febrero de 1997.